# アナウンサー辞めます

横山雄二

ハルキ文庫



角川春樹事務所

# 目次

アナウンサー辞めます

妻が妊娠すると、すぐに高校の野球部時代の友人からグローブを貰(もら)った。真っ赤な小ぶりの子ども用グローブ。

「将来は野球選手にしろよ」

友人はそう言ったが、生まれて来た子どもは女の子だった。それでも、キャッチボールくらいはと思っていたが、彼女は残念ながら左利きだった。

使われる当てのなくなったグローブは、いつの間にか押し入れの段ボールの中に入れられ、その存在すら忘れ去られてしまった。

それは、オレが野球に懸けた青春と同じように、ただ過去の思い出の一ページとして暗(くら)闇(やみ)にひっそりと置き去りになった。

# 第一章　九回裏、ノーアウト満塁

「太田（おおた）さん。今、お子さんっていくつになったんでしたっけ？」

「ん？　二十一歳」

「ってことはもうすぐ就職活動ですか？」

「うん」

「やっぱり、あれですか？　お父さんみたいな仕事をしたいなぁって感じなんですか？」

「いや、就活は、全部、カミさんに任せてるからよく分からないんだよ」

「将来が決まる年だから、腫（は）れ物に触るみたいになっちゃいますよねぇ。こんなときの男親って、なんの役にも立ちませんからねぇ」

夕方前の報道部デスク。オレは五十三歳になっていた。広島の放送局でアナウンサーをしている。普段はラジオのバラエティ番組を担当しているが、ときたま部内の勤務繰りのせいでテレビのニュースを読むこともあった。たわいもない世間話は、いつものルーティンだ。

「そう言えば、太田さんって高校球児だったんですよね。今年の春の選抜は、21世紀枠で横川学院が選ばれたから楽しみですね。でも、あの21世紀枠って、どんな基準で選ばれるんですかね。ずっとスポーツを担当してるけど、そういうのってなかなか分かんないですよねぇ」

後輩のスポーツ記者田島が畳みかけるように話しかけて来る。

「お前さ、今、原稿のタイム測ってるんだから、ちょっと大人しくしてろよ」

「太田さん滅多に報道部に来ないから。たまには話し相手になって下さいよ」

「お前、ホントうるせーよ。あっち行けよ」

今でも、高校野球の予想や結果が気になる。そもそも、広島の放送局にアナウンサーとして入社を希望したのも、広島カープというプロ野球球団のある土地で野球の実況をしたかったからだ。

「ピッチャー足が上がって、第一球を投げました。ストライク！　ワンナッシング！」

野球をやる側から伝える側に回ろう。生涯、野球に関わっていたい。大学時代のオレは、強くそう願っていた。ところが、入社一年目についた仕事は、ラジオの情報番組。街の名店を紹介したり、田舎にいる名物おじさんにインタビューしたり。

アナウンス部のホワイトボードに「球場」と書き込んでプロ野球の取材に行く同期を正直、羨ましく思っていた。どうやら、オレはドラフト会議で言えば「ハズレくじ」を引いてしまったようだ。

「今日未明、広島市内で火事があり、家屋一棟を焼きました。現在、警察と消防で火災の原因を調べています。火事があったのは、広島市の繁華街近くの住宅地で……」

照明に照らされたニュースタジオ。東京の局なら、わずか三分の定時ニュースでも、スタジオ内にフロアディレクターやカメラマンがいて「3、2、1、キュー！」なんて始まるんだろう。

しかし、ローカル局だと、スタジオ内には自分ひとり。イヤホンから聞こえる別室のディレクターからの指示を待ち、マジックミラー付きの固定されたカメラに向かって原稿を読み始める。一見、派手に見える職業だが、もう三十年以上もやっていると、単調で変化に乏しい職場だと実感する。テレビのニュースなんて他人が書いた原稿を読むだけ。こんな仕事だったら高校の放送部でも出来る。ニュースが終わった後、すぐに田島がやって来てオレに声を掛けた。

「太田さん。今日、このあと予定あるんですか？」

「いや。別になんにもないけど」

「だったら一杯やりに行きませんか、最近、ゆっくり話せてませんし」

面倒だなとは思ったが、そう言えばコイツとも同じ会社にいながら疎遠（そえん）だったよなと気付いた。

「おっ！　いいね」

オレは心とは裏腹に、即答した。

居酒屋に入った田島は、物凄いペースでアルコールを呷った。コイツ、こんな飲み方をする奴だったっけ？　と不思議に思いながら、昔話に花を咲かせた。

「太田さんって会社を辞めたいって思ったことないんですか？」

「そりゃあるよ」

「じゃあ、なんでまだここにいるんですか？」

「出て行けって奴はいても、受け入れますってとこがなかったからしょうがなくだよな。大体、過去を振り返っても後悔の念しかないから、現状に満足するしかないだろ」

考えてみれば、定年まであと七年。広島では多少、名の知れたアナウンサーだが、こんなつぶしの効かない仕事はないよな！　と自分でも思う。

「俺、実は会社を辞めようって思ってるんですよ」

田島の口から意外な言葉が出た。

「辞めるって、お前、なにすんの？」

「いや。実は、インターネットの番組制作会社から声を掛けて貰ってて、ほら、俺、広島カープの担当記者じゃないですか。監督や選手ともツーカーなんで、その人脈を生かしてネットで新しい番組を作ってくれないかって誘われて」

馴染み(なじ)の後輩の突然の退職話に驚いたと同時に、猛烈な嫉妬心(しっとしん)が生まれた。

「その会社、大丈夫なのか？」

田島はハイボールのジョッキをグイッと飲み干し「同じのもう一杯！」と注文すると赤ら顔で言った。

「それが、来年、大手の携帯会社と共同開発で独自のネット放送局を作るみたいで、今、いろんな人材を探してるみたいなんですよ。で、プロ野球に精通した俺にも白羽(しらは)の矢(や)が立ったみたいです。太田さんも興味があるようなら紹介しますよ」

なんだか、上から目線で語られたことと、実力ではなく、ただの境遇で評価されている田島を怒りにも似た感情で見つめた。

「危なくないのか？　その話」

田島は自信たっぷりに言い放った。

「もう地方局に未来はない。これからは世界中どこからでも見られるネットの時代です」

オレは、食べたくもないゴーヤチャンプルに箸(はし)を伸ばして言った。

「まぁ、テレビもラジオもオワコンなんて言われてるけど、歴史のある放送って文化と、新しく台頭してきたネットって文化と、これからどっちがしぶとく生き抜いて行けるのか。じゃあ、これからオレとお前はライバルになるな」

田島はあからさまに残念そうな表情を見せた。

「そうかぁ。やっぱり太田さんは会社に残るんですね。ほらっ、太田さんって実は野球の実況をしたかった人じゃないですか。なのにバラエティで頭角を現しちゃったから、これが野球に携われるラストチャンスじゃないかと思って。で、ちょっとお誘いをって考えちゃったんですよ」

軽い感じの男だが、人懐っこく相手の懐に入り、やりたいことを推し進めて行く。コイツみたいな奴が世の中では上に行くんだよなぁと思った。優秀な社会人と言うよりも、優秀な会社人。バランス感覚がいい。その点、オレは職人気質が邪魔をしてバラエティ番組をやっているのに融通が利かない性格だ。ひょっとして、この後輩からの誘いに乗って新しい自分に出会ってみるという選択肢もあるはずなのに。

家に帰ると妻と娘が夕食を終え、リビングでくつろいでいた。

「おかえりなさい」

そう言うと、娘は目を合わせることもなく、すぐさま自分の部屋に戻った。スーツの上着を脱ぎながらオレは言った。

「田島と飲んできた。アイツ、会社を辞めるんだって」

上着を受け取った妻は「へぇ、で、なにすんの？」と質問を返してスーツをハンガーにかけた。

「なんか、ネットの新しい放送局が出来るみたいで、そこに転職だって」

「そうなんだ。田島さんって何歳だったっけ？」

「たぶん四十五歳くらいだったと思うけど」

「そうかぁ、ラストチャンスかもしれないから勇気をもって決断したのね」

オレは、妻の言葉にハッとした。アイツはアイツで考え抜いた末の結論だったはずだ。決して簡単な選択ではなかったはず。驚きと嫉妬で軽くあしらってしまったが、人間は自分の人生の主人公。田島も悩みぬいての決断だったに違いない。

「綾子は少しくらいオレと話して部屋に行けばいいのに、機嫌でも悪いのか？」

妻は笑いながらオレを見た。

「パパ。ちゃんと娘のことも見てやってね。あの子、もうずっとパパを避けてるでしょ。気付いてあげてね」

オレは口を尖らせた。

「なんで避けてるんだよ」

妻は呆れた顔をした。

「それはそうでしょ。これから、就職試験が始まるのに、お父さんが地元でアナウンサーなんかしてると面接とか大変なのよ。色眼鏡で見られちゃうし」

「そうか？」

「そりゃそうよ。自分のチカラで頑張りたいのに、ずっと背中に父親の影を背負って会社訪問に行くんだから。きっと、今は顔も見たくないはずね」

「相談してくれれば、いつでも乗るのに。使えるものは親でもなんでも利用すればいいのにな。若い娘の気持ちってよく分からないなぁ」

　妻は笑いながら、諭すように言った。

「なんにも利用できないからパパはずっと今の会社にいたんじゃないの？　綾ちゃんを見てたら、パパにそっくり過ぎて、私、血って怖いって思うくらいよ」

　なんだか急に居心地が悪くなった。

「そうかなぁ。ちょっと、風呂に入って来るわ」


　金曜日。この日は、ラジオのレギュラー番組の生放送だ。オレの担当する生ワイド番組『金曜フライデー』はリスナーからのメールを中心に、週末の行楽情報やお天気、交通情報などを届ける午後一時から午後五時まで四時間の番組だ。十七年続く長寿番組で、オレはこの番組のおかげで知名度を上げた。

　世の中の森羅万象を軽快に語り、毒舌や下ネタを織り交ぜながら進行していく。スタート当初はベテランの女子アナとコンビを組んでいたが、その後、番組が軌道に乗り始めると若い女子アナを相方に起用。これからの会社のエースを発掘する、入社したての女子アナにとっては登竜門的な番組になっていた。

最上由季は現在、入社三年目。この番組は去年から担当になった。大学時代はダンスサークルに入っていて、明るい性格ではあるが、アナウンサーとしてのスキルがどこまで伸びるかは未知数だった。午前十一時、番組スタートの二時間前にスタジオに入ると、ディレクターブースでスタッフがなにやら大笑いをしていた。

「どうしたんだよ、本番前に」

オレはディレクターの越野に声を掛けた。越野は、驚いたように振り返ると止まらない笑いを押し殺すように言った。

「いや、ミッチェルがさっき突然、大きな声を出すから『どうしたの？』って感じになって、聞いてみたら『レコードが黒い』って……」

「なに？　レコードが黒いって？」

「いや。生まれて初めてレコードを見たらしいんですよ」

オレは話の流れをすぐに汲み取り、話題の中へ入った。

「嘘っ！　マジで！　レコードって大きいんですねとか、針を落として掛けるんですねとかじゃなくって『黒い』ってビックリしてたの？」

大学三年生のアルバイト美智子、通称ミッチェルは照れくさそうにオレを見るとオーバーアクションで言葉を制した。

「太田さん、ちょっと待ってください。針を落として掛けるってなんですか？」

「えっ！　お前、それも分かんないの？」

オレは大笑いしながら、スタジオに通じる分厚い扉を開けると、アシスタントの最上に話し掛けた。

「おい、最上！　お前、何歳だったっけ？」

天気予報の原稿を下読みしていた最上はきょとんとした顔で答えた。

「二十五歳ですけど」

「ねぇ、お前、レコードって知ってる？」

「はい。知ってますけど」

「じゃあ、実際に見たことはある？」

「はい。見たことはあります」

オレは茶目っ気たっぷりに聞き直す。

「見たことはあるってことは……」

「えっと。実際に触ったことはないです」

スタジオに入って来た越野とAD三船（みふね）、そして、バイトのミッチェルは、興味津々に最上の答えを聞いている。まるで即興のクイズ番組みたいだ。オレは続けた。

「レコードが黒いって知ってる？」

「はい。大きいのと、小さいのがあるってことも知ってます」

「針を落として聞くってのは分かる？」

「はい。分かります。レコード針ってヤツですよね」

「裏も表も聞けるのは？」

最上はオレを疑いの目で見ると、少し間を空け、ちょっとだけニヤッとした。

「いや。そこは引っ掛かりませんよ。そんな訳ないじゃないですか。それは違います」

オレは笑いそうになる自分を律して質問を続けた。

「いや。レコードの表はA面、裏はB面って言って両方聞けるんだよ」

最上はスタッフに助けを求めるように黒目をキョロキョロさせると、きっぱりと言い切った。

「いや。私は騙されません。なんですか、そのA面とかB面って。そんなの信じる訳ないじゃないですか。イケメンとか、つけ麺とかみたいに、太田さんが考えそうな嘘くさいネーミングですよねぇ！　止めてくださいよ。本番前にからかうの」

越野、三船、ミッチェルの三人が同時に大声で笑った。

「いや。あるんだよ。ホントにあるの」

最上は立ち上がり、両手を左右に大きく振った。

「ないです。絶対にないです。ねぇ、ミッチェル」

バイトのミッチェルは目を床に落として、申し訳なさそうにポツリと言った。

「さっき見たら、裏もありました」

おかげでその日。番組のオープニングトークは大いに盛り上がった。

「バイトのミッチェルは、まだ二十一歳の大学生だからレコードが分からないってのは仕方がないって思うけど、もうすでに社会人、しかもアナウンサーの最上がなによ『A面、B面、つけ麺』って」

「私、そんな言い方はしてないじゃないですか」

「なんだったっけ？　A面、B面、イケメン？」

「なんか、ホントに腹が立って来ました。それだけ若いってことですから、そんなにからかわないで下さいよ」

「ごめん。じゃあ、もうひとつ聞いてもいい？」

最上は伏し目がちに警戒の顔を見せる。オレは、その顔を覗(のぞ)き込んで聞く。

「松田龍平(まつだりゅうへい)って知ってる？」

「もちろんですよ。いろんな映画に出ている個性派の俳優さんですよね」

「じゃあ、松田龍平のお父さんの名前は？」

「えっ。弟が松田翔太(しょうた)さんってことは知ってます。で、お父さんの方ですか？　聞くってことは有名ってことですよね。いや、ちょっと待って下さい。これって、引っ掛け問題ですか。うわっ。どうしよう。どっちが正しいんだろう？　ん～ホントは一般人で無名！」

オレは椅子からずり落ちると、天井を見つめ笑いながら咳き込んだ。最上は不満そうな顔で口を尖らせた。

「なんですか、咳き込むほど笑わなくってもいいじゃないですか。私だって真面目に考えてるのに」

オレは、まだかすれた声のまま呟く。

「もう、そんな時代かぁ。オレ、今五十過ぎだから、お前の倍以上、歳を取ってるんだけど、改めてジェネレーションギャップってのを感じるよなぁ。そんな相手とバラエティ番組やって下さいって、そりゃ無理だわ。オレも疲れるよ」

「いや、そんな説教みたいな話はどうでもいいんです。結局、松田龍平さんのお父さんはどんな人なんですか？　有名？　無名？」

オレは面倒くさそうな顔をしたまま呆れ気味に答えた。

「もうすんごい有名人です。松田優作さんですよ。今の若い俳優やクリエーターたちに多大なる影響を与えた伝説の人です」

「へぇ～。じゃあ親子で有名ってことはキムタクんとこみたいなんですね」

「なんだよ、キムタクんとこって、お前知り合いかよ！」

「もういいですよ。イヤだなぁ年寄りって。若い娘が一生懸命に話を合わせようと頑張ってるのに、ネチネチネチネチ嫌味を言うから。それでは気持ちを切り替えて今日の一曲目をお聞きください。ＳＭＡＰで『がんばりましょう』」

番組が終わってからも話は止まらなかった。

「いや。それにしてもビックリしたよね。最上もミッチェルもリアルにレコードが分かんないんだもん。でも、そりゃそうだよな。ＣＤ世代だから、ＣＤって片面しか聞けないもんな」

番組終了後、スタジオの椅子に深々と座り、反省会と言う名の雑談をするオレに最上は言った。

「太田さん。そのＣＤ世代ってのも、もう違ってて、最近の十代の子たちはきっとＣＤすら触ったことないと思います」

「えっ。なに？　それどういうこと？」

テーブルで、送られてきたメールの整理をしていたミッチェルも話に加わった。

「あっ。太田さん、最上さんの言う通りですよ。もう若い子は誰もＣＤなんか買ってませんよ。最近は、ほとんどの人がサブスクって言って、毎月定額のお金を払って携帯でどんな音楽でも聴けるサービスに入ってるんです」

オレはフムフムと椅子に座り直し、思い付いたように尋ねた。

「ねぇ、ミッチェルんちってラジオはあるの？」

大量のメールを捌きながらミッチェルは言った。

「いや、たぶんないです。見たことないですもん」

オレは最上にも尋ねた。

「お前んちは？」

「えっ？　どっちですか？　実家ですか、それとも今住んでいるウチですか？」

オレは苦笑いしながら問い直す。

「ラジオが今のお前の家にあるかだよ」

「あっ。ウチにはラジオありません」

「えっ。じゃあ、お前は普段、他の奴らの番組聞いてないの？」

最上は仰々しくスマートフォンを小さな布のエコバッグから取り出すと笑顔を見せた。

「これです！　ラジコで聞いてます」

「そうか。ラジオも携帯か。ラジコで聞くのかぁ」

オレは、なんだか寂しい気持ちになった。

「なんかさ、音楽もそのサブなんとかで携帯。ラジオも持ってなくって携帯の中って言われると、実物を持ってないと気が済まない自分が、妙に古くさい人間のような気がして滅入るな。しかも、ラジオって商売道具だろうが！」

スタジオに入って来たディレクターの越野はスマートフォンを手に熱く語った。

「いや。太田さん、ここはいいほうに捉えましょう。番組も音楽も身近になったってことですよ。ラジオもこれまでだと広島だけの放送でしたけど、ラジコのサービスが始まってからは月に四百円くらい払えば日本中のどこからでも広島の放送が聞ける。逆に言えば広島にいながら東京の番組も全部聞ける。だから、今や、ラジオはローカルで作ってても全国ネットみたいなものなんです。俺たちは全国の番組と戦っている訳です。世の中は進化してるんですよ。最上もそうですが、俺たちの番組は携帯の中っていう最先端にいるんです」

オレはまた始まったという顔で越野に語り掛けた。

「お前は、そういう理屈みたいなことは嬉々として喋るよな。ラジオなんか、いくら携帯で聞けるって言ったたって、もう終わってるよ。斜陽産業っていうより、崖から真っ逆さまって感じだもん。だいたい、そんな環境面の話をしてる訳じゃなくって、オレは心の話をしてるの。一緒にラジオ番組をやってるアシスタントの家にラジオがないって嘆いてるの。オレは泣きたいって話」

ディレクターの越野はニヤニヤしながらオレを諭した。

「そんなこと言ってたら一軒家を販売してる不動産屋さんの社員が賃貸のマンション暮らしだったり、高級車のディーラーの自家用車が軽だったり、ロレックス売ってる宝石屋さんの時計がGショックだったり、そんなの日常ですよ」

オレは呆れた表情で呟いた。

「お前はホント良く喋るな。しかも、口から出る言葉は屁理屈ばっかり。お前の口は肛門かよ！　屁ばっかり出しやがって！　はぁ、泣きたい。オレは情けなさ過ぎて泣きたいよ。最上もミッチェルもオレがカネ出してやるから、今日の帰りに電気屋でラジオ買って来い！」

越野はスタジオの外で作業をしているADの三船に大声で言った。

「おい、三船！　ウチのメインパーソナリティーが今、俺たちスタッフと、時代を憂えて泣きたいそうだから、来週の一曲目は、舘ひろしの『泣かないで』を掛けよう」

口をあんぐりして越野を見つめるオレにアシスタントの最上がささやいた。

「あの〜太田さん。ちょっと聞いてもいいですか。舘ひろしって歌も歌うんですか！」

オレは情けなくなって、最上を見つめて言った。

「もういいよ、そんな話は！　お前、最後には舘ひろしと猫ひろしは同じ人じゃないんですか！　って言いそうだから、もう黙ってろよ！」

アナウンス部に戻ると、部内は騒然としていた。ホワイトボードに張られたプリントの前で社員たちがなにやらざわついていた。スタジオに持ちこんでいた週刊誌を、自分の机に置くと、オレはその輪の中に入った。

「どうしたの、騒々しいけど」

夕方のニュースキャスターをしている山根美沙がコソコソ声で言った。

「スポーツ部の田島さんが会社を辞めるみたいなんですよ」

ボードに磁石で張られたプリントを見ると『報道局スポーツ部　田島隆　一身上の都合で退社』と書かれていた。

オレは、他意もなく言った。

「発表になったんだ。なんか、ネットの放送局に引き抜かれたって言ってたな」

集まっていた社員たちが、一斉にこっちを振り返った。

「えっ！　引き抜きなんですか？」

オレは、ちょっと戸惑いながら周りを見渡した。

「いや。この前、久しぶりに飲みに行ったとき、インターネットの会社からいい話を貰ったんだって言ってたから。なんだ、もうみんな知ってるのかと思った」

山根が聞いた。

「どこに行くんですか？」

オレは「なんだか、マズいことを喋ったな」と思った。

「いや。詳しくは聞かなかったけど、とにかく出直すんだって言ってた」

集まっていた何人かが「特ダネを入手した」という顔で、散らばった。ラジオのディレクター安井が訳知り顔で話し出した。

「いや。最近、内定が出たのに他の会社と天秤にかけて、結局よそに行く子ってウチの採用でも結構いるじゃないですか。入ったと思ったら、すぐに辞めちゃうってこともあったし……」

山根が間髪を入れず言葉を挟んだ。

「この間、入って来た新人も十月に研修が終わって正社員になったって思ったら、二ヶ月で辞めましたもんね」

オレは頷いた。

「うん。あれは驚いたな。しかも、十二月いっぱい迄って、普通どんなに会社と相性が合わなくっても三月までは勤め上げようとか思うよな」

安井は続けた。

「なんか、この田島さんの転職。最近の若い子とのジェネレーションギャップってなんなんだろうって思ってたけど、どうやら四十歳代半ばの中年世代にまで『自己中心型』がはびこり出したって気になりましたよ」

オレは遮るように言った。

「いや、でもさ。みんな自分の人生をいかに生きていくかってことを、逆に真剣に考えだしたってことでもあるんじゃないの？」

安井は首をひねりながら聞き返した。

「それ、どういう意味ですか？」

「いやさ。学生時代に就職活動をやって、縁あって今の会社に入ったけど、当たり前のように定年までやり切るってことが果たして正しいのか？　オレ、その辺、ほぼ考えずにここまで来たけど、もう辞めて行く人を責める時代じゃない気がするんだよね」

安井は意地悪そうにオレに問いかけた。

「じゃあ、太田さんもいい話が来たら、これまでお世話になった会社を辞めるってことですか？」

「いやいや。そんなに単純なことじゃないけど」

田島の件で、今まで考えなかったことを考えた。いや、考えなければならなかったことに気付かないフリをしてここまでやって来た。

オレにも「会社を辞めたい」時期が、間違いなくあった。でも、それを食い留めたのは新しい場所に対応できるかへの不安だったり、今の場所にいれば、ある程度、先行きが見えることへの安心感だったりした。結局、勇気がなかったり、能力が足りないヤツだけが、ここに残っているんじゃないか？　そんな気すらした。臆病者（おくびょうもの）のオレには、もうそんなチャンスすら来る気配もない。

夜、田島にメールをした。

【退職願、出したんだな。今日、アナウンス部でも話題になってたよ。新しい職場が今よりいい環境だったらいいな。頑張れよ】

すかさず返信が来た。

【太田さん。いくつになっても『今が最新の自分』です。新しいことにチャレンジするのに年齢は関係ないと思います。俺、軽い気持ちじゃないです。ムチャクチャ頑張ります。また、どこかで仕事ご一緒出来たらいいですね。メールありがとうございました】

「最新の自分かぁ」

その日は、いままでの会社員人生を振り返って眠れなかった。野球部だった自分が、いつかはプロ野球に関わりたいと思いながらも、何もできなかったこと。もっとテレビで活躍したいと思っていたのに、いつの間にだかラジオばかりやって、仲間の華やかな番組を指をくわえて見ていたこと。バカにしていた後輩がいつの間にだか自分よりも上の地位についていること。

「なんか、全部、見て見ぬふりをしながらやり過ごしてきたなぁ」

大人になるって、鈍感になるってことなのか。自問自答をしているうちに朝を迎えた。

今朝の我が家は騒がしかった。

「ねぇ、綾ちゃん。急にそういうことを言われても、ママどうしていいのか分からないんだけど」

「私は、私の人生をちゃんと考えて動いてるから大丈夫」

リビングから聞こえる大きな声に浅い眠りから覚めた。パジャマのまま、ドアを開けた。狼狽（ろうばい）する妻の姿が見えた。

「どうしたんだよ。朝っぱらから」

妻は弁当を右手に玄関まで娘を追いかけているところだった。

「綾ちゃんが就職せずに外国に行くって言うのよ。パパ、ちゃんと話してあげて」

娘は靴を履いて家を出ようとしていた。オレは寝惚け眼（ねぼけまなこ）のまま娘に声を掛けた。

「綾子、どうしたんだよ。ちゃんとパパとママに話しなさいよ」

娘は靴を履き終わると、目を逸（そ）らしたまま言った。

「だから、自分のこれからは自分でちゃんと決めるから黙っててよ」

ガシャンと扉の締まる音がして、娘の姿は見えなくなった。妻は渡しそびれた弁当を手にしたままオレに言った。

「パパ。今晩、綾ちゃんと向き合ってあげてね」

その夜、娘は十二時を過ぎても帰って来なかった。話しやすい環境を作ろうと、娘の好きなハンバーグを作って待っていた妻の落胆は、すぐに見て取れた。

「ラインはまだ既読になってない」

何度も何度もスマホを見る妻にオレは言った。

「就活以外に、最近なにかあったりした？」

妻は、スマホを覗き込みながら言った。

「ないと思う」

「男とかは？」

「彼氏はいると思う。でも、男性のことで家に帰らないような子じゃないよ、綾ちゃんは」

オレは妻の表情を窺った。

「じゃあ、なにが不満でこんな行動を取ってるのかな？」

「あの子、反抗期もなく素直に育ったから、私も皆目見当がつかないのよ。就活のことで悩んでたところまでは聞いてたんだけど」

「しかし、就職しないって急に言われてもな」

オレと妻はおろおろするばかりだった。そして、思いの込められたハンバーグにはラップが掛けられた。

その日、結局、娘は帰って来なかった。朝起きて、新聞を広げると一面に『就職活動が本格化』の大きな見出しが躍っていた。食卓を見ると、ラップが掛けられたハンバーグが淋しそうに置かれたままになっていた。明らかに睡眠不足の妻は「おはよう」とオレに声を掛けると、独り言のように呟いた。

「私、こういうとき、どうしたらいいのか分からない」

オレは寝ぐせのついた髪をかき上げた。

「就活ってスタートダッシュが大事だからねぇ。ここはオレに任せろって言いたいところだけど、オレにも対処の仕方がよく分からないや」

「綾ちゃんが帰ってきたら怒ったほうがいいのかな？　それとも寄り添ってあげたほうがいいのかな？」

オレは思い付きで言葉を返した。

「そりゃ、普通は怒るでしょ。無断外泊したんだから」

「でも、私、腹は立ってるけど、それより綾ちゃんの気持ちが心配なのよね」

すると、妻はなにかを思い付いたような表情になった。

「ねぇ。ラジオのスタッフの子で、綾ちゃんと同い年の子がいたわよね。その子にちょっと今の気持ちとか聞いて貰えないかな」

オレは多少の疑問を抱きながらも「それもありか」と頷いた。

「そうだな。大学三年生のバイトちゃんがいるから、今日にでも聞いてみるよ。それより、綾子が帰ってきたら、とりあえずパパが凄い怒ってたって言っといてね」

ラジオ制作部に行くとミッチェルが、番組プレゼントの発送準備をしていた。オレは、遠目にその作業を見つめた。髪の先端を赤く染め、見るからに業界人の雰囲気を醸し出す今風の女の子だが、気が利くし仕事も早い。信頼できるアルバイトだ。

「なぁ、ミッチェル！」

ミッチェルは振り向くと、オレの顔を見て大袈裟に驚いた表情を見せた。

「こんな時間にどうしたんですか！　太田さん、番組、今日じゃないですよ」

オレは照れくさそうに笑うとからかうように言った。

「お前が普段でもちゃんと仕事をしてるかチェックしに来たんだよ」

ミッチェルは白い歯を見せた。

「太田さん。私の自慢は人が見てないところで頑張る！　だから、人に見られてたら仕事しにくいんですよ」

「嘘つけ！　お前、誰かが見てないと、すぐに手を抜くだろうが」

「ううう。バレてたかぁ」

「なぁ、ミッチェル。今日、ちょっと聞きたいことがあるから昼めしに付き合えよ。時間大丈夫か？」

「あっ！　今日、最上さんとランチに行く約束してるんですよ。だから、最上さんさえ良ければ私は全然大丈夫です」

「最上もかぁ」

一瞬、戸惑ったオレにミッチェルがニヤッとしながら言った。

「えっ！　ひょっとして二人分奢るのをためらってるんですか。それとも、私と二人っきりになりたかったんですか？」

オレはミッチェルの目を上目遣いに見た。

「ホントはお前と二人っきりで、ひざを突き合わせて話したかったけど、最上がいても仕方ないか！」

ミッチェルは部内全員に聞こえるような声で笑った。

行きつけの中華料理屋は混んでいた。スリットの入ったチャイナドレスを着た店員たちが忙しなく動いている。花瓶には梅の花が一輪だけ飾られていた。事前に予約を取っていたのでスムーズに席に着く。四人掛けの丸いテーブルに三人で座ると、最上がポツリと言った。

「なんか、このメンバーでのランチって凄い組み合わせですよね」

オレは「そうだな」と笑うと、ミッチェルが鼻を膨らませながら最上に言った。

「これ、ホントなら私と太田さんのランチデートだったのに運悪く、私が最上さんと約束してたから三人になったんですからね」

最上は不服そうな顔で言い返した。

「えっ！　元々は私が先約だったのに、アンタが急に大事な用が……って、そしたら太田さんが付いて来たんじゃない。だいたい、お昼ごはん付き合って下さいって言い出したのアンタだからね」

ミッチェルは舌をペロッと出すと「でしたね」と頭を掻いた。三人が笑った。

注文した麻婆豆腐セットはすぐにやって来た。ゆっくり話したいときの中華料理は調理のスピードが速いので不向きだ。

「ミッチェルは今日なんで最上と食事しようと思ったの？」

熱々の麻婆豆腐を口に運びながらミッチェルは答えた。

「あっ。就活のことでお聞きしたいことがあって」

この流れは絶好のチャンスだと思った。

「なにを聞きたかったんだよ？」

「エントリーシートの書き方とか、面接の極意とかあるのかなって思って」

「ふーん。お前、どんなとこに行こうと思ってんの？」

「実は私、実家が練り物屋なんです。太田さん『ガンス』って知ってます？」

「知ってるよ。あの魚のすり身に野菜を刻んだのを混ぜてパン粉を付けて揚げてあるヤツでしょ」

「詳しいですね。そう、ウチの実家、あれを作って売ってるんです」

「へぇ。そうなんだ。ずっとお前と一緒にいるけど、実家のこと聞いたことなかったもんな」

　最上もびっくりした表情で話に入って来た。

「私も知らなかった。私、ガンス大好き！　広島に就職でやって来て、一番おいしいって思ったのがガンスだった」

　ミッチェルは嬉しそうに最上を見た。

「だったら、今度、スタジオに大量に持って行きますよ。まさに売るほどありますから」

「で、実家は継がなくていいのか？」

「そこなんですよ。私は子どもの頃からガンスが好きだから家の跡を継ぎたいって父親に言ったんですけど、父親がお店の経営が傾いてるから、一度、違うところで就職して社会を学んだほうがいいって言って……」

「言って？」

「で、景気が悪いからこそ若い私がアイデアを出してやればいいじゃないって大喧嘩になって、それでも父親がギャーギャーギャーギャーギャーうるさいから、じゃあもう私、跡を継がないって宣言しちゃったんで、最上さんに就活のこと聞こうと思って」

最上は俄然、やる気のある声を出した。

「そうなんだ。でも、私も親の反対を押し切ってこの世界に入ったから、私で役に立つのなら何でも聞いて！　こう見えても私、アナウンサー試験十五社受けてるから」

「えっ！　お前、そんなに受けてたの？」

最上はキョトンとした顔を見せた。

「はい。えっ！　でも、アナウンサー試験って三十社とか五十社とか、下手すれば百社受けましたって人、ザラにいるじゃないですか！」

「まぁそうだけど」

「だから十五社なんて、どっちかと言えば早く決まったほうですよ。太田さんは何社受けたんですか？」

オレは三十年以上前のことを思い出して答えた。

「たぶん十二社！」

最上は鬼の首を取ったかのような表情になった。

「ほらっ！　たった三社の違いしかないじゃないですか」

まるで親子喧嘩のような雰囲気にミッチェルは笑いながら言った。

「ウチのお父さんも太田さんみたいにざっくばらんに会話してくれたら、私も素直にいろんなこと話せるんですけどねぇ。太田さんって家でもそんな感じなんですか？」

オレは申し訳なさそうに言った。

「いや、それが家では寡黙なんだよ。きっと、お前の父親と一緒。あんまり喋らない」

ミッチェルと最上は大きく頷いた。そして、周りのお客さんにも聞こえるような声で言った。

「そうなんですよねぇ。なんで、男親って家ではブスッとしてるんですかね。ウチのお父さんなんてお店のお客さんには凄く愛想がいいのに、家の中に入った途端に、全然、喋らなくなるから、もう扱いにくくって。もう、パン粉付けて揚げてやりたい気持ちです」

オレは笑いながら答えた。

「きっと、お父さんも減らず口のお前をすり身にしてやりたいって思ってるんじゃないの」

そのとき、テーブルに置いていた携帯がブルッと振動した。妻からのラインだった。

【綾ちゃんが帰って来た。これから話す】

と書かれていた。オレは【頼む】とだけ返信をした。

結局、三人のランチ会は、ミッチェルがどんな思いで実家の仕事を見ているのか。そして、最上がなぜアナウンサーを目指そうと思ったのか。面接なんて、わずかな時間でなにを表現出来るのかという話に終始した。

綾子のことは話せなかったが、今の若い娘たちもオレたちが悩んでいたように、いや、悩んでいるように、自分は何者なのか、自分の未来はどうなるのか、深く考えていることが分かった。そりゃそうだ。だって、みんな自分の人生の主人公なんだから。

「なんにでもなれるってことは、まだ何者でもないってことなんだなぁ」


会社に戻ると、アナウンス部のテレビに春の選抜高校野球の中継が流れていた。広島からは21世紀枠の横川学院が出場。宮崎代表の日向西高校と対戦することが決まっていた。立ったままモニターを観ていたキャスターの山根がしみじみとした口調で言った。

「21世紀枠って、なんだか謎ですよねぇ。だいぶ前に『21世紀枠に負けるなんて、末代までの恥』って言った島根だか鳥取だかの監督がいたじゃないですか。なんか、その気持ちが分かんないでもないんですよねぇ」

オレは笑いながら答えた。

「うん。オレも高校球児だったから、地区大会で負けた学校が代表校として出てこられると違和感はあるよね」

「そうでしたね。太田さん、元高校球児でしたね。まぁ、21世紀枠って、会社で言えばコネ入社みたいなもんですもんね。で、太田さんポジションはどこだったんですか?」

「ピッチャーだよ」

山根は驚いた表情でオレを見た。

「えっ。ピッチャーだったんですか。なんか、太田さん、ピッチャーって顔じゃないですよね」

「なんだよ。ピッチャーじゃない顔って」

「バッター顔ですよね」

21世紀枠とは21世紀になった二〇〇一年に設けられたシステムで、部員不足や豪雪地帯といったマイナスの環境を克服した学校、またボランティアに積極的に参加するなど、地域の模範となる活動を行った学校が全国から三〜四校だけ選ばれるものだ。

横川学院は、去年の夏に起きた豪雨災害の土砂の撤去作業などを野球部員が率先して行ったことが評価された。

テレビではアナウンス部若手の岡田（おかだ）が甲子園球場から入場行進を終えたばかりの横川学院の選手にインタビューをしていた。

『キャプテン、初めて甲子園のグラウンドを踏みしめた今の気持ちはどうですか？』

『はい。まさか地区大会ベスト16で負けた僕たちの学校が、甲子園に出られるとは夢にも思っていなかったので感激しています』

『中国地方、そして広島代表として県民の皆さんに伝えたいことってなんですか？』

『はい。去年は広島で豪雨災害があり、被災地のみなさんは辛（つら）い毎日を送っていると思います。そんな皆さんを勇気付けたり、元気になってもらえるプレーを見せられたらいいなと思います』

『初戦は宮崎県代表の日向西高校ですが、意気込みをお願いします』

『21世紀枠は高校球児の模範として選ばれるものです。その選考が間違っていなかったと言って貰えるような爽やかなプレーをしたいと思います』

山根がふざけ気味に言った。

「なんだか、岡田君よりキャプテンのほうがよっぽどしっかりしてますね」

そこに最上もやって来た。

「あっ！　岡田先輩が出てる。そうか、今日から甲子園でしたね。いいなぁ、私も行きたいなぁ甲子園。横川学院って、あのコネみたいな制度で出られることになった学校ですよね」

オレは呆れ気味に言った。

「お前らはコネコネコネコネって、言葉が辛らつだねぇ。放送でもあの高校、コネですよねって言ってみろよ」

山根と最上は意地悪そうにほほ笑んだ。

「口が裂けても言える訳ないじゃないですか。オフレコです、オフレコ！　ねっ！　最上ちゃん」

「はい。山根先輩のおっしゃる通りです」

オレは冷ややかに笑った。

会社帰りの車は憂鬱(ゆううつ)だった。妻からあのあと連絡はなかった。綾子は、今、どんな状況なのか。妻はどんな話を娘にしたのか。そして、オレは帰ってからどんな態度で娘と対峙(たいじ)すればいいのか。

人って面白い。関係性の薄い人間には最高の気遣いをし、自分の最大限の能力で向き合えるのに、関係の濃い大切な人には、たとえ喋りのプロのアナウンサーでさえ伝えるべき言葉を見つけられない。どうしても、つっけんどんな対応になってしまう。オレは自嘲気味に笑った。

車を降りると二階の部屋に明かりがついているのが見えた。大きくため息をつくと、帰りに買ったショートケーキの箱を手に玄関の扉を開けた。足元には綾子のスニーカーが綺麗(きれい)に揃(そろ)えて置かれていた。

「ただいま!」

リビングから「おかえり」と妻の声が聞こえた。覗き込むようにリビングを見ると、ソファーには妻しかいなかった。ケーキの箱を軽く持ち上げ妻に見せると、オレは小さな声で尋ねた。

妻は人差し指を天井に向けて言った。

「綾子は？」

「二階」

「どんな感じだった？」

妻はリモコンでテレビの消音ボタンを押した。

「友だちの家に泊ったんだって。で、これからのことなんかを喋ってたらしいんだけど、今日は疲れたから、もう寝るって言ってご飯も食べずに二階に上がっちゃった」

オレは不満げな顔で言った。

「上がっちゃったじゃないよ。外国に行くって話はしなかったの？」

「うん。私、こういうの慣れてなくって。なんていうの？　ほら、綾ちゃんとは、ずっと友だちみたいに接してきたから、急に母親みたいには振る舞えないのよ」

「振る舞えないって、お前、ずっと母親してたじゃないか」

妻は一度視線を落とすと、改めてオレを見つめた。

「じゃあ、アナタはちゃんと父親してた？　親らしいこと、これまでになにかした？　こうやって大切なときにケーキなんか買って来て、なんか柔らかい感じにしようと思ったんでしょ。私もアナタと同じように、あの子には柔らかくしか接することが出来ないのよ」

オレは痛いところを突かれて返す言葉がなくなった。

「まだ綾ちゃんの部屋、電気点いてたよ」

妻は表情を緩めると穏やかに言った。

「二階に上がって、ケーキ買って来たよって話しかけてみて。私、コーヒー淹れとくから」

重い足取りで階段を上った。綾子の部屋のドアからは薄らと明かりが漏れていた。遠慮気味にノックをして声を掛けてみる。

「綾子。パパだけどケーキ買って来たから一緒に食べない？」

しばらく間があった。そして、中から娘の声がした。

「ありがとう。でも、今日はいいや。ごめんね、パパ」

オレは少しでも話しかけなければと思った。

「綾子さ。就活の件だけど、ママもパパも心配してるから、なんかあったらいつでも相談するんだよ。ひとりで抱え込まなくって大丈夫だからね」

扉の向こうから娘がゆっくりと答えた。

「うん。今、いろいろと思うことがあるから、気持ちの整理が出来たらちゃんと話す。ママにも、ごめんねって言っといて」

「うん。分かった。ケーキ、明日にでも食べるんだよ」

久しぶりに夢を見た。それは太陽が燦々と照り付ける高校時代の夏。野球部最後の大会、決勝戦の夢だった。

スコアボードには両チームゼロが並び、回は九回の裏。0対0。オレはマウンドにいた。スタンドにはブラスバンド部やチアリーダーの大応援団。父親と母親が両手を合わせ祈るような姿勢でオレを見つめている。そして、バックネット裏にはスピードガンを手にしたプロ野球のスカウト。

拭っても拭っても落ちて来る汗に、オレの目は充血している。身体が重く、もう握力もほとんどない。相手チームの打者がバッターボックスに入る。プレートを踏み、キャッチャーからのサインを見る。汗のせいで霞んで見えにくい。

オレは大きく振りかぶると、残されたチカラの全てを注ぎ込んで渾身のストレートを投げ込む。一球目、ボール。熱を含んだ砂ぼこりがうっとうしい。

二球目、ボール。三球目、ボール。ベンチをチラッと見る。監督が厳しい表情で腕組みをしている。四球目もボール。ストレートのフォアボール。ノーアウトランナー一塁。次のバッターにも一球もストライクが入らない。

再び、ストレートのフォアボール。ノーアウトランナー一、二塁。ヒットが出るとサヨナラ負け。絶体絶命のピンチ。ネット裏のスカウトがスピードガンをバッグに仕舞うのが見えた。

「イヤだ。最後まで見てくれ。オレはこんなところで負けるピッチャーじゃないんだ。勝つんだ。甲子園に行くんだ。そして、将来はプロに行くんだ。プロで活躍する投手になるんだ」

打席にはクリーンナップを迎える。セットポジション、一塁と二塁のランナーを交互に確認して、一球目、二球目、三球目。投げても投げてもストライクが入らない。四球目、ボール。ノーアウト満塁。ここまで一球のストライクもない。次々と球場を後にするスカウトたち。

「行かないで！　オレを見てくれ！　オレを認めてくれ！」

もう後がない。オレは『己を知り、己に克て！』とつばに書かれた帽子を脱ぎ、額の汗をアンダーシャツで拭った。帽子を深くかぶり直し、もう腕がちぎれてもいいと誓った。打席に入ったバッターを睨みつける。グラブの中の白球を見つめる。

振りかぶった。高校時代の全てを懸けて投じた一球はキーンと金属音を響かせ放物線を描くと、お客さんで満員のレフトスタンドに消えて行った。サヨナラ満塁ホームラン。

相手チームの選手がベンチから飛び出してきた。スタンドからは地鳴りのようなどよめきと歓声が波のように襲って来た。オレは跪くと、人目もはばからずに泣き崩れた。ただひとりマウンドで嗚咽した。

しばらく時が経ち、気が付くと、綺麗に整備されたグラウンドにはオレしかいなかった。

そこで、ハッと目が覚めた。涙で瞳が濡れていた。

「イヤな夢だな」

21世紀枠の横川学院は信じられない快進撃を見せていた。初戦の宮崎代表を3対2の僅差で破った後、二回戦ではプロ入り間違いなしと言われたエースを擁する宮城代表に8対1の大差で打ち勝った。準々決勝では東京代表の甲子園常連校を延長戦の末、撃破。破竹の勢いでベスト4に名乗りを上げていた。

新聞では『21世紀の奇跡』だの『被災地の恩返し』だのと見出しが躍った。ウチの会社も取材を強化するとの方針を打ち出した。アナウンス部で新聞を読んでいると、後ろから最上の「キャー」という大声が聞こえた。

「ホントですか！　はい！　行きます！　是非、やらせてください」

アナウンス部長に深々と頭を下げると、最上は満面の笑みで小走りにオレのほうにやって来た。

「太田さん！　やりました！　私、今日の『金曜フライデー』が終わったら甲子園に取材に行けることになりました」

「良かったな。お前、行きたがってたもんな」

最上はオレが読んでいたスポーツ新聞を奪い取ると、記事に添えられている写真を見ながら言った。

「ねぇ、太田さん」

「なんだよ？」

「あの〜。春の選抜にも、かち割り氷はあるんですかね？」

　番組でも、最上はテンションがマックスだった。

「私、高校時代、陸上部だったんですけど、ちょうど野球部の外野の人たちの後方で練習してて、いっつも野球部のボールが飛んでこないか気にしながら走ってて。でも、ウチの高校の野球部は地区大会の一回戦で負けちゃうような弱い学校だったから、外野の後ろになんかボールが飛んでこないんですよ。それでも、万が一ってことがある訳じゃないですか。それで、野球部ばっかり見ながら走り込んでたから、私も全然、足が速くならなくって」

　ディレクターブースでは越野と三船が笑いながら最上を見ている。オレは、喋り続ける最上を吹き出しそうになりながら制した。

「黙って話を聞いてるけど、どう考えても、お前が陸上部だったのに足が遅いのは野球部とは関係ねぇだろ！」

「なに言ってるんですか太田さん！　今回の横川学院みたいに強いチームだったら、絶対にボールが飛んでくるってことで違う場所で練習をしてたはずなんですよ。でも、弱いから、多分飛んでこないだろうってセンターの後ろで走ってたから練習不足になってしまった。私が実力を出し切れなかったのは、野球部が弱かったせいに違いないんです」

「お前さ、さっきから横川学院が凄いだ、強いだって騒いでるけど、大会が始まる前は横川のことコネで出場するチームって馬鹿にしてたじゃねぇか！」

バイトのミッチェルが大笑いするのが見えた。最上は上半身を乗り出して、目を剝きながら反論した。

「私、そんなこと言ってないですよ。うわっ！ そんなこと放送で言います？ 私、絶対に言ってないですって」

オレはここぞとばかりに最上を問い詰めた。

「イヤ、お前は言った。絶対に言った」

最上は頰を膨らませると、ため息のように言葉を吐いた。

「ん～っ、言ってません。それ、ちょっと誤解があります。あれは、太田さんと山根先輩と一緒にアナウンス部でテレビを観てるときに、山根先輩が『21世紀枠って、ちょっと変な制度だよね』って言ったから、私は何気なく、そうですねって相槌を打っただけのことで……」

「ひゃ～っ！ 怖っ！ お前、先輩を売ってまで自分を正当化しようとするのか。イヤ、お前は、相槌じゃなくって、間違いなく自分の口で横川学院を『コネで出場するチームですよねぇ』って言った」

「だ・か・ら！　言ってないですって！　もう～っ。今日、この番組が終わったら新幹線に乗って、すぐに甲子園の取材があるんですから変なこと言ってからかうの止めて下さいよ」

「いやぁ。ホント、女子アナって怖いね。オンとオフの、この違いよう。リスナーのみんなにも、こいつ等の普段の会話を聞かせたいよ」

　最上はバツの悪そうな顔をしながら、オレのほうに手を振り続け否定した。

「言ってません！　リスナーの皆さん、私、そんなこと言ってませんからね。もう、言ってませんてば！」

　番組が終わると、ディレクターの越野がプリントアウトしたメールの束を手にニヤニヤとスタジオに入って来た。散々、イジられた最上はテーブルに突っ伏したまま若干ふて腐れていた。

「やっぱり関心が高いんですねぇ。見て下さい、このメールの数。これ全部、横川学院への激励メッセージですよ」

　その量は、ちょうど電話帳の分厚さと同じくらいだった。

「それにしても、今日の太田さんの最上イジりは楽しかったですねぇ。必死の最上も最高に笑えました。最上！　いい勉強になっただろ」

「なにがですか」

越野は笑いながら言った。

「太田さんの前で世間話をするってことは、いつネタにされても仕方がないってことだよ。でも、違う見方をすると、太田さんがお前の話を覚えてるってことは、世間一般の人も同じようにお前の話を覚えてるってことで、お前はなんてことないって思って喋ったことでも、相手からすると『この娘、なに言ってんだ』って思われてる可能性があるってことだからな」

最上は頬杖を突いたまま不服そうに言った。

「なんだか、今日の出来事がショック過ぎて、越野さんの言葉が全然、頭に入ってこないんですけど」

越野はしゃがみ込んで、椅子に座ったままの最上に目線を合わせた。

「だから、今の言葉も、俺からすると、せっかく助言をしたのに、お前は俺の話が頭に入らないって、俺の善意を無にしたって思う訳さ。人ってさ、日々会ってると、この関係性だからこのくらいはいいだろうって勝手に思って甘えちゃうけど、相手は自分の意見と違うって思ったら、いくら関係が近くても、そんな考えの人だったのか！　って相手を評価するって話さ」

最上は、まだ分からないという顔をした。オレは越野の言葉を補うように、最上に言った。

「まぁ、簡単に言うと、自分が喋ったことを相手がどう受け取るか分からない。だから、その言葉の積み重ねで『あの人はいい人！　この人は悪い人！』って勝手に評価されるってことだよ」

最上は身体を持ち上げると、困ったままの顔でポツリと言った。

「でも、そんなこと言われたら、もう怖くて誰とも喋れませんよ」

越野はニッコリとほほ笑むと最上に言った。

「そうだよ。喋るって怖いことなんだよ。でも、そこに自分から手を挙げて就職してきたのがお前だよ」

最上は両手で髪の毛をグチャグチャッとすると立ち上がった。

「分かりました！　ただでさえ、太田さんの裏切りにショックを受けてるのに、みんな説教くさいったらありゃしない。もう、行ってきます！　誇り高き21世紀枠を勝ち取った、高校球児の鑑(かがみ)、横川学院の取材、行ってきます！」

オレも越野もキレ気味の最上の言葉に笑った。

「世の中、壁に耳あり障子に目ありだから、甲子園で軽口叩(たた)くんじゃねぇぞ」

「いいか、最上。人の悪口ばっかり言ってたら、口が腐るからな！」

最上は髪をなびかせ「フンッ！」と言った。そして、言い放った。

「私、たしかに横川学院のことをコネって言いましたけど、それより、その話を番組で喋った太田さんのほうが絶対に悪いって思います！　もう、みんな大っ嫌い！」

オレと越野は目を合わせると大きく笑った。

最上がスタジオをあとにし、そろそろ全員がスタジオを離れようとしたとき、バイトのミッチェルが一枚のファックスを持ってやって来た。

「太田さん。服部(はっとり)さんって知ってます？　キャッチャー服部！」

オレは心臓がピクンとなった。

「えっ。知ってるよ。高校の同級生。ん？　なんでお前が服部を知ってんの？」

ミッチェルはファックスをオレに手渡した。

「今日の番組宛(あ)てに来てたみたいなんですけど、なんか今日、メールが多すぎてファックスにまで目が行き届かなくって、で、さっき気付いちゃって」

見覚えのある丁寧で綺麗な文字だった。

「服部かぁ。懐かしいなぁ」

仕事を終えたAD三船もやって来た。

「ラジオネームがキャッチャー服部って。どんな人なんですか」

この前、夢で会ったばかりだ。オレがこの男を忘れるはずがない。

「高校の野球部時代にバッテリーを組んでた仲間だよ」

「じゃあ、ホントにキャッチャーやってた服部さんなんだ」

「そうそう。コイツ、ホントにいい奴でさ。オレ、コイツのおかげでマウンドに立ててたんだよなぁ」

ミッチェルが言った。

「太田さん、たまには練習を見に来いって書いてありましたよ」

オレはファックスに書かれた文字を目で追いながら、ミッチェルに言った。

「お前、なに人の私信を読んでんだよ」

「えーっ！　なに言ってるんですか。メールだってファックスだって番組に来るメッセージは、一応バイトの私でも全部目を通しますよ」

走馬灯のように甦る、若き日の野球部時代を懐古しながら服部からのファックスを読んだ。

〈太田！　番組、たまに聞いてるぞ。元気そうでなにより。今日の番組で高校野球のことを熱く語ってたな。なんか考え方がお前らしくって嬉しくなったよ。今、俺、野球部の監督をやってるから、たまには母校に顔を出せ。「締まって行く〜っ‼」キャッチャー服部より〉

ファックスを読み終えるとミッチェルが言った。

「たぶん、高校球児って、よく地域のためとか故郷の代表としてなんて言うけど、自分のため、自分だけのためにプレーをすればいい。その上で結果がついてくれば関わった全員が幸せになるって、あの言葉じゃないですか？」

三船も腕組みしながら頷いた。

「あっ。そうそう。あの言葉、俺もなんだかグッと来ました。元球児の太田さんらしいコメントだなぁって。で、最後に書いてあった『締まって行く〜っ‼』って、あれなんだったんですか？」

オレは噴き出しそうになった。

「あっ、あれな。コイツが初めて試合でマスクを被ったとき、緊張しすぎて『締まって行こう！』って言うところを、間違って『締まって行く〜っ‼』って言ったんだよ。相手チームのベンチまで大笑いでさ。今も、野球部の奴らが集まると語り草みたいになってる」

番組が終わったらすぐに帰ろうと思っていたが、無性に服部に会いたくなった。いや、正確には野球部が練習するグラウンドに行きたくなった。

オレはハンドルを握ると、家とは逆方向の母校に向かった。車でおよそ二十分。広島の市街地を抜けて、国道2号線を海に向かって進むと山を切り開いた高台にオレの通っていた『瀬戸内栄進高校』があった。懐かしい校門を抜ける。入り口の石碑には『己を知り、己に克て』の文字があった。気持ちが高校時代にタイムスリップしたような感覚に陥った。

　車を来客用の駐車場に停め、ドアを開けるとボールを弾く独特の金属音が聞こえた。夕暮れ時、見ると校舎横の桜には薄らとピンク色の花びらを包み込んだ蕾が膨らんでいた。照明塔のライトに照らされた野球部のグラウンド。この照明はＯＢの寄付で取り付けられたものだ。

　オレは練習の邪魔にならないようネット沿いを歩くと三塁側のベンチにどっしりと座り込み生徒を見つめる服部を見つけた。

「締まって行く〜っ！」

　服部は腕組みをしたまま一瞬キョロキョロと周りを見渡すと、オレを見つけ真っ白な歯を見せた。

「おーっ！　早速来たな。地元の大スター！」

　瀬戸内栄進高校の野球部は四十年ほど前まで広島県の強豪校として名を轟かせていた。オレや服部が中学三年生のとき、夏の甲子園大会でベスト4まで勝ち進み、甲子園に『栄進旋風』を巻き起こした。

　それをテレビで観ていた坊主頭のオレや服部は、「甲子園に行くなら、この学校だ」と栄進を受験した。だが、あの時以来、甲子園どころか地区大会で決勝に進んだことすらない。オレたちが高校三年だったときを除けば……。

「お前、何年ぶりだよ学校に来るの」

オレは照れくさそうに言った。

「ん？　たぶん、入社して二、三年目のときに取材で来て以来かな」

服部はウインドブレーカーのポケットに入れていた右手を差し出して笑った。

「ようこそ栄進へ。元エース！」

オレはその手をガッチリと握ると、その言葉に切り返した。

「ありがとう！　リスナーさん！」

ベンチに座り、後輩たちの練習を見守る。三月も後半になり、陽が落ちると途端に肌寒くなる。オレはジャケットの襟を立て、ポケットに両手を忍び込ませた。

見たところ部員は十数人しかいない。五十人近くの部員がいたオレたちの頃とは練習の雰囲気も様変わりしている。充分に練習をするには明らかに部員数が足りない。

バッティング練習が終わると服部は選手に「集合！」と声を掛けた。全力疾走で集まる部員たちは、この寒さの中でも汗を拭い、息を切らせて三塁側のベンチ前に整列した。服部は生徒たちを見渡すと、オレに視線を送った。

「みんな、この人を知ってるか？　知ってるヤツは手を挙げろ」

部員たちはオレを見つめ、選手同士で目配せをしたあと、ちょっとだけニヤニヤした。そして、十五人ほどの中から五人が手を挙げた。

「なんだよ。知らないヤツのほうが多いのかよ。この人は『広島中央放送』のアナウンサー太田裕二（ゆうじ）先輩だ。有名だろ『金曜フライデー』って番組」

生徒たちは戸惑った表情で首を左右に振った。オレは、その雰囲気に堪（たま）りかねて助け舟を出した。

「まぁ、最近はテレビよりもラジオばっかりだし、番組も平日の午後だから、みんな知らなくて当然だよな！」

生徒たちは愛想笑いをしながら頷いた。ホッとしたムードの生徒たちとは対照的に、服部は不満そうだった。

「いいか。太田先輩は今でこそ、広島じゃ有名なアナウンサーになってるが、高校時代はこの学校の野球部で、しかも夏の甲子園予選でオレとバッテリーを組んで決勝まで行ったエースだ」

恐縮して見せるオレに対して、生徒たちは「うぉ～っ」と唸（うな）った。明らかに、アナウンサーと言ったときよりもリアクションが良かったことにオレは笑いそうになった。高校球児の憧（あこが）れは地方局のアナウンサーではなく、地区大会決勝のエースなんだ。服部の演説は続く。

「で、せっかくだから、今日は太田先輩と全員が対戦しよう！」

オレは突然の提案に目を白黒させた。

「いやいや。もう、何年も真剣に投げてないからストライクどころかスピードだって……。それに、みんなに迷惑を掛けるよ」

服部は満面の笑みで生徒の顔を見渡すと、全員に返事を求めた。

「みんな、どうする？　太田先輩とやるか？」

生徒たちは生き生きとした表情で「はい！」と大きな声で叫んだ。

その、束になった声にオレのやる気にもスイッチが入った。

「よし！　じゃあ、やってやろうじゃないの！　みんな、グラウンドに散れ！　一人ずつ対戦だ！　勝負だ。真剣勝負だ！」

オレはジャケットを脱ぐと、服部に向かって言った。

「お前が受けろよ！」

服部は「もちろん」と頷くと「そう来なくっちゃ！」と笑った。

久々に立つマウンドは気持ちを高揚させた。腕をぐるぐると回し、革靴でマウンドの土を均し、ホームベースの後ろに構える服部のミット目がけてオレは白球を投じた。

ボールは、服部の頭上を遥かに越えてバックネットに直接突き刺さった。服部は呆れたように噴き出した。

「おいおい！　大丈夫か、元エース！」

各ポジションに散らばった生徒たちも大笑いした。

「すまん！　もうちょっと投球練習させてくれ！」

対戦は優に一時間を超えた。迎えたバッターは十五人。速球、カーブ、タイミングを外すチェンジアップ、握りを変えたシュートにスライダー。もう後半は握力が全くなくなっていた。指先には血豆が出来、肩の後ろ側の筋肉がパンパンに張っていた。

身体のどこの部位が痛いのか自分でも分からなくなってしまうほど真剣に投げた。それでも、時速100キロちょいの打ち頃の球は生徒たちの餌食(えじき)となった。メッタ打ち。オレは最後のバッターにレフト前ヒットを打たれると、あの夏の大会のときのように肩で息をしたままマウンドに跪いた。

「みんな、ありがとう！　参ったよ！」

それでも、マスクを被った服部はオレのところまで歩み寄って、こう言った。

「いいボール来てたよ。ナイスピッチング！」

清々(すがすが)しかった。野球って楽しい。なんで、高校のとき、こんな気持ちで野球に向き合えなかったんだろう。なんであのとき、オレはスカウトばかりに目を向けていたんだろう。

高校を卒業して三十五年、スポーツの、いや、野球の醍醐味(だいごみ)に初めて触れたような気になった。気持ち良かった。

「オレはやっぱり野球が好きだ」

「いてててて……」

翌日、身体はもうボロボロだった。二階から一階への階段を降りることどころか、太ももが上がらず、普通に歩くことさえできない。寝起きのジュースをと冷蔵庫を開けようとしたが、手のチカラがUFOキャッチャーのアーム並みにゆるゆるで扉さえ摑めない。

「パパ、ブリキのロボットみたい」

この、油を差し忘れた身体のおかげで、久しぶりに娘の笑顔を見た。

「ホントだね。『オズの魔法使』に出て来るブリキ君がこんな動きだったね」

妻も、この軽口に続いた。缶のトマトジュースを手にしたまま、国会の牛歩戦術のようにソファーの前まで来ると、オレは重力に身を任せドスンとクッションに受け止められた。

「私、パパの野球してる姿、見たかったな。ママは見たことあるの?」

食卓の椅子に座ったままの娘が言った。妻は食パンをトースターに放り込むと、恋する少女のように呟いた。

「高校生のときは、違う学校だったからもちろん見てないけど、付き合いだしたばっかりの頃、草野球の応援に行ったことがあるから、そのときの一度だけかな」

「パパってピッチャーって感じじゃないよね。放送のときはさすがにメインだから、チームリーダーって感じを出してくるけど、家にいるときは明らかに7番・セカンドって雰囲気」

妻はその言葉に笑った。

「なによ。７番・セカンドって」

娘は顎に手を置き、まるで名探偵がなぞ解きをするかのように語った。

「なんて言うんだろう。決して自己主張せず、試合の流れをじっと見ていて、その流れに沿ったプレーをするって感じかな。タイムリーヒットを打つ人じゃなくって、送りバントをする人」

妻は驚いたように綾子に言った。

「なかなか凄い洞察力でパパを見てたのね。あと、綾ちゃん、野球、そんなに詳しかったっけ？」

「ん？　ママさ。私、こう見えても生まれも育ちも広島だよ。広島の子って血液の赤はカープの赤。もう細胞の中に野球とかカープとかがあるんだよ」

こんがりと色づいたトーストと、見るからに新鮮そうなビタミンカラーのサラダをリビングまで運んで来た妻は、綾子をからかった。

「綾ちゃんの理屈通りだと、大阪の娘さんの血液はタイガースの色の黄色で、名古屋の娘さんの血はドラゴンズの色の青色ってことになるね」

オレはトーストをなんとか口に運びながら言った。

「じゃあ、ヤクルトファンの血はやっぱりヤクルトで出来てるのかな？」

綾子は屈託のない笑顔を見せた。いつ以来だろう、家族が揃ってただとりとめのない無駄話をしているのはと思った。
目の覚めるような大きな出来事なんかなくったって、人はこんな小さな朝の一コマで幸せを感じる。この積み重ねが多い人が、きっと人生を豊かに生き抜いた人と言えるんだろう。オレはそんなことを感じながらサラダのきゅうりをぼりぼりと齧った。

なんと、横川学院は春の選抜の決勝戦にまで駒を進めた。21世紀枠で出場したチームがベスト4まで進出しただけで話題になっていたにも拘らず、今や全国区の人気チームへと変貌を遂げた。

朝のワイドショーには、この伏兵とも言えるチームを牽引し続けるエース安住君の両親が……。お昼の番組にもキャプテン原田君のお母さんが出演。小さい頃からの写真を交え、この生徒たちがいかに野球に真摯に取り組んできたかを特集していた。担任の先生に至っては、どのチャンネルに合わせてもインタビューを受けている始末で、まさに日本中が『横川フィーバー』に沸いていた。

我が広島中央放送（ＨＣＨ）も鳴りっ放しの東京キー局からの電話対応に追われた。こういうとき、地元の放送局は東京や大阪、最近では名古屋からも送り出す全国ネットの番組の対応をしなければならない。

ただでさえ地元で特番を作らなければならないのに、ネット局からの思い付きにも近い企画に振り回され、てんてこまいの状況だった。

「校長の声は誰が撮りに行くんだよ」

「ブラスバンド部の苦労話の担当は？」

「チアリーダーの女の子の中にエース安住君の妹がいるらしいぞ」

「広島出身の有名人に片っ端からメッセージを貰え」

次から次に依頼されるオーダーに社内は戦場のような混乱ぶりだった。しかし、これを嬉しい悲鳴と言うのだろう。開幕前には想像すらしなかった展開である。そして、オレの元にも『横川学院、決勝進出テレビ特番』の仕事が舞い込んだ。

「太田。夜中の二十四時三十分からの放送なんだけど、お前と山根で司会を頼むよ」

スポーツ部も報道部も、ましてやアナウンス部に至ってはほぼ全員が出社して、いろいろな場所に取材に行っている。残されたアナウンサーで特番を凌ぐということでオレに白羽の矢が立った。

経緯はともかく、ようやく回ってきた高校野球の仕事。しかも、地元のチームが優勝を飾るかも知れない状況でのこの番組にオレは興奮を隠せなかった。21世紀枠には違和感を感じると思い続けていたのに……。

「太田さん、今晩の特番、気合でお願いしますね。俺、太田さんのラジオ、いっつも聞いてるから、一緒に仕事が出来るのちょっと楽しみなんですよ」

「えっ。お前、ラジオ聞いてんの？　いやいや、それがさ、テレビの特番なんて久しぶりなのと、スポーツの仕事自体ほぼやったことないから、気持ちが新人みたいになってんだよ」

「太田さんが新人の頃なんて、まだテレビが白黒で、覚えてないでしょ、そんな昔のこと」

「ふざけんなよ。生まれた時からテレビはもうカラーだったよ。オレのこと、何歳だと思ってんだよ」

特番の担当ディレクター、スポーツ部の脇田（わきた）は三十代前半。この会社には珍しいデキるタイプの社員だ。

ほかの社員がダメだという訳ではないが、地方のローカル局はやはりどこかしら緩さや甘さがある。そんな中、脇田はどんな状況下でも最後の最後まで粘り強く演出をしてくる男だ。

「横川がベスト16くらいのときに上の人間が『特番があるかも知れないぞ』って一言声を掛けてくれてれば、こんなにバタバタする必要はなかったんですよ。大体、俺、聞いたんですよ。『万が一のことがあったら特番やるんですか』って、そしたら『21世紀枠だから、万が一なんてないでしょ』とか言いやがって」

「まぁ、普通に考えたらないっちゃないわな」

脇田はキリッとした表情でオレの目を見ると、語気を強めて言い放った。

「普通に考えないってのがこの仕事の大事なことなんじゃないんですか。普通に考えてるから田舎くさい、ダッサイ番組ばっかりになっちゃうんですよ。ウチの会社のテレビで、胸を張って観て下さいなんて言える番組、一本もないですよ。太田さんのラジオって当ってるじゃないですか、あれって普通なら言わないようなことを平気で言っちゃうからウケてる訳でしょ。コンプライアンスなんかクソ食らえ！　って感じで。あの番組、普通じゃないもん」

つっけんどんな言い方をするが、脇田の言葉は素直に嬉しかった。オレ自身も、反響や反応がない番組なんてやってる意味がないと意地を張りながら仕事をしてきた。その思いを知って欲しいのは、リスナーや会社の上の人間ではなく、せっせと番組を作り続ける下の人間だったからだ。

「オレさ。高校三年のときに広島大会の決勝まで行ってんだよ。でも、九回の裏に満塁ホームランを打たれて甲子園に出られなかった。だから、この特番は、オレにとって疑似甲子園出場みたいなもんだよ」

脇田は目を丸くすると鳩（はと）が豆鉄砲を食らったような顔をした。

「えっ！　一九八四年の夏の大会の決勝ですよね。あの太田って、太田さん？」

「えっ！　なによ。逆にお前、なんでそんな年代まで言えるんだよ」

脇田は顔中を皺だらけにすると、オレの両肩を摑んだ。

「マジっすか！　あの伝説の、悲劇のピッチャーって太田さんだったんですか」

オレはキョトンとした。

「そうだよ。伝説かどうかは知らないけど、あれオレだよ」

「なんで、今まで黙ってたんですか。えっ！　番組とかで喋ってます？　その話」

「うん。たまにネタにしてるよ。お前、オレのラジオ聞いてるって嘘だったんだろ」

「いや。聞いてるのは聞いてるんですけど、その話は聞き逃してます。なんだよ、このクソ会社。で、なんで太田さんはスポーツに絡んだ仕事してないんですか」

オレは興奮する脇田をたしなめるように口を尖らせた。

「そんなことオレが聞きたいよ。スポーツ志望で入って来たのに、野球部でも何でもないヤツが実況してて、オレはずっとバラエティやってたんだから」

脇田は唇を嚙み締めると、吐き捨てるかのように言った。

「ホントにウチの会社の人事ってバカですよね。よくもまあ、これだけ的外れな人事が出来ますよね。まぁ、他の部署もそうですけど、バカなトップが自分の邪魔になりそうな才能のあるヤツを全部弾いちゃうから、現場にバカしか残ってなくって、優秀な人はみんな現場以外なんですよねぇ。えっ。じゃあ太田さんの高校時代の映像ってウチにもあるでしょ。せっかくだから、今日、使いましょうよ」

オレは突然の展開に狼狽した。

「いや。それはどうかな。今日の主役は選手たちだし、また太田が久しぶりのテレビに調子に乗って出しゃばってって思われるんじゃない」

「なに言ってるんですか！　地元の学校が甲子園の決勝に出る。その特番の司会をしてるのが地区大会の決勝で負けた伝説のピッチャーって、ムチャクチャいい話じゃないですか。これこそがテレビに必要な演出ですよ。キャスティングに物語を持たせるって即興では出来ないことなんです。太田さんの、その歴史、番組の柱にさせて下さい。なにより、選手たちの気持ちもわかるだろうし」

脇田は、大きく手を一発叩いた。

「よし！　決まった！　ありがとうございます。腹が据わりました。それ、やりましょう。俺、資料室に、高校時代の太田君を探しに行ってきます！」

そう言うと、脇田はあっと言う間に地下に消えて行った。

午後一時。日本中から青という青を集めてきたかのような空が広がる甲子園球場は異常な盛り上がりを見せていた。

内外野、そしてアルプススタンドまでギッチリの観客が、固唾を飲んでグラウンドを見つめている。二〇〇一年にスタートした21世紀枠のチームが初めての決勝進出。そして、対するのは地元・近畿代表の兵庫・尼崎中央学園。両校とも初出場。勝てばもちろん初の紫紺の優勝旗を手にすることになる。

試合開始前から両校の応援団が互いのチームにエールを送りあい、客席からは割れんばかりの拍手が沸き起こっていた。オレは、その模様をアナウンス部のテレビで特番を共にする山根と観ていた。

「凄い歓声ですね。選手たちは、みんなどんな気持ちで、この景色を見てるんですかね」

「そうだよな。地区大会でベスト16っていえば、お客さんは百人か二百人だもんな。それがある日突然、五万人が見つめる場所で試合しろって言われても平常心じゃいられないよな」

山根は机に置かれたお土産のせんべいをバリバリと音を立てながら食べた。

「お前は、ホントいつでも平常心だな」

山根は恥ずかしそうにペコリと頭を下げた。

「すみません。うるさかったですね。お腹が空いちゃって。ねぇ、太田さん。太田さんはどっちが勝つと思います?」

オレは腕組みをすると、まるで探偵がなぞ解きをするかのような口調で言った。

「そりゃ、お客さんのムードからして地元の尼崎が断然有利だよな。でも、こういうときって逆に、そのムードが重荷になることもあるからなぁ。スポーツって面白くてさ、どれだけプラスのイメージを頭に描けるかで勝負が決まっちゃうんだよ」

「それって、どういう意味ですか？」

「ん～例えば、ピッチャーがバッターと対戦するとき、前回はどんな球で打たれたんだっけ？　って思って投げるのか、前回はどんな球で打ち取ったんだっけ？　って思って投げるのかで身体の動きが変わるんだよ。マイナスのイメージがあって投げた球と、プラスのイメージを持って投げた球は、知らず知らずにボールに伸びがなくなったり、思いのほかボールがバッターの手元で伸びたり。だから、アスリートは常にプレー中プラスのことを考える『プラス脳』を鍛えなきゃいけないんだよ。だから、いざというときに自分に掛ける言葉も『負けないぞ』じゃなくって『勝つぞ』って言わなきゃいけないの」

「で。だから、どっちが勝つと思います？」

「当たり前だよ。横川だよ」

　オレは自信たっぷりに言った。山根はせんべいを持ったまま「えーっ！」と奇声を発すると「なんでですか？」と驚いた。

「だってさ。尼崎の選手たちは、相手が21世紀枠だから絶対に『負けられない』って思ってるだろ。片や横川の選手たちは、せっかくここまで来たんだから『勝ちたい』って思ってる。負けられないって思ってるチームと勝ちたいって思ってるチームじゃ、試合の楽しみ方が違うもん」

山根は感心した表情を見せた。

「確かに！　深いですねぇ。さすが、元エース。私、初めて太田さんのことを尊敬しちゃいました」

オレは笑うと、せんべいを咥えて言った。

「なんで、そこで初めてって言うんだよ。初めてって言葉、要らないだろ！」

試合は緊迫した。一回戦から投げ続けている両チームのエースが緩急を付けながら相手打線を翻弄した。五回が終わって０対０。まさかの投手戦となった。

「いい試合ですねぇ」

「ホントだな。甲子園に来て、これがお互いに五試合目だから、ピッチャーはもうほぼ握力がないはずなんだよ。下半身の踏ん張りもきかないはずだし。それなのに安住君、コースをついて丁寧に投げられてるもんな。尼崎の江藤君もさすがは今年のドラフト候補って感じで、まだストレートなんか１５０キロ出てるもんな。二人ともバケモンだよ」

「安住君ってやっぱりここまで来ると、プロのスカウトなんかに注目されるんですかね」

オレは山根の言葉にハッとした。

「そりゃ意識はするだろうな。毎日、スポーツニュースだって観てるだろうし、スポーツ新聞も読んでるだろうからな」

「そりゃそうか。まぁ普通はそうですよね。だって、スポーツ新聞の一面にこの間までただの高校生だった自分が載るなんて、意識するなってほうが無理ですよね」

山根は続けた。

「ねぇ、太田さんなんかも地区大会とはいえ決勝まで行った訳ですから、プロのスカウトなんかが見に来てたんでしょ。やっぱり意識しました？」

オレは、あの忌まわしい九回裏の出来事を思い出して言った。

「ん？　来るには来てたけど、地区大会の決勝ごときのピッチャーがそこまで思うことはないよ」

オレは嘘をついた。そこに、特番担当のディレクター脇田が大きなビデオテープを持って息を切らせながら走り込んで来た。

「太田さん。ありましたよ。例のヤツ」

オレは心臓が締め付けられるような感情になった。脇田の剣幕に驚いたように山根が聞いた。

「脇田さん、なんですか、そのＶＴＲ」

脇田は自信たっぷりにそのビデオテープを掲げると山根の目をしっかりと捉えて言った。

「今日の特番の秘密兵器だよ。テレビならではの、仕込もうと思ってもなかなか仕込めない奇跡のような映像だよ」

広島の横川学院、そして兵庫の尼崎中央学園の戦いは決勝戦にふさわしい好ゲームのまま0対0で最終回を迎えた。テレビではNHKの実況アナウンサーが両校投手の健闘を称え続けている。

アルプススタンドの女子生徒の中には、すでに泣きはらした目の者や、号泣している者もいる。カメラは横川のエース安住君の両親を捉えたり、チアリーダーとして兄の応援を続ける妹の姿を映したりしていた。

「ここまで来たら勝って欲しいなぁ。そしたら、今晩の特番の数字、跳ね上がりますよ」

食い入るようにテレビを観ている脇田は、机に座ったまま、貧乏ゆすりが止まらない。

山根がメモを取りながらポツリと言った。

「この試合って、広島の視聴率とんでもないんでしょうね」

脇田が頷いた。

「うん。カープが二十五年ぶりに優勝した二〇一六年の試合は、広島地区の平均視聴率が60・3%。瞬間最高は緒方監督が胴上げされてる場面で71・0%。横川が優勝でもしたら、それに近い数字は出るよな。そうなると今晩の特番も下手したら紅白歌合戦超えみたいな数字がありうるもんな」

オレは夢見る二人とは裏腹に、終盤、少しずつ萎縮していく選手たちの動きが気になった。

「なんかさ。明らかに横川の選手たちが淡白になって来てるよな。バッターはみんな三振したくないから初球打ちだし、エースの安住君がピンチになっても内野陣が集まって来ないし。みんな、ちょっと決勝戦の独特のムードに飲まれ始めてるよな。心配だよ」

脇田も山根も、その言葉に我に返ったようで、改めて戦況を見つめた。オレの懸念通り、九回の表、横川学院の攻撃はあっけなく五球で三者凡退に終わった。

「これで延長に入らない限り、横川の勝ちはなくなったな。こういうリズムになると後攻のチームのほうが有利なんだよなぁ。こりゃマズい展開になって来たぞ」

横を見ると、さっきまで興味本位にしかこの試合を見ていなかった山根が両手を合わせて祈るようにモニターを観ている。野次馬感覚だった脇田も瞬(まばた)きひとつせず試合の行方を追っている。オレはアンダーシャツで汗を拭いながらマウンドに上がるエース安住君を、三十五年前の自分とオーバーラップさせながら見つめていた。

「落ち着け。落ち着け」

「この試合どうなりますかねぇ」

脇田がそう呟いた瞬間、キンッ！　と静寂を切り裂くような金属音がテレビから聞こえた。モニターに映る安住君はハッとした表情で打球を見つめた。オレたちは一斉に「あっ！」と大きな声を上げた。

この回の先頭バッターが放った一撃が放物線を描いてライトスタンドに向かって飛んで

いく。定位置で守っていたライトの選手が打球を追ってフェンスに向かって走って行く。大歓声に包まれた白球はライトの頭上を越え、フェンスに直接当たると、緑色の芝生の上を転々とした。

打ったバッターは、一塁キャンバスを走り抜け、一気に二塁へ、そして三塁に滑り込んだ。甲子園球場に地鳴りのような声の波が響いた。先頭バッター、スリーベースヒット。ノーアウト三塁。たった一球で横川学院は、そして安住君は大ピンチを迎えた。

一塁側の横川ベンチから背番号12を付けた選手が伝令としてマウンドに向かった。オレは口の中がカラカラになっていることに気付いた。まるで、自分がマウンドにいる気分になっていた。山根が声を震わせて尋ねた。

「太田さん、こういうときってどんな戦術になるんですか」

「んんん。そうだなぁ。定石(じょうせき)だと、この後の二人のバッターを敬遠してノーアウト満塁にするんだけど、そうすると今度はワンバウンドが怖いから縦の変化球を投げられないし、フォアボールを出せなくなっちゃうからストライクゾーンを狙(ねら)い撃ちされる可能性が出てくるんだよなぁ」

テレビからは尼崎中央学園のブラスバンド部が奏でる山本リンダの『狙いうち』が響き、その演奏に声を上げる応援団の姿が映し出されている。

オレはマウンドにいる安住君に念でも送るかのように「ひとりじゃないぞ。安住君、後ろで仲間が守ってるんだぞ」と呟いた。

審判の「プレイ！」の声と共にキャッチャーが立ち上がった。横川ベンチは満塁策を取った。

「太田さん。これ、どういうことですか？」

山根の質問にオレは答えた。

「ん？　そうだなぁ。満塁にするとランナーをアウトにするのにタッチプレーが必要じゃなくなるんだよ。どの塁のランナーをアウトにするにも満塁にすればベースを踏むだけで良くなる。タッチプレーはランナーと交錯してエラーが出やすくなるから、こういうときは思い切ってベースを全部、埋めちゃうんだよ」

「そうかぁ。なんかもう心臓が口から飛び出しそうになりますね。ねぇ、太田さん。私、よく分からないけど、さっき太田さんが話して下さった『負けたくない』と『勝ちたい』の話。あれ、今、逆になってる気がしません？」

「そうだな。お前の言う通り、確実に今、横川が『負けたくない』って思ってて、尼崎が『勝ちたい』って思ってるよな」

黙って戦況を見守っていた脇田が、申し訳なさそうにオレに話しかけた。

「太田さん。九回の裏、０対０。ノーアウト満塁。この局面って、広島大会決勝の太田さんと同じ状況ですよね」

オレは、今、その話はしたくないと思いながら「うん」とだけ答えた。脇田は続けた。

「こんなときのピッチャーって、どんなことを考えてるんですか?」

オレはテレビに映る安住君を見つめながら、言葉を選ぶように、ゆっくりと言った。

「自分にはグラウンドにも、ベンチにも、そしてスタンドにもたくさんの応援してくれる仲間がいる。ひとりじゃない。この三年間、みんなで戦って来た。そう思ってるはずだよ」

テレビのスピーカーからコンバットマーチが響いた。バッターボックスに背番号1を付けた尼崎のエース江藤が入った。実況のアナウンサーがけたたましい声で捲し立てた。

『さぁ、今年の春の選抜高校野球決勝は、稀に見る好ゲームになりました。ここまで両チームのエースの投げ合いで0対0。そして迎えた九回の裏、まさかまさかのノーアウト満塁。ここで一本出れば、近畿代表の兵庫・尼崎中央学園の初優勝。そして、ここを踏ん張れば21世紀枠として初の決勝戦進出を果たした伏兵、中国地区代表の広島・横川学院にも紫紺の優勝旗の可能性が残されます。そして、バッターボックスには奇遇にも尼崎をここまで引っ張ってきたエース江藤君が入ります』

静まり返ったアナウンス部。唾を飲み込むことも出来ない緊張感。オレたちは、じっとモニターを凝視した。

すると一瞬、マウンドの安住君がバックネット裏を見て、大きく深呼吸した気がした。

オレはヤバいと思った。バックネット裏に陣取っているのはスピードガンを手にしたプロのスカウトのはずだ。安住君は大きく振りかぶると、渾身の力を込めて白球を投じた。

キャイーン！

一瞬、球場中がシーンと静まり返った。放たれた打球は五万人の視線と歓声を飲み込んで無情にもレフトスタンドに消えた。サヨナラ満塁ホームラン！

明と暗。打った江藤君が右手の拳を大きく空に向けた。投げた安住君は跪き地面を見つめた。オレは、そのあとの景色を見つめることが出来なかった。


深夜の特番は、慰労会のようなムードになった。準優勝の快挙は果たしたものの、やはりどうしても「惜しかった」の気持ちは払拭出来ず、ゲストとして呼ばれた野球部ＯＢや地元出身のミュージシャンたちも上がり切らないテンションでトークを続けた。

それでも、脇田の作った長尺のＶＴＲは秀逸で、広島で起きた土砂災害の映像からボランティアをするナインの様子、甲子園出場が決まった瞬間の生徒たちの嬉しそうな顔。今日の試合を仮設住宅で応援する被災者の皆さんや、大型家電店で足を止めて見つめる県民の表情。ラストはホームランを打たれた瞬間の安住君のスローから、涙を拭い甲子園の砂をシューズケースに詰め込むナインの姿を映し出した。

あくまで爽やかに、見事なまでに真っ直ぐな出来栄え。泣きの演出もりだくさんで観る者の心を鷲掴みにした。

MC席に座るオレや山根も目頭が熱くなる思いでその映像を見つめた。番組も残り五分、いよいよあのVTRを出す瞬間がやって来た。オレは最終打ち合わせの段階で、脇田から注文を受けていた。

「ラスト五分は、もう太田さんに任せます。どんなコメントをしても構いません。太田さんなら間違いなく、視聴者の心を掴める喋りが出来ると思います。どんな言葉が生まれてくるのか、俺自身が一番楽しみにしています。血の通った熱いメッセージよろしくお願いします」

照明で照らされた司会者席からフロアディレクターの指示が見えた。めくられた画用紙には『VTRへ!』の文字が書かれていた。オレは全身の毛が逆立った。武者震いがした。

高校三年生の夏、大きく深呼吸して投じた最後の一球。そのときと同じ心境になった。

オレは、真っ赤なランプが点いたカメラに向かって語り始めた。

「これからご覧になって頂くVTRは三十五年前の夏の甲子園予選、広島大会決勝のものです。いみじくも今日の横川学院と同じ、九回の裏、0対0、ノーアウト満塁の場面です。それでは、どうぞ」

カメラの下に設えられたモニター画面に、目の粗い、傷の入った古びたフイルムの映像が映し出された。

マウンドで汗を拭う坊主頭の少年は、紛れもなくあのときの十七歳の自分だ。

右足のスパイクでプレート前の土を均し、キャッチャーの服部を見つめる。振りかぶった。苦しそうに歪(ゆが)んだ顔で大きく右腕を振ると、打球は広島市民球場のレフトスタンドに突き刺さった。

カメラは地面に跪くオレをアップで捉えた。ベンチからホームになだれ込む相手チーム。泣き崩れているオレ。その映像を観ながら、オレは心臓を摑まれたようにハッとした。

マウンドに仲間が集まって来た。服部がいる。サードの安藤(あんどう)に、ショートの湯地(ゆじ)、セカンドを守る野元(のもと)にファーストの鈴木(すずき)。レフトの山口(やまぐち)に、センターの横田(よこた)、そしてライトの野村(のむら)。

全員がオレの肩を叩き、声を掛けていた。気付かなかった。知らなかった。あの日以来、初めて目にした映像。オレは一気に涙が溢(あふ)れた。

「あのとき、みんな、オレをひとりにはしなかった」

ＶＴＲは終わった。ポケットからハンカチを出し、鼻をすすりながら目頭を押さえた。そして、カメラを見つめるとフロアディレクターから『番組、残り二分』の指示が出された。

「今、観て頂いた映像は、今から三十五年前の私です。この日、私はマウンドにたったひとりで立っている気がしていました。投げることが怖かったし、自分のことで精いっぱいでした。でも、今日、たった今、この映像を観て、過去の自分からエールを送られた気持ちになりました。全国の高校球児の中で、嬉し泣きが出来るチームはわずか一校です。残りの全ての球児が悔し涙を流して終わるのが高校野球です。ですが、グラウンドでユニフォームを泥だらけにして泣ける選手は幸せなんです。ましてやグラウンドでナインに肩を叩かれ、最後にホームベースの前で整列できる選手なんて幸せ以外の何物でもありません。全国の高校球児の中にはレギュラーになれず、ベンチの中で、そしてスタンドの片隅でしか泣くことが許されなかった生徒がたくさんいます。そんな泣く場所を与えられなかった選手にこそ、大きな、大きな拍手を送って下さい。指導者の皆さんお疲れさまでした。そして、選手を陰ながら支え続けた親御さんもお疲れさまでした。子どもさんと、小学校、中学校、高校と、共に夢を見続けたはずです。そして、語り合ったはずです。頑張ったねと子どもたちを目いっぱい褒めてあげて下さい。そして『次の夢は何にする』とまた語り合って下さい。夢は見るものじゃない。実現するものです。その姿をこの大会で横川学院の全ての生徒が見せてくれました」

フロアディレクターが残り一分の合図を出したのが見えた。オレは続ける。

「私は、あの日以来、次の夢を追い続け、今、この場所でマイクの前にいます。さぁ、次は皆さんの番です。次のヒーローはテレビの前のあなたです。夢は叶(かな)うとは限りません。でも、準備をしておかないとせっかく来たチャンスを逃してしまいます。たった今から、未来の自分のためのウォーミングアップを始めて下さい。今の自分は過去の自分が、未来の自分は今の自分が作るんです。さあ、夢への準備を始めよう！　すべての高校球児に、そして明日からの自分に最高のエールを送って下さい。横川学院のナインの皆さん、ありがとう！　そして、今日はご覧になって下さってありがとうございました！」

喋り終わった瞬間、スタジオからは大きな拍手が沸き起こった。その拍手はオレのコメントに対してなのか、横川学院の選手に向けてのものだったのか分からない。でも、番組終了の時間を迎えるまでスタジオにいるスタッフ全員が拍手を続けた。そして、赤いランプが消えた。

「はい、ＯＫです！　終了しました」

フロアディレクターが叫んだ。ＭＣ席でオレの喋りを固唾を飲んで見つめていた山根が言った。

「ありがとうございました。いい番組でしたね」

銀行の金庫のようなスタジオの扉が開くと、脇田が走り込んできた。

「太田さん。ありがとうございました。最高でした。一緒に組めて幸せでした。俺、最後の太田さんのコメント、たぶん一生忘れないです。テレビやってて良かったって、心から思いました」

オレは、急に足が震え出した。緊張の糸が切れたのか、やり尽くした気持ちがそうさせているのか。両腕で押さえないと止まらないほど痙攣(けいれん)が続いた。

「いや。オレのほうこそありがとう。お前の作ってくれたVTR、泣けたよ。あの日の自分と野球部の仲間たちに会わせてくれて、こちらこそ感謝だよ」

「いや、感謝は俺の方です。今日の番組のお返しは必ずします。太田さんが一番しんどい時に、俺、絶対に助け舟出しますから。いつでも、なんなりと言って下さい」

「お前、ホントか？　そんときは頼むぞ！」

オレたちはガッチリと握手を交わした。

控室に戻り、携帯を見るとたくさんのメッセージが入っていた。

娘からは【パパ、おつかれさま。パパの高校時代の動画と最後のコメント、なんだかジーンときたよ】と書かれていた。

スクロールすると転職した田島からも【先輩！　観てました。最後のコメント、流石(さすが)でした。なんか元気貰いました。俺も頑張ります】とメッセージが残されていた。

キャッチャーの服部からは【勝手に映像使うなよ。出演料はどこに請求すればいいのかな（笑）】とあった。

オレは、高校球児に戻った気分だった。いい試合をした。チーム一丸となって。

# 第二章　見つかった最後のパズル

　次の日。朝起きて地元の新聞・広島日日新聞を広げると、一面には『無念！　横川学院、魔の九回！』の見出しが躍っていた。そして、社説には、なんとオレのことが書かれていた。

　記事には『三十五年前のエースからエール』とのタイトルで『三十五年前、夢を打ち砕かれたかつてのエースが夢見ることの大切さをテレビで熱弁。そのメッセージは広く高校球児にだけではなく、私たち大人にも響く珠玉のメッセージだった』と記されていた。

　朝食の支度をしていた妻が嬉しそうなオレの顔を覗き込むように声を掛けた。

「昨日、綾ちゃんと二人でテレビを観ながら、今日のパパ格好良かったねって話してたのよ。あの映像、よく残ってたね」

　オレはまだ眠気の覚めない表情で答えた。

「脇田ってディレクターが、何時間もかけて資料室から見つけて来てくれたんだよ」

「本人はどんな気持ちで、ああいうのって見るもんなの」

　オレは寝ぐせの髪の毛を引っ張りながら新聞を閉じた。

「ん〜。複雑だね。照れくさいって気持ちと、有難いって気持ちと、なんか全身の血液が逆流する感じもして、一言では言い表せないなぁ」

二階から綾子が、けたたましく足音を立てながら階段を下りて来た。

「ちょっと。パパ、大変だよ。パパ、バズってるよ」

オレは何事か意味が分からず、聞き返した。

「なに、バズってるって」

娘は自分の携帯をオレの前に突き出すと興奮した口調で捲し立てた。

「ほら！　パパが昨日テレビで最後に喋ったことがネットで話題になってて、ものすごい数の『いいね』とか『リツイート』があって『すべての職業に21世紀枠を！』ってスレッドもいっぱい立ってるの」

オレは、まだよく理解出来ず、再び娘に聞き直した。

「すべての職業に21世紀枠をって、なに？」

「もう、じれったいなぁ。横川学院って21世紀枠だったじゃない。で、ホントだったら甲子園に出られないのに、特別推薦で出場したら準優勝になった。ほかの仕事でも、認められてない人にチャンスを与えたら、凄い能力を発揮するんじゃないかって。それで、昨日パパが言った、『夢への準備を始めよう！』って言葉がトレンドワードの一位になってるのよ。映像もユーチューブに上がってるから、もう太田アナウンサーは『神』って書いてあったりするよ」

「なんだよ、神って！　まだ髪は寝ぐせのままだよ。こんな神いるかよ」

台所の妻がからかいながら言った。

「綾ちゃん。ウチの神様に手を合わせたら、顔を洗って来なさい。朝ごはんにするよ」

「いや～太田さん。凄いですねぇ。今や時の人ですねぇ」

「うるせーよ。おちょくってんじゃねぇよ」

『金曜フライデー』のディレクター越野がアナウンス部のデスクにやって来た。

「いやいや。リアルに凄いですよ。さっきラジオの編成部に行ったら、太田さん効果で朝からラジコの聴取者がいつもより二千件くらい増えてるそうですよ。もうウハウハだって」

オレは面倒くさそうに言った。

「オレが喋ってないときに増えてもしょうがねぇだろ」

「まぁ、そりゃそうですけど、でも、それだけ我がＨＣＨの放送が全国で注目されてるってことですから、今日の『金曜フライデー』ちょっと楽しみですよね」

「もうさ、この歳（とし）になると、そんな些細（ささい）な動きで喜ぶなんてことはないの」

スタジオに行くと、バイトのミッチェルがほくそ笑みながら、わざとオーバーに出迎えた。

「うわっ！　神降臨！」

オレはポニーテールにしたミッチェルの後ろ髪をツンと引っ張って言った。

「おい、小娘！　てめぇ、そんなことといいからコーヒー淹れて来い」

ミッチェルは「ＯＨ！　ＭＹ　ＧＯＤ！」と言うと笑いながらスタンバイルームに消えた。

その様子を見ていた最上もスタジオから飛び出して来た。

「太田さん、三船さんに聞きました？」

「なにが？」

「もう。番組へのメールの数がとんでもないんです。しかも、県外からも凄くって、とても下読みできる量じゃないんです」

オレはスタジオの中に入った。机の上を見るとプリントアウトされたおびただしい数のメールが目に入った。

「なんだよ、これ。全部この番組宛てなの？　リスナーってみんな物好きなんだなぁ」

最上の興奮は止まらない。

「やっぱりネットって情報の伝わり方が速いから、太田さんみたいに広島にいながらたった一日で地位を確立みたいなことになるんですよねぇ」

「お前、人を一日警察署長みたいに言うなよ」

最上は得意気に言った。

「なんか、その例え、違うと思います。きっと、調子のいい時の太田さんなら『ローマは一日にしてなる！』とか言うと思いますよ」

番組の準備をしていたスタッフたちが笑った。オレも「言わねぇよ」と笑った。

番組の熱気は異常だった。越野と三船のアイデアで、他のコーナーを飛ばして、ひたすら全国からのメールを読み続けるという策が功を奏した。次から次にやってくるメールをオレたちに渡すため、スタジオとディレクタールームの間にある扉は開けっ放しで番組は進められた。

【太田さん、聞いて下さい。私、スーパーでパートタイマーとして働いてるんですけど、正規の社員たちがとにかく働かない。しかも、珍しくなんかやったと思ったらトンチンカンなことばっかりで、結局、私たちパートが尻拭(しりぬぐ)いをする始末。だったら、もう何もしないでくれ！　と思ってしまいます。そんな私を21世紀枠で店長にしてもらいたいです】

【太田さん。ユーチューブ動画で昨夜のコメントを見せて頂きました。感動しました。今、子育ての真っ最中なんですが、会社から帰って来た主人が、育児になんの協力もしてくれません。仕事で疲れて帰って来るのは分かるんですが、だったら21世紀枠で、私が会社に行って、主人が育児をするって出来ないですかね？】

【太田ちゃん。俺、タクシーで働いてるんだけど、お客さんを乗せてないときはずっとラジオを聞いてるよ。マスコミの人たちは、良く足を使って取材をするって言うけど、毎日、お客さんとの会話で生きた情報を持ってるのは、マスコミの人よりも俺たちだと思うんだよね。21世紀枠で、俺を放送局に入れてくんないかな。マスコミって給料いいんでしょ。俺のほうが絶対、いい働きするからさ】

どのメッセージも、ひねりを加えたちょっぴり笑えるものだった。そして、今の時代を反映する目から鱗（うろこ）が落ちるような内容だった。

「みんな21世紀枠をオチに使うなよ。でも、やっぱり面白いメール多いね。まぁ、あえて言わなくても分かると思うけど、オレはさ、バラエティの人間だから、オレに言っても世の中なんか何にも変わらないからね。ただ、ガス抜きとかストレス発散にはなると思うけど。でも、今日はさ、スターに祀（まつ）り上げられたオレを見て、バイトのミッチェルが嬉しくって、ションベン漏らしたんだよな。『嬉ションン』。太田さん凄いですぅって」

最上がすかさず、突っ込んだ。

「してないですよ。ミッチェルに謝って下さいよ。可哀想（かわいそう）じゃないですか、ネタにされて」

オレは言い返した。

「そういうお前も、嬉しさのあまり、立ちションしながらオレを迎えてくれたよな」

最上がふくれる。

「ちょっと待って下さい。私もミッチェルも嫁入り前の乙女なんですから、下ネタでいじるの勘弁してくださいよ」

「下ネタじゃねぇよ。オレはリスナーに事実をお伝えしてるだけで、これが世に言う『マスコミが伝えない真実』だよ」

「呆れちゃいます。なんで、こんなバカな人がトレンドワードで一位を獲って、ヒーローみたいに言われてるんですか。世の中おかしいですよ」

オレは机の上にあったメールを手にすると読み上げた。

「こんなのも来てるからな。太田さん、昨日のテレビ特番で、急に全国で話題になってますが、突然いい人になったりせず、いつものくだらない下ネタ親爺でい続けて下さい。そして、この21世紀枠の勢いを借りて、今すぐＨＣＨの社長に就任してください」

最上は呆れた表情をすると、とぼけて見せた。

「なんで、この番組は喋ってる人も、聞いてる人も馬鹿ばっかりなんですかね。多分、今日一日で太田さんの評価は地に落ちると思いますよ。今日で太田ブームは終了！」

最上の予想に反して、週をまたいだ月曜日。信じられないような出来事が起こった。

一月中旬から始まっていた通常国会で野党議員が首相に対して、オレの発言を引き合いに出して代表質問をしたのだ。

『総理。今、ネットでは「全ての職業に21世紀枠を」というスレッドが多数立っています。これは先日の春のセンバツ高校野球で、21世紀枠の広島・横川学院が準優勝をしたことで盛り上がっているものですが、地元のアナウンサーの言葉「夢への準備」も大きな話題になっています。非正規労働者や社会的弱者の皆さんが、政府の雇用対策について批判的なコメントを相当数寄せていることをご存知ですか。総理からも是非、若者が未来に夢を持てる言葉を頂きたいのですが――』

その反響たるや凄まじいものだった。会社でラジオのコマーシャル録りをしていたオレのもとへ、広報部の吉沢が血相を変えて走り込んできた。

「太田さん。そんなことしてる場合じゃないですよ」

事の成り行きをまったく知らされていなかったオレは、この只事ではない状況を飲み込めずにいた。

「国会、観ました？」

「国会？　なによ、国会って。仕事してるんだから観てる訳ないじゃない」

「それが、国会で、太田さんの話題が出て、全国から取材依頼の電話が鳴り止まないんですよ」

「えっ？　なんで国会？」

「先週のあれですよ。21世紀枠の話ですよ」

どんなに説明されても、どことなく他人事な気がして、オレは「へぇ～」とだけ言い続けた。

「で、オレは何をすればいいの？」

「とにかく、電話対応をして下さい。あとは、地元の新聞なんかも直接取材したいって連絡が来てるんで、よろしくお願いします」

ローカルの深夜特番、思いがけず地元のチームが21世紀枠で準優勝をした。そして、忙しいヤツ等のフォローとして司会を務めた。高校時代のＶＴＲを心あるディレクターが見つけ出してくれた。全(すべ)てのお膳立(ぜんだ)てが出来たうえで、自分の思いを口にした。それだけのこと。

いつもと変わらない、いつもの仕事ぶりだった。ただ、ひとつだけ違いがあるとしたならば、オレ自身が過去の呪縛(じゅばく)から解かれたいと願っていたこと。あの特番での最後の言葉は、誰あろう自分自身に向けてのメッセージだったということだ。それが、まさかこんな展開になろうとは。

取材攻勢は過激だった。会社以外の場所では油断していると、必ずどこからかカメラで狙(ねら)われている。テレビでよく見るワイドショーのレポーターにも突然インタビューを受けた。

夜、仕事を終えて車に乗り込もうとするとフラッシュが焚かれ「時の人となった今の気持ちは」とか「現政権に言いたいことは」と聞かれるなど、こんなのありかよという生活が続いた。中には自宅前で待機している記者もいて、自分が明らかに疲弊して行くのが分かった。

初めは父親のブレークを喜んでくれていた娘の綾子も次第にストレスを溜めて行った。

「パパ。今日も、お父さんは家ではどんな人なんですか？　ってウチの前で取材を受けたんだけど、あれって週刊誌に載ったりしないよね」

オレは、大きな波に飲まれ、自分でもどうしていいのか分からないまま、娘の話を聞いた。

「そうなんだ。ごめんね。明日、会社の広報部にちゃんと言っとくから、そこは心配しなくてもいいよ」

娘は苛立っていた。

「私、いよいよ就活が始まるのに、こんな感じだと全然集中できないんだよね。大体、なんでパパのことで私が振り回されなきゃいけないのか、私もう訳が分からないんだけど」

食卓ですき焼きの準備をしていた妻が、娘の剣幕に戸惑いながら言った。

「綾ちゃん。パパは別に悪いことをして取材されてる訳じゃないよね。だから、胸を張っててていいんじゃない。凄いよ。だって、パパのことが国会で話されるんだよ。仕事のことで困ってる人が助けられるかも知れないんだよ。自慢のパパじゃない」

娘はソファーから立ち上がり食卓に動くと、妻の耳元で語気を荒らげた。

「そんなことは分かってるよ。ただ、そのことで、逆に私が仕事に就けないかもって困ってるの！　なんでこんな大事な時に、私の気持ちまで荒らされるようなことされなきゃいけないのってこと」

妻は鍋の中に食材を入れながら窘めた。

「それはパパのせいじゃないんじゃない？　ママだって、今日、どんなご主人ですかって聞かれたから、放送では無鉄砲な喋りをしますけど、家では穏やかで言葉数の少ない優しいマイホームパパですって答えたわよ」

食卓に置かれ鍋の中でグツグツと音を立てるすき焼きと同じように、綾子も煮えたぎる気持ちをぶつけた。

「ママは知ってるよね。私が子どもの頃から、いつもパパがいるせいで嫌な思いをして来たの」

妻は平静を装いながら、取り皿に玉子を割って入れた。

「さぁ、出来た。綾ちゃん、せっかくみんな揃って食べるんだから、もうその話はあとでいいじゃない。ほらっ、みんなで美味しく頂きましょう」

娘は珍しく食い下がった。

「ママ。私、幼稚園の学芸会で白雪姫やったとき、綾ちゃんは太田さんの娘だから主役に選ばれたのかな！　って友だちのママに言われたの泣きながら相談したよね。小学生のときの弁論大会も、私、ムチャクチャ頑張って作文書いて覚えたのに、アナウンサーの娘だから特別扱いを受けてるんだってイジメられてたの、ママは知ってるよね。中学生のときも高校生のときも、同級生から、お前のお父さんがまたラジオで馬鹿なこと言ってってからかわれてて、大学生になってようやく何も言われなくなったって思ったら、今度はこんな大事な時期に、またパパに私の人生を邪魔される。ねぇ、私、どうしたらいいかな？今までずっと我慢してきたけど、まだまだまだまだ、何もなかったように笑ってなきゃいけないのかな。ねぇ、ママ、答えてよ」

オレは娘の言葉をソファーに座ったまま背中越しに聞いた。立ち上がることが出来なかった。どの話も初めて聞く話で、正直どう答えていいのか、見当もつかない。

分かったことと言えば、妻が泣いていることだけだった。オレは、後ろを振り返ると、綾子に言った。

「パパ、なんにも知らなかったよ。なんか、ごめんな」

その言葉を聞いた瞬間、娘の瞳からポロポロと涙が零れた。握りしめた拳が震えていた。

娘は拳を開き顔を覆うと嗚咽にも似た声のまま言った。

「そうやって簡単に謝らないでよ。パパが悪いんじゃないってことは分かってる。でも、やっぱり頭では理解出来ても、心がパパを許さない。私、ずっとパパを恨んでた。ごめんねパパ。私、やっぱり就職せずにパパのいない外国に行きたい」

そう言うと娘は、泣きながら階段を上がり、自分の部屋に入って行った。バタンと扉が閉まる音がしたあと、妻と二人だけになった食卓には、湯気を出しながら、誰にも食べられることのなくなったすき焼きの煮えた音と、すすり泣く妻の声だけがした。


平和公園の桜が満開になり、本格的な春がやって来た。

広島の春はプロ野球の開幕とともに始まる。桜前線とほぼ同じ時期にスタートする広島カープの公式戦。今年のカープはドラフト会議でアマチュア球界ナンバーワン投手・岡浜（おかはま）を獲得。優勝候補の筆頭と目されていた。

「始まりますね。これから半年は、また、どこに行っても『今年のカープは……』って話題が挨拶（あいさつ）になるんでしょうね」

「ホント、他の地域の人には、この感覚が分かんないだろうなぁ。広島の人って、なんでこんなにカープが好きなんだろう。ほとんど病気だよね」

「いや！　ホントに！　今年もまた負け試合の中継してたら『コイツが喋るとカープが負けるけぇ、もう喋らすなや！』って、実況にケチつけて電話してくるオヤジが出没したりするんでしょうね」

　我がＨＣＨは広島カープの野球中継を１４３試合すべてラジオ放送する。

　今年で開局六十九年。ＨＣＨはカープと歩みを共にしてきた会社だ。

　オレがラジオメインの喋り手にも拘らず、広島の人たちに認知されているのは、カープ中継で『ラジオを聞く』という文化が広島人に根付いているからである。

　カープの調子が良ければ街の景気もいい。逆に言えば、カープがＢクラスにいるときは街や企業の元気もなくなる。広島はまさにカープタウンと言っても過言ではない場所だった。

「太田さん。あれだけ日本中の話題をさらってるのに、結局今年もカープの仕事はないみたいですね」

「うん。まぁ、ここの会社は、番組のキャスティングも人事も、独特な力関係で動いてるからね。現場で喋り続けたけりゃ、出世は諦めろってことなんだろうな」

「そうですね。なんでここの人たちは、出る杭を打つどころか抜こうとするんですかね。言い方は悪いですけど、今の太田さんを利用しないって手はないですよ。なにかが間違ってますよ」

　どうしても会社の話になると愚痴っぽくなる。

　五十三歳、平社員。外部に対してはミッキーマウス、でも社内ではドブネズミ扱い。アナウンサー稼業も苦労が多い。

泣き言を言っても仕方ないが、今のこの『太田ブーム』には、会社としても乗っかって欲しい。21世紀枠の盛り上がりは一過性のものではなくなっていた。当たり前のように使われるワードとして、すっかり世の中に定着していた。

中には「今年の流行語大賞は決まり」と言う者さえ現れた。街ゆく人たちの間でも「オレの21世紀枠はいつかなぁ」とか「今日の会食、21世紀枠で参加ってありうる？」などと日常会話になっていた。広島では人気番組だった『金曜フライデー』も今や全国区の人気番組。

ただ、オレが評価されたり、仕事が増えるなんてことはなかった。どちらかと言えば、会社が推すテレビの看板番組より目立つなという雰囲気が充満していた。

「太田さん。カープの開幕特番、太田さんじゃないんですね」

アナウンス部で作業をしていたオレに、最上がコソコソと話しかけて来た。

「うん。ビックリしたよな。自分で言うのもなんだけど、普通に考えたら、今話題のオレだろ」

最上は手で口元を覆って笑った。

「なんですか。自分で、今話題のオレって」

「バ～カ。だって、そうだろ。あれだけ何千万も広告費をかけて宣伝してるのに、何年たっても当たらないテレビの夕方ワイドをずっとやってる会社がだよ、この千載一遇のチャンスを逃すとか、もう正気の沙汰じゃないだろ。バカだよ、バカ！　バカ会社。それより、なんでお前はオレのとこに来たんだよ」

「いや。落ち込んでるかもしれないから話しかけてあげようかなと思って」

オレは急に可笑しくなった。

「ふざけんなよ。なんでお前が上から目線でオレに話しかけて来るんだよ。お前、先輩をナメてんじゃねぇぞ」

最上は、声を押し殺しながらクスクスと笑った。

「嘘です。私も暇だったから、ちょっと太田さんに相手してもらおうと思って」

「だから。なんでお前はオレが暇だって思ってんの？　オレは今、映画のキャンペーンの資料を整理してたの。バタバタしてんの。忙しいの！」

最上とも、ようやくいい関係性が出来てきた。日常のこんなたわいもない話が、番組のムードを作り上げる。いつまでも他人行儀に振る舞っていると、いざというとき、トークの瞬発力が出ない。オチを言う場面で遠慮してしまうのだ。

娘のように親しみを込めて近づいて来た最上と話していてフッと思った。

「なぁ最上。メシに付き合って貰いたいんだけど、またミッチェルと三人で、どう？」

最上はニヤッと笑うと、落語家が蕎麦をすするような仕草をした。

「中華、行っちゃいますか！」

「ここの麻婆セット、ちょっと辛いけど、山椒が効いててなんかクセになりますよね。以前、太田さんに連れて来て貰ってから、最上さんと二人で来るようになったんですよ」

「奢るのは私だけどね」

「たまに、家で思い出して、口の中から唾が出てくることありますもん。あ〜ぁ、麻婆食べたいって」

「お前たちの会話を聞いてると、もうコンビ組んでるみたいだな」

傍から見ると、きっと、娘二人を連れたお父さんみたいに見えるだろう。オレは、そんな二人に、これから実の娘のことで相談をしようと思っていた。

あれから綾子とは、上手くコミュニケーションが図れていない。それは、彼女がオレを避けているからではあるが、オレ自身もどことなく顔を合わせにくく、何を話せばいいのか分からなくなっているからだ。

「なぁ、ミッチェル。お前、結局、家のことどうすることにしたの？」

ミッチェルは麻婆豆腐を口に入れたまま言った。

「冷戦です、冷戦。あれ以来、家業を継ぐとか継がないとか、そういった話はなんにもしてないです」

「じゃあ、お前は一般企業に就職すんの？」

ミッチェルは右手にレンゲを持ったまま、遠くを見つめた。

「ん〜。まだ、考えはまとまってないんですけど、このまま就活せずに、なし崩し的に後を継ぐって作戦はどうかと」

最上は鶏がらスープを啜りながら、唸った。

「なんか、考えることが男前だねぇ。でもさ。お父さんは継いで欲しくないって言ってんだよね」

「はい。そう言ってはいるんですけど、私ね、絶対に父親は、ホントは継いで欲しいって思ってると思うんですよ。でも、商売が上手くいってないから、娘に苦労させたくないとか、娘には格好悪いとこを見せたくないとか、そんな、娘を思う気持ちっていうか。ん〜。でも、やっぱりホントは、自分の弱いところを娘には知られたくないってほうが合ってるのかなぁ」

そう言い終わると、ミッチェルが突然オレに顔を向けた。そして、濁りのない澄んだ表情で問いかけた。

「ねぇ、太田さん。なんで父親って、身内の前で一番、格好を付けようとするんですかね」

オレは、これまで見たことのないミッチェルの大人びた顔にハッとした。そして、今まで考えたこともないような意見に困惑した。しかし、思い当たる節は充分にあった。

「そうだなぁ。それは美学みたいなものなのかも知れないなぁ。多くを語らない代わりに、生き様みたいなものを見ていて欲しい。親としての矜持みたいなものかなぁ」

オレを見るミッチェルの瞳はキラキラと輝いていた。

「太田さん、すんごい申し訳ないんですけど、矜持って、どんな意味ですか？」

一瞬で、張り詰めていた空気が一転した。オレも最上も笑った。

「意味、分かんねぇのかよ。簡単に言うとプライドみたいな感じかな。お前、そのくらい勉強しとけよ」

舌を出して、照れくさそうにするミッチェルにオレは意を決して打ち明けた。

「なぁ、ミッチェル。実はオレさ。今、お前と同い年の娘と上手く行ってなくてさ。父親の息がかかってないところに就職したいって言われてたんだけど、今じゃ、もう外国に行きたいって。娘の気持ちが分からないっていうか、娘がオレをどう見てるかってことに無関心だったから、今のお前の言葉にハッとしたよ」

最上が頬杖を突きながらオレを見た。

「太田さんって、あんなに番組では恐れるものはなし！　って感じでガンガン行くのに、なんで、娘さんには遠慮してるんですか。なんか不思議な気がしますよ」

ミッチェルも続いた。

「でも、きっと娘さん、太田さんのこと尊敬してますよ。だって、これだけ有名な父親ですよ。だから、離れたいんですよ。私も、そうですもん。私、練り物屋の娘だから、高校生まであだ名が『ガンス』だったんですよ。それがすんごくイヤで、ちょっとイジメられたりもして、それで『お父さんがこんな仕事してるからだ』とか『実家が、こんなもん売ってるからだ』って恨んでたんですけど、心のどこかで、格好悪そうなことを愚直なまでに続けてる父親を尊敬してて、だから私は、太田さんの娘さんとは逆に、家を継ぎたい！　父親のそばにいたいって思ってるんですよ」

オレはほほ笑みながらミッチェルに言った。

「お前、矜持は分からないのに、愚直って言葉は使えるんだな」

最上が訳知り顔で語った。

「人って、好きと嫌いが隣り合わせにあるって言うじゃないですか。だから、恋愛と一緒で、好きだから近くにいたいって気持ちと、好きだからもう離れなきゃいけないって、ミッチェル型と太田さんの娘さん型の両方があると思うんですよね。女の子って、自分がなりたいって思ってた感じの人に出会うと、友だちになろうとするタイプと、絶対に近付かずに悪口ばっかり言ってるタイプの人がいて、だから、私たちはなんか、太田さんの娘さんの気持ちが分かる気がします」

オレは、デザートの杏仁豆腐を口に運びながら二人の話に聞き入った。

「なんかさ。お前たちとオレとじゃ、ジェネレーションギャップが凄過ぎて、もう違う人種だとか思ってたんだよ。でも、こうして腹を割って話してみると、感心するほどいろんなこと考えてんだな。オレ、ちょっと、お前たちの見方が変わったよ。娘と話してる気持ちにもなるし」

ミッチェルが手を挙げて、温かいお茶を店員さんに頼んだ。

「で、結局、太田さんは娘さんに、どうしてもらいたいんですか。その気持ちが一番大事です」

最上はお茶を受け取り、みんなの前に置きながら、オレを見つめた。

「話してる気持ちじゃダメなんですよ。直にちゃんと話さなきゃ。近くにいて欲しい！ってちゃんと言ったほうがいいですよ。言ってないでしょ」

オレはお茶を啜った。

「うん。でも、近くにいて欲しいってことでもないんだよ。自由に、どこにでも行っていいんだけど、父親のせいで行きたいところに行けないって思わないで欲しいってだけなんだよ」

二人は大きくため息をつきながら、首を左右に振り呆れた顔を見せた。

「なんか、分かるような分からないようなって感じなんですけど。そんなことより、娘さんは、気持ちをお父さんに伝えてる訳ですから、今度は、お父さんが娘に伝える番ですよ。太田さん、親子関係は恋愛と同じです。言わないと、なにも伝わらないですよ」

今日の麻婆豆腐セットは二人からの言葉もあってか、いつもより辛い気がした。杏仁豆腐を食べたのに、ずっと舌先がピリピリしたままだった。

「自分から話せたら、お前たちになんか相談してねぇよ……」

就活の面接解禁日は梅雨入り前の六月一日。まだ、もう少し、時間がある。オレは、タイミングを見計らって、二人のアドバイス通り、娘とちゃんと話をしようと思った。

広島カープは開幕からつまずいた。大方の予想に反して、開幕戦を即戦力ルーキー岡浜に託したのだ。

岡浜はプロ初登板の緊張感と開幕投手のプレッシャーに圧し潰されフォアボールを連発。ストライクを取りに来たところを相手チームに痛打され二回を持たずに8失点でマウンドを降りた。

初戦、惨敗を喫したあと、開幕二戦目で登板したエースの世良も、開幕投手を外された怒りからかピリッとしない投球内容。五回を投げて6失点。負け投手になった。しかも、試合終了後、記者団の前で「開幕を外されて、これまでのチームを引っ張って行こうという気持ちが削がれた」と首脳陣への不満を表明した。

広島カープで新人投手が開幕を務めたのは一九五二年の大田垣喜夫以来六十八年ぶり。当初は意外性のある投手起用を好意的にとらえていたファンも、スタートダッシュの失敗で一気に不協和音を広めた。その後、笹野監督の采配は全て後手後手に回った。

気が付けば、開幕から一ヶ月で6勝16敗の最下位。借金は早くも10となっていた。ここ数年は、いつも優勝候補の一角に名を連ねていた広島カープだけに、そのチグハグとした戦いぶりはファンのみならず、オレたち放送局の人間をも苛立たせた。

「カープがこんなムードだと、付くはずのスポンサーも付かなくなっちゃいますねぇ」

「ただでさえネットに広告費を取られてしんどい時に、これじゃテレビもラジオも商売上がったりだよな」

「今年の営業部は大変ですよ」

「ホントだよな。こんなとき、営業の奴らはなんで俺はNHKに就職しなかったんだろうって思うんだろうな」

そんなたわいもない会話をしてはいるが、実際に広島カープの低迷は民放ローカル局にとっては死活問題だ。しかも、全試合をラジオ中継するHCHにとって、強いカープの中継は優良物件になるが、カープが弱い場合は足手まといになることもある。

テレビはもっと悲惨なもので、勝ちゲームと負けゲームの視聴率の違いはてきめんだ。放送権料、制作費、人件費などを合わせると、金も人も莫大にかかる中継はスポンサーあってのもの。負けゲームが続くと、広告主もコマーシャルを出したがらない。せっかく横川学院の快進撃で勢いのついた広島県民の野球熱は一気に冷めようとしていた。

そんな中、間もなくゴールデンウイークを迎える四月下旬、オレはユニフォームをバッグに詰め、母校に赴いた。生徒たちと真剣勝負をして以来、オレは服部からの誘いもあり、週に一度のペースで栄進高校のバッティング投手をしに野球部のグラウンドに足を運ぶようになっていた。

なまった身体を動かせるならと理由を付けてはいたが、自分の中ではやり残した野球への思いを満たすという意味が大きかった。

「服部、部室借りるからな！」

服部は手に持ったノックバットを大きく上げると、厳しい口調で選手たちに指示を与えていた。

学校の教室ほどの広さ。汗の臭いが充満した部室に入ると、高校時代の青くさかった自分に戻る気がした。

「一年生のとき、良くここで先輩の悪口言ってたよなぁ」

オレは、ふと高校に入ったばかりのことを思い出した。「いざ、甲子園！」と夢と希望を持って入った名門野球部。一年生からバリバリにやるぞと練習に参加したが、やらされることと言えば声出しと球拾い。おまけに練習後の三年生に、毎日のようにマッサージをさせられた。

雨で練習が中止になると、この部室で説教されるか宴会芸を披露させられるかの二者択一。しんどかったけれど、今、思い出すのは、そのしんどかった時期のことばかりだ。

「あのときは、楽しかったなぁ」

ユニフォームに着替え、グラウンドに出ると、生徒たちは畳一畳分ほどのネットをいくつも動かして、バッティング練習の準備をしているところだった。

「おい！　国会王子！　早く身体の準備してくれよ」

「うるせーよ。変なあだ名で呼ぶなよ」

オレは慌ててストレッチを済ませ、マウンドに上がった。

「さぁ、いつでも来い！」

オレはただひたすら無心でキャッチャーが構えるミット目がけて、ボールを投げ続けた。今まで「打たれまい」と思って投げていたオレが、今は「打たせたい」と思って投げている。これが現役を退いた野球選手が見る景色なのかと思いながら。

練習が終わり、生徒たちが部室に戻ると、服部が言った。

「今日、ちょっとだけ飲もうぜ」

車で来てるからと言うオレに、服部は悪びれもせず「代行があるだろ」と趣のある居酒屋へ案内した。入り口には大きな提灯（ちょうちん）があり、そこには『おばんざい屋キャッチボール』とでっかく筆で書かれていた。店に入ると、どことなく見覚えのある面構えの大将が、ニッコリと迎えた。

「へい。いらっしゃい！」

「遅くなって、すまん。ようやく、21世紀枠でお馴染みの国会の先生を連れて来たよ」

カウンターの中に陣取る大将は、綺麗に刈りそろえられた坊主頭を深々と下げた。

「先輩。ご無沙汰しています。野球部の松井です」

キョトンとするオレに、服部は言った。

「お前まさか、あれだけ扱き使ったブルペンの友、松井を忘れてなんていねえよな」

オレは白いTシャツにねじり鉢巻き、腰に和風のエプロンを付けた、その男を覗き込むように見つめた。

「えっ！　松井？　マジかよ。あの松井かよ！」

松井はオレがエースだった高校三年の夏、控え投手として背番号12を背負っていたひとつ歳下の後輩だ。練習のとき、ブルペンに入る前のキャッチボールやストレッチを良く付き合わせていた。忘れる訳がない。

「えっ！　お前、地元でお店開いてたの？」

松井は白い歯を見せると、照れくさそうにペコリとお辞儀をした。

「はい。もう、独立して店を構えてから十五年になります」

「なんだよ。連絡くれればもっと早く顔を出したのに」

「嘘つけ！　お前、野球部に顔出せって何度も言ったのに、結局グラウンドに来るの何十年もかかったじゃねぇか！」

　毒づく服部の言葉を松井は嬉しそうに聞くと、高校時代と同じように上目遣いで言った。

「いや。先輩がテレビとかラジオとかに出てるのは知ってたんですけど、もう別世界の人になった気がして、声を掛けにくくなってたんですよ」

「お前、まだ野球やってんの？」

「いや。メニューに寿司とかもあるんで指先が汚れないように、今は何もやってません」

「そうなんだ。お前、ストレートだけだったらオレよりスピード出てたよな。やってないなんて、勿体ないな」

　オレたちはカウンターに座ると、懐かしい話に花を咲かせた。高校を離れて三十五年。なのに気持ちはあっと言う間にあの頃に戻る。まるでプチ同窓会だ。それでも、昆布じめされた桜鯛を手際よく捌く松井の熟練した手さばきに時の流れも感じた。

「先輩、21世紀枠の生みの親、凄いことになってますね」

　オレは刺身を口に運んだ。

「なんだよ。生みの親はオレじゃねぇよ。オレはたまたま時流に乗っただけで、21世紀枠はもうずっと前からあったんだから」

　松井は初ガツオに包丁を入れ、一品一品丁寧に作りながら話しかけた。

「でも、もう、普通に日常会話で使われてますもんね。ウチの店でもお客さん同士が良く会話の中に21世紀枠ってぶっこんで来てて、あっ！　先輩の言葉、みんな使ってるわ！　って俺、嬉しく思いながら仕事してますもん」

「オレさ、こんなことになっちゃったからもう今更言いにくいけど、21世紀枠って、それなんなんだ？　ってずっと思ってたんだよね。正直、今も思ってる。あの、みんなで一緒に手をつないでゴールしましょうみたいな、あの気持ち悪い感覚に近いっていうか」

桜鯛をあっと言う間に平らげた服部も話に加わる。

「その話なら、今まさに、当事者の俺にも話を振れよ。あのさ、もう全部が綺麗ごとなんだよ。高校の部活の指導者なんて、今じゃもう罰ゲームみたいなもんでさ。あれはダメ、これはダメって。しかも、夏に練習してて誰か倒れでもしたら『なんでこんな暑さの中で練習をさせたんですか！』って。大会は夏にやるんだよ、真夏に！　じゃあ、どうやって練習させればいいんだよ。俺たちのときなんか、夏の合宿でバタバタ生徒が倒れてたじゃない。炎天下の中、ノックされまくって。で、バケツの水を掛けたら、はい次の人って。今そんなことしてたら犯罪者みたいに言われる。下手したらホントに捕まっちゃうからね」

オレは、差し出されたカツオのたたきを受け取った。

「そうなんだよ。甲子園に出られそうなチームに入ったんだから練習が地獄なのは承知の上で入部してる。なのに練習時間が長いだの、土曜と日曜も休めないだのって、それじゃ強いチームなんか出来っこないんだよ」

服部はジョッキのビールを飲み干すと「お前が勧める日本酒！」と松井にジョッキを渡して話を続けた。

「今の生徒にも、無茶苦茶センスのありそうな子がいるんだよ。でも、死にそうになるほど練習をさせられない。だから、１００ある力を半分も発揮できない選手になる。勿体ないよ。せっかくのセンスやチャンスを生かせないんだもん。ホントは、もっとシゴいて自分が思う限界を超えさせてやって、ほら見てみろ、お前はここまで来れるんだよ！　みたいな指導をしてやりたいんだよ」

松井は升にグラスを載せ、満々と日本酒を注ぐと服部に手渡した。

「俺たちみたいな板前の修業も、師匠が厳しくないとなんにも学べないんです。料理教室じゃない訳ですから。でも、このご時世、師匠が弟子に遠慮して、もっと真髄を極めたいのに突き詰めたところまで見せて貰えない。ホントは朝から晩まで一緒にいて技術の先にある精神論みたいなものも学びたいのに、そこまで行けなくなってる」

「覚悟がないヤツのレベルとか、競争する気のないヤツの理屈とかで物事を語られたら、そこで勝負したいヤツ等は、逆に置いてけぼりを食っちゃうんだよな。今の世の中、やる気があるヤツへの逆差別になってんだよ」

松井は日本手拭（てぬぐ）いで包丁を包み込むと、思い出したように言った。

「今、真澄鏡（ますかがみ）があったら、書きたいことや言いたいことがいっぱいありますね」

ていた。

「うぁぁぁ懐かしいなぁ真澄鏡！」

オレたちは高校時代の三年間、野球部の生徒全員が『真澄鏡』というノートを書かされていた。

簡単に言うと日々の練習日誌なのだが、その日の練習内容以外にも、勉強や進学の悩み、将来の夢、世の中への疑問や不条理についても書き綴っていた。毎月、第一月曜日に監督である顧問の四谷先生に提出すると、しばらくして先生から赤ペンで書かれた返信が来ると言う、言わば監督と選手の交換日記のようなものだった。

オレは笑いを堪えながら言った。

「昔さ、服部が初めてのスタメンマスクで『締まって行く〜っ!!』って言ったときの真澄鏡、オレ、いまだに覚えてるんだけどさ。『先生、僕があのとき締まって行くって言ったのは、ふざけてではなく、あまりの緊張のためです。でも、バッターボックスでは緊張せず、しっかり打てたので、これからもレギュラーで使って下さい！　僕が本番に弱いと思わないで下さい』ってヤツ」

服部は身を乗り出してオレの口を手でふさぐと「止めろ！　もうそれ以上言うな」と、周りの客の目も気にせず動揺した。厨房の松井が、腹を抱え笑い転げながら付け加えた。

「それ、俺も覚えてますよ。先輩たちが、みんなで見て爆笑してたの。で、四谷先生からの返信が『服部君。先生は、その掛け声に気付いていませんでした。この前の試合は全然、締まっていなかったので、これからはちゃんと締まって行って下さい』って」

オレは服部の手を振り解いた。

「なんだ、それ。もう、漫才だよな。なんだ、締まって行って下さいって」

昔は良かったとは言いたくないが、自分が何者でもなかった時代の出来事はキラキラと輝いている。五十三歳、アナウンサー。妻や子どももいる。小さいながら家もある。高校時代の仲間と、こうして笑い合う時間もある。決して不満はない。

しかし、今の自分を、未来の自分が「あの時は良かった」と思えるんだろうか。いや、そうしなければならないし、そうしたい。今のオレは、傍から見れば順風満帆に見えるかも知れない。だが、何かが足りない。もうすぐ出来上がると思っていたジグソーパズルのピースが、気が付けばひとつだけ足りていない。そんな思いなのだ。

それは自分の仕事のことなのか。プライベートか。はたまた、娘のことなのか。正直、自分でもよく分からない。ただ、このまま現状維持で終わっていいはずがないことだけは最近、自分でも自覚している。


深夜。ほろ酔い気分のまま、家に帰り着いた。

冷蔵庫からミネラルウォーターを取り出すとリビングのソファーに身体を預けた。

テーブルに置いてある夕刊を手に取ると、一面には『厚生労働省で21世紀枠採用へ』の見出しが見えた。

記事を読んでみると、厚生労働省は21世紀枠と同じ二〇〇一年に発足した省庁であること。省庁の理念が国民の豊かな暮らしをサポートするというものであること。夢と希望を持てる社会作りのため、これから広く民間の企業にも21世紀枠の採用を促そうとしていること。そのために、監督省庁が率先して21世紀枠を創出して、拓かれた社会基盤の創造への旗振り役を担うことなどが書かれていた。

「また、国はダメなヤツにレベルを合わせようとしてるのかよ」

わずか一ヶ月前、自分の言葉から生まれた新しい世の中の流れ。しかし、その流れを作った自分自身は、この薄暗い部屋で酔ったままクダを巻いている。オレはなぜだか、この世の中にたったひとり取り残され蹲っている。そんな気分になった。あの高校三年生のときの夏の大会のマウンドのように。

「なにが21世紀枠だよ。バーカ！　この世界は、ノストラダムスの予言通り、20世紀で終わったんだよ」

世の中の動きは速かった。厚生労働省の発表からすぐに経団連が動いた。

「これからは学歴やキャリアに囚われず、広い視野を持って人事を進め、民間企業には積極的に21世紀枠を導入するよう説明を行って行きたい」

この発言を受けて、ローカルニュースでも『21世紀枠』の話題がトップを飾った。広島商工会議所の会頭も記者会見を行った。

「地方でも、これまでの悪しき縦割りのセクショナリズムを撤廃し、見落としがちだった個人の能力を、会社や社会のチカラとするよう各企業には『21世紀枠』を呼びかける」とのコメントが出された。

実現が可能かどうかではなく、呼びかけを行うことで『やっている感』を出す。弱者に優しい社会を目指すフリをする。他人事感が漂うメッセージに苛立ちさえ覚えた。

スタジオには二〇〇一年に発売されたCDがうずたかく積まれていた。

今日は『21世紀枠』にちなんで、二〇〇一年のヒット曲を特集で掛けると越野からも連絡が来ていた。大量のCDを見ながら越野が言った。

「太田さん、二〇〇一年最大のヒット曲ってなんだと思います？」

「なんだろう？　もう、その辺の曲って、音楽が細分化されすぎてなんの印象もないんだよなぁ」

「でしょ！　そうなんですよ。国民、みんなが知ってるって曲じゃないんですよ。なんか、特定の層に支持されて売れた曲って感じで、きっと答えを言われても、歌えないと思うんですよ」

「で、なんなんだよ。一番のヒット曲って」

越野は、CDの山の中から、仰々しく一枚のCDを手に取った。

「さぁ、なんだと思います。さて、それでは発表いたします。二〇〇一年最大のヒット曲は、こちら！　ジャーン！　宇多田ヒカルの『Can You Keep A Secret?』です！」

オレは目を丸くした。その姿を見て、越野は堪らず大笑いをした。

「太田さん、今、はぁ？　って顔しましたよね。そうなんですよ。俺も同じリアクションだったんですよ。タイトルを言われても、そうか！　その曲か！　とか思わないでしょ。その曲、どんな曲って感じでしょ」

「うん。オレたちの年代だとなんか懐かしいなぁとかって思いが一ミリも湧かないよな。えっ、ちなみに二位は何なの？」

越野は、再び勿体を付けて、CDをオレの前に見せつけた。

「第二位は、ジャジャン！　浜崎あゆみの『M』です」

オレと越野はCDを手にしたままゲラゲラと笑った。

「なんか、妙に笑えるな。ビックリするくらいピンとこないもん。どうなんだろう？　曲を聞いたら、あっ！　これ聞いたことあるって感じなのかな？」

「太田さん、さすがに放送局に勤めてるんですから、サビくらいは分かるはずですよ」

「そうかな？　そうは思えないんだけど。ちょっと待って、もうこうなったら三位も聞きたいよね、なぁ、三位ってなんだよ」

　越野は嬉しそうな顔をした。

「さすが太田さん。そう来なくっちゃ。もう、驚きで目が飛び出ますよ。覚悟しといてください よ。では、二〇〇一年シングルＣＤ売上ランキング第三位はCHEMISTRYの『PIECES OF A DREAM』です！」

　オレたちは隣のスタジオにも届きそうな声で笑った。

「何だ、その曲。オレの人生のどこにも刻まれてないいんだけど」

「でしょ。俺も今日の番組で『二〇〇一年の曲特集を！』って自分で企画しておきながら、ダメだこりゃ！　って思ったんですよ」

「で、お前、今日どうするの？」

「一応、やりますよ。我らが大将の言葉で時代が動いたスペシャルですから。で、リスナーとか最上とかの反応を見たいなぁって思ってます。結局、あれなんでしょうね。家族みんなでテレビを見なくなったとか、音楽を聴くのにイヤホンで直接、自分の耳にって世代のヒットなんですよね。だから、共感性がない。広く浅くの流行から狭く浅くの流行になったんでしょうね」

「広く浅くだったら、次は狭く深くじゃないのか？」

「いいえ。狭くって、しかも浅いんです。公園にある雲梯（うんてい）みたいに次から次に乗り移っていく文化です。共感性がなくってもいいんです。自分が良ければ、人のことはどうでもいいんです」

越野はちょっとだけ淋しそうに言った。

「お前、なんか冷たいものの言い方するな。オレはさ、今のヤッ等って、群れたいけど群れ方を知らないから、逆に他人のことばっかり気にしてると思うんだよなぁ。自分がない。ネットとか見てるとさ、他人事と自分事の区別すら付かなくなっちゃったんだって思うこと多いもん」

越野は腰に手を当てると怪訝な顔で問い直した。

「例えば、どんなときです？」

オレはニヤッとすると、すかさず答えた。

「芸能人の不倫！」

越野は手を叩いて笑った。

「まぁ、そうですねぇ。あんなに自分の人生に関係ないことを、まるで身内の不祥事みたいに罵るのは、他人が気になって仕方がないってことでもありますよね」

「昔からさ、テレビのレベルと政治のレベルは、その国民のレベルと一緒って言うもん。その最たる時期が、まさに今なんじゃないかと思うよ。ネットは人の感情をむき出しにしたし、世界中を幼稚にしたって気がするよな」

「そうですね。アメリカの大統領が記者会見でまともに会話が出来ずに、ツイッターで呟く時代ですからねぇ」

　番組の二〇〇一年ヒット曲特集は、越野とオレの危惧に足並みを揃えるかのように不発に終わった。期待していた最上のリアクションも微妙なもので、リスナーからのメッセージも取って付けたような当たり障りのないものだった。

　番組終了後、申し訳なさそうな表情の越野を捕まえてオレは言った。

「越野！　今日の放送、良かったよ！　なんか、分かった！　本質が見えた気がする。もう一度、年寄りも子どもも男も女も、みんなが夢中になるようなこと考えよう！　オレたちはさ、ギンギラギンに輝かなきゃいけないんだよ」

　さっきまでうな垂れていた越野は、急に瞳を見開いた。

「なんですか。ギンギラギンって……。なんで、突然、マッチなんですか！」

「心に炎が宿ったからだよ。でも凄いな、『ギンギラギン』だけで、近藤真彦って分かるんだよ！　うん。そういうことだよ。なんかさ、記録じゃないんだよ。記憶なんだよ。一位獲っても覚えてても貰えてない曲になっちゃダメなんだよ。よし！　決めた！　オレ、21世紀枠の旗振り役になる！　もう、ウジウジ言わずに、どんな手を使ってもみんなの心を鷲摑みにする！　そんな人間になる！　ギンギラギンに生きていく！」

オレは胸を張った。まるで自分を鼓舞するかのように。

広島カープから今日の夕方、緊急記者会見が開かれると発表があったのは、それから数日後だった。

社内は、物々しい雰囲気に包まれていた。鯉のぼりのシーズンには、本来の力を発揮してAクラスに戻って来るんではないかとの評論家の予想に反して、カープは最下位のまま。SNSでは「笹野監督の辞任を求める」などのスレッドが立ち、決して今回の会見がいい知らせではないことはスポーツに詳しくない者でも容易に想像が出来た。

「笹野監督、辞任ですかね?」

「そうだな。辞めさせられる前に、自ら身を引くってことのほうが潔いよな。まぁ、きっと政治家と同じで、どこか身体が悪くなったから入院しますって感じになるんだろうけどな」

昼下がりのアナウンス部。みな口を揃えて噂話を繰り広げた。

「それにしても今回の記者会見の案内はオーナー直々の署名が入ってたってことだから、只事じゃないってことだけは確かだよな」

「しかも、夕方ってことは、明らかにニュースの時間にぶつけてるんで、生放送で中継繋いで『大きな話題にして下さい』ってことですよね」

マスコミの人間といえども、突然の出来事に対しては、一般の人たちと何も変わらない。これまでの、それぞれの経験値で持論を展開するしか術がない。気分は野次馬だ。

午後六時。夕方のローカルニュースが始まった。この時間は、東京キー局とローカル局の枠が行ったり来たりする。タイミングによっては、特番扱いで、キー局からのニュースを飛ばすことになる。

オレは栄進の練習に行くのを遅らせ、アナウンス部の仲間とテレビで事の成り行きを見守ることにした。

「なぁ。誰か情報を持ってねぇのかよ」

「スポーツ部に確認に行ったんですが、なんの会見か見当もつかないって言ってました」

「ってことは、やっぱり笹野監督の退任だな」

「だったら、えらい仰々しい感じですよね」

テレビの画面からはキャスターの山根が、このあと球団事務所から生中継をするとの趣旨を説明している。映像が記者会見場に切り替わった。物凄いシャッター音とフラッシュの中、ゆっくりと威厳を感じさせるスーツ姿の男がマイクの前まで歩みを進めた。一礼をした男は、そのまま椅子に腰かけた。

「あれっ？　オーナーひとりですね」

「ホントだな、普通なら監督も同席するはずなのに」

「そうですね。やっぱり体調を崩してってことなんですかね」

オーナーは、マイクを持つと、まず日頃のファンの応援についてお礼の言葉を述べた。

そして、胸の内ポケットから書面を取り出すと、大きく息を吸い、はっきりとした口調で驚きの発言をした。

『広島東洋カープは十二球団で唯一、特定の親会社を持たない市民球団として、これまで広島市民そして全国のファンの皆さんに支えられて参りました。まだまだ、原爆投下からの復興とまではいかない一九五〇年に球団を創設し、貧乏球団と揶揄されながらも、たくさんのファンの皆さんに希望を貰い、そして与え、ともに歩んで参りました。なにより、他球団に先駆けて外国人監督を招へいしたり、海外のドミニカに野球学校を設立したりと、カープならではの取り組みも行って参りました。そこで、今日、皆さんにお集まり頂きましたのは、昨今より日本中が注目をし、期待する「21世紀枠」をプロスポーツ界で我が球団が最初に実践しようとの試みを発表させて頂きたい思いからです』

ピンと張り詰めた空気の会見場から、記者団の「うぉぉ〜!」と言う感嘆の声が聞こえた。そして、目がチカチカする程のフラッシュが一斉に焚かれた。オーナーは、正面をしっかり見据え、伸びのある声で続けた。

『今年秋のドラフト会議で、我が広島東洋カープは、21世紀枠による新入団選手を獲得することを、ここに宣言させて頂きます！』

オレは、なぜだか武者震いがした。身体中の血液が逆流するのを感じた。そして、涙が溢れた。「これだ！」と思った。隣で、記者会見を一緒に観ていた最上は、つまらなそうな顔で言った。

「なーんだ。監督がクビになる会見かと思ってたら、なんかよく分かんない感じの会見ですね」

オレは気付かれないように涙を拭った。

「いや。これは凄いことだよ。だって、誰かの人生を変えるんだぜ。どんなシステムで21世紀枠採用をするのか、まだ、なんにも分かんないけど、きっと他の球団も後を追うだろうから、これは面白い展開になりそうじゃない」

最上は、オレから発せられるムードを察して、独り言のように呟いた。

「そうか。21世紀枠っていえば太田さんが作った流れですから、太田さんにとっては特別なことになるんですね。でも、一般の人がプロ野球に入るんならプロテストと変わらない気がするんですよねぇ」

ラジオを聞きながらハンドルを握った。オレは、栄進高校のグラウンドに車を走らせた。カーラジオのスピーカーから流れるニュースによるとカープの21世紀枠の採用は一人。

入団を希望する者は、志望動機を書いたエントリーシートと野球をやっている動画を球団に提出せよとのこと。そして、なんと年齢と性別は問わないという異例ぶり。まさにプロ野球界の新しい物好き、カープらしい採用方法だった。

選ばれしたった一人の選手は、十月に行われるドラフト会議で『21世紀枠ドラフト選手』として事前に本人へ知らされることなく発表されるらしい。

駐車場に車を停め、オレはすぐに部室に向かいユニフォームに着替えた。照明に照らされたグラウンドを見た瞬間、オレは高校一年生に戻った気持ちになった。帽子を取り、深々とお辞儀をすると、ふいに言葉が口をついて出た。

「オレ、将来、プロ野球選手になる！」

オレは、見つからなかったパズルの最後のピースをようやく見つけたような気持ちになっていた。

# 第三章　それぞれの夢

この日からオレはほぼ毎日、栄進のグラウンドで汗を流した。これまでのバッティングピッチャーだけの練習参加ではなく、未来の自分のためにストレッチからキャッチボール、ブルペンでの投げ込み、そして、走り込みをスタートさせた。

あまりの練習ぶりに生徒たちからは、今は亡きカープ往年の名選手、衣笠祥雄さんのニックネームから『鉄人』と名付けられた。

「鉄人！　ホントに21世紀枠にエントリーするつもりなんですか」

ブルペンで投球練習を行う栄進のエース加藤が話しかけて来た。

「うん。そうだよ。だって、オレの将来の夢はプロ野球選手だもん」

加藤は汗を拭いながら、興味津々にグラブを置いた。

「もし、選ばれたら仕事はどうするんですか？」

オレは迷わず言った。

「辞めるよ。いや、もう辞める。お前さ、オレが目指してるのは五十三歳のプロ野球選手だよ。退路を断たなきゃ、そんなもん目指せねぇよ」

加藤は食い下がる。

「えっ！　じゃあ、家族はどうするんですか？」

オレはピッチングの手を止めると、地面を足で均しながら答えた。

「説得するよ。ちゃんと話して、ちゃんと理解してもらって、そして、応援してもらう。人ってさ、応援されると力がみなぎるんだぜ」

自信たっぷりに語るオレに加藤は言った。

「鉄人、僕が言うのもなんですが、五十三歳の人をカープは獲りますかね？」

オレは笑い飛ばした。

「バーカ。五十三歳だから獲るんだよ、きっと。そう考えないと夢がねぇだろ！　夢は寝てるときに見るもんじゃない。起きてるときに語るもんだ」

オレは、自分に課題を課した。今、出せるストレートの球速は１２０キロ。ドラフト会議が行われる十月までに、それをプロでも通用するギリギリの１３５キロまで上げようと決めたのだ。

高校時代の球速は１４３キロが最高だった。だから、出せない数字ではない。しかも、広島出身で野球殿堂入りした『マサカリ投法』でお馴染みの村田兆治は、引退して十三年後の六十三歳のとき、始球式で１３５キロをマークしている。オレはまだ五十三歳。ずっと身体を休めてたんだ。オレには伸びしろがあると信じた。

「話すなら、今日だ」

不思議なことに、カープの21世紀枠の発表があってから、オレは身も心も空っぽになったような気がしていた。簡単に言えば吹っ切れたのだ。スポンジのようになった自分に恐れるものはない。そう思えて仕方なかった。

栄進からの帰り、よく立ち寄るケーキ屋さんでバースデーケーキを買った。お店の人に「ローソクを五十三本お願いします」と言うと、二十歳そこそこの可愛らしい女性店員は申し訳なさそうに提案した。

「五十三本より、この5と3の数字をかたどったローソクのほうがいいかと思います」

家に帰ると、食事を終えてリビングで微睡む妻と綾子がいた。「ただいま」と言うオレに妻は笑いながら言った。

「毎日、毎日、泥だらけで帰って来て。精が出ますね」

オレは「うん」と返事をするとケーキの箱を持ち上げて、二人に言った。

「お風呂から上がったらちゃんと話すけど、会社を辞めることにしたから、今日は自分のためにバースデーケーキ買って来た。あとで、食べるの付き合ってな」

妻と綾子は呼吸を止めた。これまで見たことのない二人の仰天の顔にオレはなんだか可笑しくなった。

シャワーを浴びると、全身から今まで溜まりに溜まって来た人生という名の垢が、全て落ち去っていく感覚になった。オレは新しい自分の身体を隅から隅まで丁寧に洗ってやった。ジャージに着替え、バスタオルで頭を拭きながらリビングに戻ると、二人はコーヒーを淹れ、ケーキを箱から出して食卓で待っていた。不安そうな綾子に対して、妻は少しだけほほ笑んだ。

「さぁ、ゆっくり話を聞きましょうか」

もう、回りくどい言い回しはやめて単刀直入に結論から話すことにした。

「パパ、会社を辞めて、プロ野球選手になりたいんだ」

その言葉に、綾子は表情を曇らせた。そして、しばらくの静寂のあとため息をつくとオレに問いかけた。

「ねぇ、私、パパの言ってる意味がさっぱり分からないんだけど」

オレは、もう一度、綾子の顔を見ながらきっぱりと言い放った。

「パパはプロ野球選手になる」

綾子は呆れたような、軽蔑の視線をオレに向けた。

「なに、それ。それは、私に対する当てつけ？」

オレは首を横に振ると冷静にゆっくりと綾子に語り掛けた。

「ううん。違うよ。これはパパの人生のこと。綾子の就活のこととは全く関係ない」

綾子は明らかに不機嫌な顔を見せた。

「でも、なに？　プロ野球選手って」

オレは頭を整理しながら、丁寧に喋（しゃべ）った。

「パパはさ、ずっと自分の人生で何かが足りないって思ってたんだよね。正確には、仲間が会社を辞めた頃から思い始めたのかなぁ。それで、綾子のことがあった。パパ自身にも選抜特番で変化があった。そこに、今度は、カープの21世紀枠ドラフトのニュースが出ただろ。あっ今だなぁって思えたんだ。今なら、人生を軌道修正出来るかもって」

食卓の真ん中に置かれたケーキを見つめながら、黙ったまま穏やかな顔を見せる妻と、今にも摑（つか）み掛かりそうな勢いの綾子の表情は対照的だった。

「ねぇパパ。私、父親がアナウンサーってことにずっと違和感を持ち続けてたんだけど、今度はその人が会社を辞めてプロ野球選手になりたいって、それさ、なんかもう死ぬほど恥ずかしいんだけど」

オレは綾子を見つめて言った。

「ごめんな。それはホントに申し訳ない。でもな綾子。綾子の人生とパパの人生は別のものだと思うんだよ。綾子の人生は、綾子が切り拓（ひら）くしかない。どんなに過去を恨んでも、どれだけ環境を嘆いても、それは綾子の人生で、パパの人生じゃない。パパの存在が邪魔なら捨てればいい。パパの存在を利用するならすればいい。どんなに悔やんでも過去は変えられない。だったら、どんなに道が困難でも、自分の人生を、自分で選択して前に進むしかないんだよ」

綾子は、納得が行かない様子のまま反論した。

「でも、その、前に進む動機がプロ野球選手って、もう現実逃避に近いよね。なれるはずないじゃないプロ野球選手なんて」

オレは綾子の頭の上に手をやり、小さな子どもに言い聞かせるように言った。

「綾子はそう思うかもしれないけど、パパは本気だよ。パパはなれるって信じてるよ」

娘は戸惑った表情をしながら言い返した。

「なれっこないよ」

「いや、なれる。パパは絶対にプロ野球選手になる。ちょうど綾子と同い年だった大学四年生のとき、パパがアナウンサーになるって言ったら、死んだお祖父ちゃんは今の綾子みたいに、絶対になれないって言った。現実を見ろって凄く怒られた。でも、パパはアナウンサーになれた。だから、パパは未来の自分のために今の自分が頑張ることにした」

唇を震わせる娘にオレは続けた。

「パパはね。逃げる方向じゃなくって、進む方向に向かうことにしたんだよ。でも、そっちの方角の目標のほうが遥かに遠い。だから、傍から見ると絵空事。逃げたように見えるんだよ」

オレは、フッと思い出したように立ち上がると、階段を上り寝室に向かった。そして、押し入れにある埃まみれの段ボールを開けた。そこには、包装紙に包まれた小ぶりな箱があった。オレは、その箱を手にすると、リビングに戻り、綾子に手渡した。

「これ、綾子が生まれたときにパパの友だちがプレゼントしてくれたグローブ。未来のカープ選手とキャッチボールをしろって貰ったけど、綾子、女の子だし、左利きだし、使われずにずっと仕舞われてた」

綾子は、包装紙を広げ、その箱を開けると、鼻をすすり、手の甲で涙を拭った。

「こんなものがあったんだ」

綾子はオレの顔を見ると言った。

「小さなグローブだね」

オレは綾子の目線までしゃがみ込むと優しく言った。

「パパ、しばらくは無職になるから時間が出来ると思うんだ。だから、今度、パパとキャッチボールをしてくれる？」

グローブを大切そうに両手で持ったまま娘はしぶしぶ頷いた。そして、オレは、今日一番、娘に伝えたかったことを言った。

「あと、パパと一緒に履歴書、エントリーシートを書こう。これから、パパも綾子も就活が始まるから」

善は急げとばかりに、翌日、オレはアナウンス部に退職願を出した。

青天の霹靂だった部長は、なんとかオレの気持ちを変えさせようと慰留の言葉を連呼した。話し合いの結果、番組が改編期を迎える秋までは勤め上げることになった。立つ鳥跡を濁さず。これなら現場への迷惑を最小限に食い留められる。

三十年以上、慣れ親しんだ職場を離れること。もうマイクの前で喋れなくなること。そして、長年お世話になった『金曜フライデー』がなくなることに未練がない訳ではない。ただ、もう自分が決めたことだ。あとには引けないし、引く気もない。こういう話はあっという間に広がるもの。早速、越野が血相を変えて走り込んできた。

「太田さん。ちょっと待って下さいよ。退職届を出したってホントですか?」

オレはとぼけた顔をして言った。

「えっ! 退職届? 出してないよ」

息を切らせていた越野は両手を膝について中腰になった。

「えっ! ホントですか? 良かったぁ。なんか、もう凄い噂が広がってて」

オレは越野の顔を覗き込むと笑った。

「そうかぁ。もう、噂になってるのか。みんな仕事は遅いのに、こういう噂話だけは、この会社、速いんだよなぁ。あのね、オレが出したのは退職届じゃなくって、退職願ね。届けと願いは違うんだよ。お前、ちゃんと勉強しとかないと、自分が出すときに困っちゃうよ」

　越野はしかめっ面になった。

「やっぱり出してたんですか！　マジっすか！　なんですか！　願いよ届け！　みたいな話じゃないんですよ。じゃあ、ホントに会社を辞める気なんですか」

「うん。辞める気じゃなくって、もう辞めるんだよ。退職願は受理されたんだから。越野！　オレたち、この前約束しただろ。ギンギラギンに生きて行こうって」

「ギンギラギンにって、なにをしようとしてるんですか」

「ん？　お前はホント、勘が悪いな。ずっと、オレの傍にいたのに、なんにもオレのことが分かってなかったんだな」

「分かる訳ないじゃないですか、夫婦でもないのに。で、マジでなんで辞めるんですか」

　オレは越野の肩に手を置くと諭すように言った。

「いいか。良く聞けよ。21世紀枠でカープに入るんだよ」

　越野は身体を持ち上げた。

「えっ！　カープに？　えっ、どうやって入るんですか？　裏口ですか？」

「裏口！　そんなチカラがオレにある訳ねぇだろ。ちゃんとエントリーシート出して、動画も送って、正規にチャレンジするんだよ」

「いやいやいやいや、無理っすよ。そんな。いい歳こいた大人が考えることじゃありませんよ」

オレは情けなくなった。

「いいか。越野。いい歳こいた大人だから夢を追いかけるんだよ」

「金曜フライデーはどうなるんですか？」

「一応、さっき部長と話して、改編を迎える秋までは全部の仕事を全うすることになったから。だから、あと四ヶ月は大丈夫だよ」

涙目の越野は嘆願するかのようにオレに縋った。

「残り四ヶ月って……ちょっと考え直して下さいよ」

衝動的に動いてはみたが、考えてみると六月から綾子の就活が始まる。七月には栄進の夏の甲子園の地区大会、八月までには身体を仕上げないとプロを目指すどころの話じゃない。

そして、九月は退社に向けてのカウントダウン、十月の頭に『金曜フライデー』最終回とドラフト会議が重なる。

やらなければならないことが山積みだ。時間は限られていた。このままのペースでは間に合わないと思った。オレは、一層、身体作りに専念した。

今までの車での通勤を止め、会社までおよそ一時間、走って行くことにした。

仕事の合間に鉄アレイを使った上半身の強化。暇さえあればスクワットをして下半身も鍛えた。

体幹を整えるプランクもスタートさせた。気分は、もう映画『ロッキー』のシルベスター・スタローンだ。

しかし、嬉(うれ)しい悲鳴とでも言うのだろうか、オレのやり方や考え方は確実に栄進野球部の生徒にも伝染をし始めていた。

「鉄人、高校最後の夏の大会、僕たち照れくさいけど、甲子園を目指します」

キャプテンの黒元(くろもと)の言葉に、オレは言った。

「なんで照れる必要があるんだよ」

黒元は帽子を取って頭を掻(か)いた。

「だって、春の選抜のとき、僕ら、地区大会の初戦負けですよ」

「だったら、逆にノーマークだから戦いやすいじゃない。きっと、相手も舐(な)めてかかるだろうから、足を掬(すく)うチャンスだよ」

副キャプテンの村山(むらやま)は真剣な表情で聞いた。

「鉄人、なんか、地区大会までの二ヶ月で秘策みたいなものないですか」

オレは腕組みをして、しばらく考えた。

「そうだなぁ。監督の服部にも相談しなきゃいけないけど『スリーツーバッティング』やってみるか」

二人は初めて聞く言葉に戸惑いの顔を見せた。

「なんですか？　スリーツーバッティングって？」

「あのさ。オレたちアナウンサーって緊張せずにマイクの前に立ったら絶対に上手く行かないんだよ。リラックスが一番なんていう人がいるけど、リラックスするのが実は一番難しい」

「はい」

「で、だったら、最初から緊張することを想定して練習をする。スリーボールツーストライクも、そう。意味、分かるか」

「いや、ちょっと微妙です」

「いいか。スリーツーはストライクなら打たなければ三振になる。でも、ボールなら見送ればフォアボールで出塁できる。だから、設定をスリーツーにしてバッティング練習をするんだよ。ストライクゾーンには絶対に手を出す。その代わり、ボール球には絶対に手を出さない。バッティング練習のとき、今は、ただなんとなく打ってるだけだろ。それを、次のバッターが必ず、審判の役割をして、今の球はストライクだったかボールだったかをジャッジしながら練習するんだよ」

二人は口を開けたまま、ただ「はぁ」と言った。

「でな。ストライクゾーンを見逃したヤツとボール球に手を出したヤツがいたら、その時々で、いちいち全員に知らせて、ミスを犯したヤツの責任を全員で取る」

黒元も村山も呆気にとられた表情でオレの話をただ聞いている。

「責任を全員で取るって、どういうことですか？」

「簡単だよ。審判役のヤツがストライクを見逃したって思ったらグラウンド中に聞こえるように笛を吹く。そしたらチーム全員が、その場でスクワット十回だ。じゃあ、ボール球に手を出したら？」

黒元は「分かった」という顔で即答した。

「審判が笛を鳴らす」

「うん。そしたら？」

「チーム全員がスクワット十回です」

「そう。そうしてたら、バッティング練習に緊張感が生まれる。一球一球に気合が入る。ミスっても、全員がスクワットをする訳だから、みんなの下半身強化も出来る。これ、どうだ？　一石二鳥だろ」

二人は「なるほど」という顔でオレを見つめた。

「他には？」

オレは思い付く練習法を全て伝授した。本来なら自分たちで考えさせるのが一番だが、もうそんな悠長に構えている暇はない。たとえ、甲子園は無理でも、一緒に練習をするコイツ等に勝つことの嬉しさや、頑張ることの大切さは教えたいと思った。

それは、これまで一緒に番組をやって来た若い女子アナにも共通するものだった。ただ、言葉を羅列して時間を埋めるんじゃない。聞いてくれる相手の顔を思い浮かべながら、相手が喜んでくれることを瞬時に取捨選択する。そうすれば、おのずと信頼されて人気者になれる。番組も人気番組になる。

ただなんとなくが一番良くない。「慣れる」ことと「上手くなる」ことは別なのだ。慣れた先にこそ、上手くなるためのオリジナリティが必要なのだ。そして、上手くなった先には「強さ」が生まれる。オレは生徒たちに、楽しみながら強さを求めたいと思った。そして、それは残された時間の少ない、オレ自身が最も欲するものでもあった。

六月に入り、綾子の本格的な就活が始まった。本来なら、すでに大学四年生は緩やかに活動をスタートさせている。もう、この時期に内定を貰っている者さえいる。

しかし、就職自体を悩んでいた綾子は気持ちをスタートラインに持って行くのが精一杯だった。明らかに他の就活生の後塵を拝している。だが、オレも妻も、なんだか、この日をホッとした気持ちで迎えたのが事実だ。

「綾子から、どこを受けるのか聞いた？」

「うん。大手の広告代理店のことは聞いたけど、あとは本人に任せてるから聞けてない。なんか、踏み込んで聞いちゃうと、探りを入れてる風に思われちゃうんじゃないかと思って、躊躇するんだよね」

「そうだね。向こうからなんか言って来たら向き合って話してあげればいいけど、それまでは綾子の人生のことだから、妙に干渉しないほうが無難なのかもね。一応、何かあったら相談に乗るからねとだけは伝えとくわ」

妻は心底、安堵したような表情で言った。

「でも、ホントに一時期はどうしようかって思ってたけど、とりあえずは就活をしようってところまではやって来たから、私、もう行ってくれるならどこでもいいと思って」

「いやいや。ホントだね。とりあえず、どこか一カ所、決まってくれれば本人も落ち着くんだろうけどね」

オレが辞めることを知ってからの最上はずっと落ち込んだままだった。打ち合わせの段階から伏し目がちで、なかなか目を合わすことも出来ない。

越野や三船が本番前にテンションを上げさせようと「さぁ、みんな。今日の番組も締まって行く～っ！」とふざけてみても作り笑いをするのが精一杯で、心から番組を楽しんでいた以前とは、別人のようになっていた。

心配した越野が、オレに耳打ちをした。

「太田さん。最上って初めて一緒に番組をやった相手が太田さんだから、凹みようが半端ないんですよ。どのタイミングでもいいので、ちょっと直に話してやって下さい」

オレも最近では、最上のことを実の娘のように感じていた。いや、実の娘の綾子にも見せない姿や話さないことを共有してきた。だから、ひょっとすると綾子以上の仲なのかもしれない。

不思議なもので一緒に番組という商品を作っていると、ジェネレーションギャップはあるものの、同志のような戦友のような気分になるのは確かだ。

さぁ、いよいよ本番スタートという直前にオレは最上に強い口調で声を掛けた。

「おい最上！　お前、シャキッとせい！」

最上は一瞬、ハッとした表情を見せた。そして、オレの顔を見てニッコリ笑った。

「はい！」

オレも、ほほ笑み返した。

本番中、最上を見ながら、コイツ不器用だったのに、良くここまで付いて来れるようになったなぁと思った。

人の心が何によって傷つくのか知らないで育った人を「育ちが悪い」と言う。人を傷つけても平気でいられる育ちの悪い人が、ゴロゴロいる中、オレはこんな純粋で真っ直ぐな女の子と仕事が出来て幸せだなぁと感じていた。

会社を辞めようと決めるまで、自分がマイクの前に立てるのは定年を迎える六十歳までだと思っていた。それが、退職願なんて紙切れを出しただけで一気に短縮された。もう、最上とこうして笑い合いながら本番の緊張感を楽しむこともわずかとなった。

後悔はないが、この職場やこの環境をより一層、愛おしく感じた。恋愛と同じだ。失くしそうになってから気付くことばかり。今、オレは意地とプライドをかけて戦って来た職場を去ろうとしている。これまで以上に、今の時間を大切にしなければ……。

そして、今までの自分の経験をスタッフや最上に教えられるだけ教えて去ろうと思った。それが、オレに出来る唯一の恩返しだと思えたからだ。

「最上さ。喋りって『間』なんだよ。間がない喋りを『間抜け』って言って、どんなに流暢に話をしても、相手の心には響かない。逆に、間さえあれば、多少、意味のない世間話でも豊かな時間に変わるときがある。いいな。これからは間が空くことを恐れず、緩急を駆使して話してごらん」

正直に言えば、最上なんて、オレの三年目の頃に比べればケチのつけようのない実力を持っている。凄いスピードで上達して来た。ただ、実力と人気が一致しないのが、この仕事の難しいところなのだ。

人気者になるために実力をつけ、人気が出たら、より一層、実力をつける。その繰り返し。だからこそ、聞く耳を持っている者が成功への近道を歩めるのだ。

「そう言えば太田さん。カープが21世紀枠ドラフトを発表してから、各球団とも後を追うようにウチもウチもってなってますけど、一体、どんな人たちがエントリーするんですかね」

「ん〜。そうだな。オレが申し込むくらいだから記念受験みたいに、とりあえずエントリーだけしてみようってヤツも結構いるだろうけど、やっぱり相当な実力を持ってて、野球に未練があるって人が多いんじゃない？」

「それはそうですね。でも、今朝の新聞には巨人の21世紀枠にスポーツが売りの人気アイドルが志願書を提出とか、ソフトバンクには福岡出身の有名女優が名乗りを上げたとか出てますよね」

「ダメ元で売名行為みたいなヤツも相当いるだろうし、逆に球団側もこの制度を利用して話題作りをしようって思うのは当然だから、オレも、どのくらいの人がカープにエントリーするのか見当もつかないんだよ」

最上の言う通り、カープの順位が芳しくない広島のスポーツ新聞は、最近、毎日のように、この21世紀枠エントリーの話題が一面を飾っていた。気が付けば、梅雨に入った六月中旬にはプロ野球十二球団すべてが21世紀枠ドラフト採用を表明していた。

綾子の就職内定が出たのは、雨が連日、アスファルトを叩きつける梅雨の真っ只中だった。

浮かない表情で家を出た綾子から、妻のラインに一行だけ【内定出た】と連絡が来た。

その知らせをオレが受けたのはアナウンス部で新聞を読んでいるときだった。安堵のあまり、すぐ妻に電話をすると妻はオレとは裏腹の落ち着いた口調で言った。

『なんかね、力試しに受けた地元の小さな企業で、本命じゃないから、あんまり騒がないで欲しいって言われたよ』

「そうなんだ」

『うん。きっと、パパはお決まりのようにケーキを買ってきたりするんだろうから、そういうのは、まだ止めて欲しいって』

オレは浮かぬ気分になった。

「とりあえずは、お祝い気分になればいいのにね。ちゃんと認めて貰ったんだから。オレなんかアナウンサー試験に落ち続けたとき、もうこの世でオレのことを必要としてくれる企業なんて一社もないんだって、自分を全否定された気持ちになったから、どんな会社でも合格を貰えるって喜ばしいことだけどね」

『パパの言ってることに私も同感なんだけど、こればっかりは綾ちゃんの問題だからねぇ。

いつになったら、すっきりした気持ちで親子共々、笑い合えるようになるのかしらね』

オレはため息をついたが、やはり一社であろうが内定が出たことを素直に喜んだ。

「まぁ、いいじゃない。これで、何者でもないって状態から、何者かにはなれる資格だけは得た訳だから」

『このまま順調に行ってくれればいいけどね』

広島カープの成績は匍匐前進のように一向に上向くことはなかった。

そんな中、いよいよ最後の夏の大会まで残りあと一ヶ月を切った栄進野球部の練習は過酷さを増していた。

服部曰く、ここ数年で、ここまでチーム全員が追い込みを掛けながらひとつになった年はないとのこと。頑張っているんだ、報われて欲しい。豪雨の中、校舎の廊下で、横一列になって腹筋や背筋、そしてバットスイングをする生徒たちをオレも逞しく感じていた。聞けば、昨日も、雨の降るグラウンドを全員がずぶ濡れになりながら走り続けたらしい。

対戦相手が決まる組み合わせ抽選は六月二十九日。今のままなら一勝どころかベスト16やベスト8まで狙えるチームになっている気がする。このチーム、化けるかもしれない。

しかし、彼らに圧倒的に足りないのは実戦でのゲーム勘だ。ブルペンではいいピッチャー、練習ではいいバッティングをする選手なんて五万といる。なんとか、勝つという経験値を積ませてやりたい。そんなチーム一丸の雰囲気が高まる中、まさかの出来事が起こった。

薄暗い廊下をゆっくりと歩いて来た服部が、オレの顔を見るなり無念に満ちた苦渋の表情を見せた。

「太田、すまん！」

何のことだか分からないオレは、服部の只ならぬ様子に事情を尋ねた。

「俺の監督不行き届きだ」

服部は、そう言うと両手で顔を覆った。

「なにがあった？」

苦悶（くもん）の表情を見せた服部は、絞り出すような声で答えた。

「昨日、結構、雨が降ってたんだが、生徒たちがどうしても練習の最後にグラウンドを走りたいって言うから、俺も許可したんだ。そしたら、その動画を非常識な指導ってユーチューブにアップしたヤツがいるらしくって」

「それが、どうした？」

「しばらくは練習を中止しろと……」

「はぁ？　中止も何も、生徒たちが自主的にやったんだろ？　自分たちがそうしたくってやったことだろ？　なんの問題があるんだよ」

服部は顔を歪めた。

「そんなことは俺も説明したよ。でも、ここで揉めると最後の夏の大会にも出場できない可能性が出るって」

オレは怒りで結んだ拳の震えが止まらない。

「いやいやいやいや。雨の中、走るのは生徒のやる気の表れだろ。勝ちたい気持ちがそうさせたんだろ。じゃあ、なにか？ 傘でもさして走らせろってことか？」

服部は唇を噛んだまま声を絞り出した。

「太田！ こうなると、そんな常識は通用しないんだよ。今日、校長が高野連に事情を報告して、その結果次第では夏の大会に出られないかもしれないって！」

「なんだ、それ！」

オレは思わず、大きな声を出した。その様子を見ていた生徒たちが不穏な空気を察して集まって来た。服部は、涙で濡れた瞳のまま、生徒たちに「今日の練習は、ひとまずここで終了だ」とだけ告げた。

キャプテンの黒元が心配そうに問い質した。

「監督。その雰囲気は何かありましたよね。僕たちにちゃんと教えて下さい」

服部は申し訳なさそうに、生徒たちから一旦視線を逸らしたが、意を決したかのように彼らを見つめた。

「昨日の練習方法について、学校に苦情の電話がたくさん来ているそうだ。それだけなら、まだなんとかなったかも知れないが、ネットでも炎上気味になってるみたいで、とりあえず明日からの練習はしばらく休むことになる」

副キャプテンの村山が不安そうに聞いた。

「それは、雨の中を走ってたことですか」

「そうだ」

「でも、それは僕たちが自分たちの意志でやったことで、なんでそれが問題になるんですか」

他の部員も続いた。

「おかしいですよ。じゃあ、この時期、どんな練習なら大丈夫なんですか」

「僕らがやりたくってやったことですよ」

「まさか、なにか処分を受けたりってことはないですよね」

「監督！　ちゃんと説明できる場所を作って下さい！」

首を左右に振りながら口をつぐむ服部を制して、オレは口を挟んだ。

「大丈夫。お前たちが今騒ぐと、きっといい方向にはいかない。絶対に服部が何とかしてくれるから安心しろ」

そうは言ったものの、一度、火のついた誤解は、日に日に生徒たちを追い詰めて行った。

いや、置き去りにして行った。翌日の新聞には小さな三面記事扱いだったものが、ネット記事や週刊誌によって広まり、次の週には『スパルタ教師の鉄拳指導』の名で全国に拡散されることとなった。

世間とはいい加減なもので「こんな指導者を二度とグラウンドに入れるな」とか「以前から栄進には暴力が蔓延していた」、なかには「栄進を高野連から除名しろ」の声まで上がった。

そして、服部は、その責任を全て被る形で、無言のまま野球部の監督を自ら辞任した。

オレは憤った。服部と生徒の信頼関係を一番よく分かっているのはオレだ。なんとか出来ないものか懸命に思案した。仲間の名誉を回復してやりたかった。

『金曜フライデー』で特集を組むという手も考えたが、火に油を注ぎそうで躊躇した。それでも、最後の夏の大会には出場が許されるとの発表に、生徒の顔を思い浮かべ安堵もした。

その週の『金曜フライデー』には世間の噂話程度のネタとして栄進についてのメールが多数寄せられた。オレが日々、栄進に通っていることを知っている越野は、そのメールの束を持って「これ、どうします？」と確認しに来た。

「どうなるか分かんないけど、やるか！」

結局、栄進の話題は生放送というまな板の上に乗せられることとなった。だが、大会本番まであとわずか。この期に及んで、生徒を傷付けることだけは避けたいと思った。

――ラジオネーム・部屋とワイシャツとたわし

【太田さん、最上さん、いつも楽しい放送をありがとうございます。私の息子はもうすぐ夏の高校野球の地区大会に二年生で参加するのですが、はっきり言って、今回の栄進の件は広島県の恥だと思いました。春に横川学院の決勝特番で、栄進のユニフォームを着た太田少年の映像を観たばかりだったので、余計に残念に思えて仕方がありません。あんな扱いを受けていた選手たちは、どんな気持ちで大会に出場するのか？　トラウマになったりしないでしょうか？　太田さんにはＯＢとしても語って欲しいです】

――ラジオネーム・イルカに乗った情念

【昔の高校野球は、だれかがタバコを吸ったり飲酒をしたりするとチーム全体が連帯責任で出場停止になっていました。今回の栄進は、監督が無理やり生徒にスパルタ練習をさせていたとのこと。勝とうが負けようが、すべては、その指導者の教え。そんなチームの選手たちは大会に出場しても、素直に喜んだり出来ないでしょうね。なんか、可哀想です。もう、いっそのこと昔みたいに連帯責任として、チーム不参加の選択肢はなかったのでしょうか】

――ラジオネーム・タイムドッカン！

【高校野球に体罰はつきものという時代は、もうとっくに終わっています。まだ、こんな指導者がいたのかと正直、呆れました。しかも、それが太田さんの母校。太田さんの時代から、そういった風潮があったんでしょうか？　いつもはお調子者の太田さんですが、今日は率直な意見を期待しています】

　読めば読むほど、はらわたが煮えくり返った。お前らが何を知っている。なぜ、真実かどうかも分からない情報で、他人を断罪しようとする。一緒にメールを読み続けていた最上も表情を硬くしたままだ。

　ディレクターブースに目をやると、越野が胸に手を当てて、オレに「落ち着いて！」のポーズをしている。バイトのミッチェルも心配そうな顔でスタジオの様子を窺(うかが)っている。

　オレは生徒や服部の顔を思い浮かべ大きく息を吸った。そして、ゆっくりとした口調で話し始めた。

「実は、今回、問題を起こしたって言われてる監督はオレの同級生でチームメイトなんだよね。さっきのメールにもあった栄進の野球部時代、一緒にバッテリーを組んでた仲間。そして、たまたまオレは問題が発覚した日に野球部の練習に参加してた。だから、ちょっとだけ内情を知っている。何を言っても庇ってるって思われるんだろうけど、実際はニュースで報道されているようなことなんかなかった。自発的に生徒たちが、雨でも大会前だからグラウンドを走りたいって言った。その映像が間違った形で世の中に出てしまった。ただ、それだけのことなんだよね。今、生徒たちは辞任した監督となんとか一緒に大会に出られないかと学校と話し合いをしている。でも、きっと無理だと思う。だから、こんなときは……」

そう言いかけた瞬間、突然、最上が口を開いた。

「あの！　私、真実はなんにも知りません。でも、ちょっと言わせてください。私は、常々思ってるんですけど、誰かに何か意見をするとき、自分の正義や持論を語る前に、その言葉を受け取る相手のことを想像することが大事だと思うんです。今回のことだと、一番ショックを受けているのは生徒さんな訳で、その生徒さんが今、監督を叩いて欲しいって思っているのかってことです。きっと、今は高校生活最後の大会を前に、試合に集中したいと思ってると思うんです。なのにリスナーの皆さんや世の中の人は悪人を叩き潰そうと躍起になってる。それ、今、必要なことでしょうか？」

最上は涙を浮かべながら、身振り手振りを交えて必死に、目の前には存在しないたくさんの人たちに語り掛けた。

「今回の出来事で私、不思議でならないのは、当事者の監督と生徒たちの声が一切出ていないってことです。きっと、本人たちは語るべき場所を与えて貰っていないんです。それなのに、みんな分かったような顔をして分かんないことばっかり言ってる。言葉って、人に優しくも出来る。そして、人を傷つけることも出来る。だったら、言葉を優しく使いましょう。なんで、こんな状況だけど生徒の皆さん頑張って！　って言えないんですか。なんで、不安で不安で仕方がない生徒さんたちに寄り添う言葉を発することが出来ないんですか。せめて、この番組を聞いて下さっているリスナーさんだけは、想像や憶測で他人の気持ちを踏みにじらないで欲しいんです。そうじゃないと、私たちパーソナリティーもいつも一緒に語り合うリスナーのこと好きになれないんです。私は、番組を聞いて下さっている皆さんと両想いになりたいんです。この番組を聞いて下さっているリスナーさんたちって、私より年上の方ばっかり。そんな人生の先輩であるリスナーの皆さんの言葉を、私は尊敬したいんです。好きになりたいんです。お願いします。言葉で人を傷つけることだけは止めて下さい。言葉を掛けるなら弱い立場の生徒さんに掛けてあげて下さい」

最上は、そう言うと流れてくる鼻水を大きく啜った。そして、洋服の袖で溢れ出る涙を拭いた。生きた言葉だった。

最上の迫力と熱は明らかにラジオを聞いているみんなの気持ちを抉った。なにより、目の前にいるオレ自身の胸が熱くなった。

もう、オレがいなくなっても大丈夫。この娘は、たった今、本物になった。自分の言葉に責任を持つひとりのパーソナリティーになった。人には勝負って瞬間がある。その瞬間を逃すのか、自分のものにするのかで自らの人生の道が変わる。

最上の言葉は、去り行くオレへのプレゼントだと思った。誰にも頼らず、自分の足で立って行く姿を目の当たりにして、背中を押された気持ちになった。


「太田さん。今日、私、喋りながら初めて怖いって思いました。震えちゃいました。いつも聞いて下さっている皆さんに誤解されたらどうしよう。伝わらなかったら、どうしようって。果たして、自分の言っていることは正しいのかも気になったし、公共の電波で自分の思いをぶつけていいのかも戸惑っちゃいました。でも、当たり障りのない言葉でお茶を濁すことだけは止めようって、あの瞬間思ったんです。今も、ほらっ。手がちょっと震えてます」

その姿を見て、バイトのミッチェルが駆け寄ってきた。そして、最上の手を両手で包み込んだ。

「最上さん。なんか、今の最上さん、いつもよりいい女に見えます」

スタジオの椅子（いす）に座る越野も続いた。

「ホントだ。なんか、最上が艶（つや）っぽくなってる気がする。今日の番組前の、無表情で能面みたいだった最上が大人の色香が漂う、頼りがいのあるお姐（ねえ）さんみたいに見えるな」

ADの三船がディレクタールームからクリップで留められた数十枚のメールを持って来た。

「最上ちゃん。これ、今日の記念に自分で持っときな。リスナーからの感想メール。みんな、最上ちゃんの思いが伝わったって。中には涙が出ましたって人もいるよ」

最上はそのメールの束をまるで表彰状でも受け取るかのように大切に手にした。

「なぁ、最上。どんな仕事でも一緒だと思うんだけど、慣れるってことと出来るってことは全然違うことなんだよね。今までの最上は仕事に慣れて来ていた。でも、仕事が出来てた訳じゃない。大体さ、社会人になったばっかりの若い人って、ここを勘違いするんだよ。慣れた段階で、出来るようになったと思う。でも、慣れた先に初めて出来るがある。出来るようになったら、周りから少しずつ信頼されて、よりやりがいのある仕事が舞い込んで来る。今日の最上は、『慣れる！』から『出来る！』に変わった瞬間なのかもな」

オレの言葉に、みんなが頷いた。最上は、嬉しそうにほほ笑むとスタジオにいるスタッフを見渡して言った。

「いつも太田さんから有名人と人気者は違うって言われてたけど、私、今日、思いました。私、人気者になりたいです。自分の言葉に覚悟をもって、私自身をリスナーの皆さんに好きになって欲しいです。太田さんみたいな放送人になりたいです」

ほとんどの人たちがなりたいものじゃなくって、なれそうなものになる。そして、今いる場所で必要とされる人になろうと努力する。

最上は、物凄い倍率のアナウンサー試験を乗り越え、なりたいものになった。しかし、そこからまた、新たななりたいものを見つけて前に進む。そう考えたら、結局、どこに行こうが、何をやろうが一緒のことなんだと思う。

自分を大切に出来るか。他人を思いやることが出来るか。他人を騙（だま）すことは出来ても、自分を騙すことは出来ない。なりたい自分の輪郭を具体的にイメージ出来るかどうか。ただ、それだけなんだと思う。最上の純粋な真っ直ぐさは、より一層オレの心に響いた。

「最上よ！　オレも、まだまだ人気者になりたい！」と素直に叫びたい気持ちになった。

太陽の日差しがギラギラと痛いほど肌に突き刺さる。生徒の掛け声をセミがかき消さんばかりに鳴いている。ホースで水を撒（ま）いても撒いても、すぐに乾き、グラウンドには砂埃（すなぼこり）が舞う。暦は七月になった。

ユーチューブ動画の炎上で、突然、全国の話題となった栄進の正門前には連日、マスコミが大挙して訪れた。オレはいなくなった監督の服部に代わり、目立たないように即席のコーチの役割を果たした。

これは、服部との友情であり、今、自分自身がやりたいことへの正直なリアクションでもあった。建前上は、野球経験のあるバスケットボール部の顧問が臨時の監督として就任していたが、練習の進め方や戦略面については、練習終了後、オレが服部と電話連絡で決めたことを生徒に伝えるというやり方になった。

キャプテンの黒元なども、一時は自分たちの境遇にやる気をなくしてはいたが、試合が近付くにつれ「服部監督に勝利を！」とチームをまとめ、心からどこに出しても恥ずかしくないチームが出来上がっていた。

「いよいよ明日だな」

緊張からかベンチ前で円陣を組む生徒たちの表情は、どこかしら硬直していた。オレは、汗にまみれた顔を見渡すと言った。

「みんな、ホントによく頑張って来た。正直に言う。最高のチームが出来たと思う。間違いなく、オレと服部がバッテリーを組んで決勝まで行ったチームより強い。そして、結束力が固い。短い時間だったが、やれることは全部やった。あとは相手がどうあろうと自分たちの力を発揮するだけだ」

栄進の初戦の相手は、何度も甲子園出場の経験を持つ古豪・剛清学園（ごうせいがくえん）だった。サウスポーのエースを中心に走攻守がまとまった強豪校で、下馬評では今大会の台風の目と言われていた。真っ黒に日焼けしたキャプテン黒元が帽子を取り一歩前に出た。

「鉄人！　今日までありがとうございました。明日は『金曜フライデー』の日ですよね。ニュース速報で僕らの勝利を広島中に知らせて下さい。僕ら、絶対に勝ちますから」

ここまで一緒にやっていながら、オレは明日が生放送だった。

「うん！　観(み)に行けなくてすまん。でも、二回戦には必ず応援に行くから」

そう言うと選手たちはようやく笑顔を見せた。エースの加藤がからかい気味に言った。

「いやいや。鉄人が来ずに勝ったら、それが勝利の方程式になるから、もう今後は試合を観に来ないで下さい」

「おい！　お前ら、冷たいこと言うなよ。オレも仲間に入れてくれよ」

生徒たちは、おのおのに首を振ったり、手を左右に振ったりしておどけて見せた。コイツ等、ホントにいいチームになった。数ヶ月前に訪れた時とは別のチームみたいだ。そして、黒元が口を真一文字に結んで聞いた。

「明日って服部監督は、どこにいます？」

オレは腰をかがめ、上半身を前に突き出して言った。

「アイツはスタンドから見てるってよ。お前らが剛清をギャフンと言わすところをしっかり見届けるそうだ」

生徒たちは「よし！」と無邪気にガッツポーズをすると、全員が気勢を上げた。オレは叫んだ。

「おい！　みんな！　明日は栄進魂で勝利の雄たけびを上げるぞ！　みんな！　締まって行く〜っ‼」

生徒も白い歯を見せながら声を揃えた。

「締まって行く〜っ‼」


アスファルトの轍の水を、走る車が撥ねる音で目が覚めた。翌日は皮肉なことに雨の朝となった。カーテンを開け、外を眺めると霧雨。強い雨なら中止も考えられるが、この雨なら予定通り試合が行われるだろう。日程優先の高校野球。生徒たちの三年間の思いよりスケジュールの消化こそが最重要案件なのだ。

トーストと目玉焼きの朝食をとっていると、妻が朝刊を手に食卓にやって来た。

「栄進のこと考えると、落ち着かないね」

「うん」

「この雨だと、やるんだろうね」

「そうだね。快晴の青空の下でやらせてあげたかったよね」

「パパは、この半年くらいで人が変わったね。明るく、前向きになった。綾ちゃんのこと、自分の将来のこと、そして野球部のこと。やることいっぱい。私さ、よく考えてみたら、娘は就活で大変、旦那さんは会社を辞めてプロ野球選手になるって言ってる。しかも、自分の家のことはほったらかしにして毎日、高校野球の指導に行ってるって、笑っちゃうくらい悲愴感が漂う話なのに、パパが前向きになってくれたおかげで、不思議と毎日が楽しいの。エネルギーがある人の近くって居心地いいんだね」

オレは照れながら笑った。

「なんか、ありがとうって言っていいのか、申し訳ないって言っていいのか分かんないね」

妻はコーヒーカップを手に食卓に座った。

「ありがとうでいいよ。この前、綾ちゃんとこれからのことをちょっとだけ話せたの。そしたら、あの子、パパみたいな人になりたいって。カラ元気でもみんなを元気にするような、そんな仕事がしたいって」

「そうなんだ」

「私、わざと、会社で明るく振る舞ってる人って、家では全然喋らなかったりするから、綾ちゃんもそんな人になるのかなってからかったら、パパは最近、家でも明るくなったよねって。綾ちゃんも私と同じことを感じてるみたいね」

「綾子の就活って、内定を貰えたあの一社以降はどうなってるの？」

「なんか、もうすぐ本命のところの面接があるって言ってたわよ。一生懸命にエントリーシート書いてた」

オレはコーヒーを口にしながら、独り言のように呟いた。

「会社名とかって聞いた？」

妻は首を振ると、ちょっとだけ伏し目がちになった。

「ううん。聞けてない。でも、最後まで頑張るって言ってた」

「そうか。なら良かった」


『金曜フライデー』は今日も賑やかだった。メールのテーマは『高校時代の思い出』。恋愛トークに目がない最上の妄想が止まらない。

「私、好きだった男の子にバレンタインのとき、チョコを渡したんです。そしたら彼が、ホワイトデーにはちゃんとお返しをするからって！　で、私、一ヶ月ドキドキしながら、告白を待ってたんです。そしたら、なんとホワイトデー当日、彼、たくさんのマシュマロを段ボールのまま持って来て、チョコをくれた女の子にひとつずつ配り始めたんです。私、もうショックで。私、その日のために髪の毛を切りに行って、前髪ばっかりいじってて。私、そんな乙女心を弄ばれたんです。彼、きっと、私のことが好きだったはずなのに、照れ隠しでそんなことをやったんだと思うんですよねぇ」

「そうかぁ。オレは高校生の頃、股間ばっかりイジってたなぁ」

「彼は太田さんみたいに変態じゃないんで、そんなことはしてないと思いますけど」

「してたと思うなぁ。絶対にしてた。だって、高校生でしょ。股間をイジった手で、はいマシュマロ！　って」

「ホント、太田さんにはガッカリです。いや、幻滅です。きっと、リスナーの女性陣も呆れてますよ」

「大丈夫！　この番組を聞いてる人はおばさんばっかりだから。しかも、おじさんになりかけのおばさんね」

「なんですか、おじさんになりかけのおばさんって」

ディレクタールームの三船が笑っている。ミッチェルも、メールをプリントアウトしながら噴き出しているのが見える。だが、オレは、冗談を言いながらも栄進の試合が気になっていた。CMのたびに携帯のネットニュースで試合の状況を確認していた。そんなオレに最上が食いついた。

「ちょっとリスナーの皆さんに知って欲しいんですけど、私がこれだけ高校時代の赤裸々なトークをしてるのに、太田さん携帯ばっかり見てて、心ここにあらずで番組をやってるんです」

オレは開き直って言った。

「しょうがないじゃん。今日はこの番組でも話題になった栄進の野球部が一回戦を戦ってるんだよ。まさに、卒業生として高校時代の思い出の学校を気に掛けてる。もう、今日のテーマそのものじゃない」

「いやいや。そりゃそうですけど、戦ってるのは生徒さんたちで、太田さんは自分の仕事に全力プレーをしなきゃダメでしょ。きっと、生徒さんだってそう思ってますよ」

「そうかなぁ」

「当たり前ですよ。そう思ってますよ」

そのとき、スタジオの扉が開いた。越野が一枚の原稿を手渡した。見出しには『高校野球速報』と書かれていた。オレはその文章を、目を皿のようにして見た。何度も何度も見返した。そして、マイクに向かって、その原稿を読み上げた。

「今、速報が入ってきました。ここで注目の高校野球の結果です。今日の第二試合、剛清学園対瀬戸内栄進の試合は……」

最上が唾を飲み込む音が聞こえた。

「2対1で剛清学園が勝ちました」

一瞬、スタジオの空気が止まった。

「エース加藤の好投で八回まで1対0でリードをしていた栄進でしたが、九回、ぬかるんだグラウンドに守備が乱れ2点を献上。九回の裏ツーアウト満塁のチャンスも空しく接戦をものにすることが出来ませんでした」

頭の中で風船が割れたような音がした。

真っ黒に日焼けした生徒たちの顔が映像のように浮かんだ。

一刻も早く、奴らの労をねぎらってやりたい。肩を抱いてやりたいと思った。

でも、オレは原稿を読みながら「最終回、ツーアウト満塁。アイツ等、最後の最後まで必死に食らいついたんだなぁ」と思った。

雨でユニフォームを泥だらけにし、歯を食いしばり、試合終了のサイレンが鳴るまで、アイツ等は諦めなかった。勝つことを信じて戦った。胸が熱くなり、鼻がツーンとした。

炎天下、砂埃だらけのグラウンドで快音を響かせ、全員でスクワットをし、笑い、泣き、跪いた。オレと服部の愛したアイツ等の夏は終わった。

アイツ等は今、泣きじゃくっているんだろうか。それとも、雨の降りしきるグラウンドで顔を上にあげ胸を張っているんだろうか。ひとつだけ言えることは、オレはアイツ等を誇りに思うということだけだった。


休日の朝。珍しく綾子がソファーで横たわっていた。妻とたわいもない会話で微睡んでいる。これから体力作りのため、自宅近くにある太田川沿いの河川敷をジョギングしようと思っていたオレは、娘に声を掛けた。

「綾子。パパ、そろそろカープに提出する動画を撮らなきゃいけないんだけど、撮ってくれる人がいないから、今度、綾子が撮影してくれる?」

娘は上半身を起こしてオレのほうを向くと無邪気にほほ笑んだ。

「うん。いいよ」

「あとさ、エントリーシートも提出しなきゃいけないから、今晩にでも書き方を教えてくれないかな？」

娘は食卓に座る妻を見ると、わざと意地悪な口調で呟いた。

「ママ！　パパが私にいろんなことを押し付けてくるんだけど、お駄賃ちょうだいって言っていいと思う？」

妻は優しい表情を見せた。

「当たり前でしょ。パパは将来のプロ野球選手なんだから契約金でなんか凄いものを買って貰えるんじゃないの」

「うん。そうだよね。だったらいいよ」

娘はペロリと舌を出した。オレは、このたわいもない会話で幸せな気分に包まれた。しかし、その日の夜、このエントリーシートなる厄介な代物のせいで、娘にコテンパンにやられるとは思いもしなかった。

「えっ？　なんで、喋りのプロなのに、こんなどうしようもない文章しか書けないの？パパはさ、もっと自分の長所と短所をしっかりと見つめなきゃダメだよ。エントリーシートって、相手の目や気を引くために書くんだからさ」

慣れない作業に戸惑うオレに娘は容赦ない言葉を投げ掛ける。

娘はパソコンのマウスを巧みに動かすと、オレの書いた文章をあっと言う間に削除した。

「今、消したところに、アナウンサーとして得たことや学んだこと、嬉しかったことや悔しかったことを書いて。その下の欄には、なぜ、仕事を辞めてまでカープを受けようと思ったかと、家族はそのことをどう受け止めているかを簡潔にまとめて書いてみて」

オレは頭がグルグルした。どの項目も、漠然とした気持ちはあるが、具体的な物やことが浮かばない。

「パパがこれまでの人生で一番嬉しかったことは、綾子が生まれて来たことなんだけど、ここにはアナウンサーとしてのことを書いたほうがいいんだよね」

綾子はマウスから手を放し、頭を掻くと悩ましげにオレを見つめた。

「うん。アナウンサーって他の人とはちょっと違った職業だから、アピールポイントとしては他の受験生より有利だと思うんだよね。だから、そのことを中心に書いたほうがいいよね」

そう言ってから綾子は意外そうな顔をした。

「パパって私が生まれたことが、一番嬉しい出来事なんだ」

「うん。そうだよ」

「ねぇ、なんで私に綾子って名前を付けたの？」

「あれっ。その話、これまでしてなかったっけ？」

「ん？　私、聞いたことないよ」

「そうかぁ。綾織物の綾だよ」

「綾織物？」

「うん。神社にあるお守りの袋なんかが綾織で出来てるんだけど、綾織物はね、生地が柔らかくってシワになりにくい、おまけに伸び縮みするから『人当たりのいい柔軟性のある人間になって下さい』って思いで綾子って付けたんだよ」

綾子はちょっぴり感慨深げな様子でその話を聞くと、照れくさそうに言った。

「なんか、ごめんね。柔軟性のない人間になってて。今のところ、私、明らかに名前負けしてるね」

オレは首を横に振ると、自嘲気味に綾子の顔を見た。

「いやいや。こっちこそ、ごめんなんだよ。実はね、綾織物って、後から良く調べたら、唯一の欠点が摩擦に弱いってことらしいんだよねぇ。だから、綾子は名前通りなのかも」

綾子は顔中を皺だらけにして笑うと、白い歯を見せた。

「そうかぁ。摩擦に弱いのかぁ。じゃあ、名前通りだ。私のこの性格は親のせいってことね」

誰かがもの凄い勢いで階段を駆け上がって来た。その音から推測するに、足音の主は階段を二段飛びしているようだ。そして、足音はアナウンス部の中に入って来た。入り口に目を向けると、そこには息を切らせた最上の姿があった。

「あっ。いた！　太田さん」

「お前なんなんだよ。少しはおしとやかに階段を上がれねぇのかよ？」

最上は、オレの声に反応することもなく一目散に駆け寄って来た。

「ちょっと、太田さん。娘さんがウチを受けるなら、私にも教えといて下さいよ。私、受付しててビックリしちゃって」

オレはキツネにつままれた気分になった。

「えっ？　なんなの？　なんのこと？」

最上は前屈み（まえかが）の姿勢になり、声を潜（ひそ）めた。

「なんのこと？　じゃないですよ。娘さん、アナウンサー志望だったんですね。さっき、面接の会場で名前を見つけて、私、腰を抜かしそうになって。太田綾子って、娘さんですよね」

「うん。太田綾子はウチの娘だけど……。いやいや。ちょっと待って。腰を抜かしそうなのは、オレのほうなんだけど。えっ。どういうこと？　娘がウチの会社受けてるの？」

最上は分かりやすいほどに口を尖らせた。

「なに言ってるんですか。ひょっとして太田さん、娘さんがどこを受けるのか知らされてないんですか」

「うん。お前にはいつも相談してたから分かるだろ。オレが娘に踏み込んだ話が出来ないの」

最上は呆れた顔をした。

「えっ。それって、まだ改善出来てなかったんですか。いやいや、それにしても自分とこの会社を受けるのまで知らないって、それ末期ですよ」

「この前、仲良く話したばっかりなんだけどな」

「太田さん。ホント、詰めが甘いですよね。いい雰囲気のときに、なんであれこれ聞いとかなかったんですか」

オレは改めて、ことの成り行きが分かってから心臓の鼓動が激しくなった。

「マジかよ。なんでウチの会社なんか受けてんだよ。しかも、なんでアナウンサー試験なんだよ」

最上は目をむいた。

「いや。ホントにありえないです。太田さん、娘さんがアナウンサー志望ってことも知らされてなかったんですか」

「うん。でも、それはたぶんウチの奥さんも知らないと思うなぁ」

遠くから声がした。

「おい！　太田！」

声の主はアナウンス部長だった。その声を聴いた瞬間、最上は腰を屈めたまま自分の席へ逃げるように移動した。オレは立ち上がると、何ごともなかったように「なんですか」と答えた。

「ちょっと、会議室までいいか」

話は簡単だった。身内がアナウンス試験を受けるのならば、所属長として、先に一声かけて欲しかった。それと、オレが辞表を出したのは娘が入社しやすいようにするためだったのか、の二点。オレは「そんな失礼な聞き方があるかよ」と憤りはしたが、さすがにオレ自身も戸惑ったくらいだから、部長もそういう口調になるわなぁと納得もした。

夕方、家に帰ると、スリッパの音を響かせながら妻が足早に玄関までやって来た。

「パパ。ごめんね。会社でいろいろあったんじゃない？」

オレは革靴を脱ぎ、綺麗に揃えると、声を絞り出した。

「うん。あったにはあったけど、それより、自分自身の驚きのほうが大きくって」

妻は濡れた手をエプロンで拭った。

「私もさっき綾ちゃんに話を聞いて、パパ、困っただろうなぁって思って」

オレは、とりあえず「綾子と話そう」と妻に告げた。

リビングに降りて来た綾子は悪びれもせず、堂々としていた。その姿は、自分の思い通りに動いた潔さから来るものなのか、逆にこっちが「つかぬことをお伺いしますが……」という気分になった。

「綾子さ、別にどこを受けてもいいんだけど、ウチの会社を受けるんだったら一言パパに言ってくれてたら嬉しかったなぁ」

綾子は一度座ったソファーから立ち上がり、冷蔵庫からアップルジュースの缶を取り出して口をつけた。

「だって、パパんとこを受けるって言ったら、きっとパパもママも反対したでしょ。どうせ通らないからとかって言って」

オレは妻と顔を見合わせた。

「うん。確かにそうかもしれないけど」

綾子はソファーに座り直すと、あっけらかんと言った。

「ほらっ。だから言わなかったのよ」

妻は、食卓の椅子に腰かけたまま、背中越しに綾子に尋ねた。

「で、綾ちゃんはアナウンサーになりたいの？」

綾子は振り向くと、ちょっとだけ困った顔をした。

「うん。そうだねぇ。アナウンサーじゃなくってもいいの。でも、アナウンサーもしたいことの中に入ってる。正直、自分でも何がしたいのか、自分に何が向いてるのか分からないから、いろんな会社やいろんな職種を受けて、縁があったところに行こうって思ったの」

「アナウンサー試験を受けるんだったら、パパが少しくらいなら指導も出来たのに」

綾子は首を横に振ると、伏し目がちに言った。

「それはいい。私、自分が凄い人になるとは思ってない。なにか特別な能力が備わってるとも思ってないし、自分にしか出来ないことがあるとかも思ってない。ただ、自分がやりたいことをやりたいってだけ。だから、パパとかママに相談すると、なんか期待されちゃって、その思いに応えなきゃって、無理して変な頑張り方をしちゃうのがイヤだったの」

妻は、その言葉に反応した。

「変な頑張り方って？」

「ん？　それはね。ん～。そうだなぁ。ホントはそんなに興味がないのに、世の中に名前の通った会社に行こうと思っちゃったり、逆にパパやママの勧めで受けて合格したら行かなきゃいけなくなる……みたいなことは避けたいなぁと思って」

綾子の話はとても真っ当だった。バブル期、ギラギラした思いでひたすら有名企業を受け続けていたオレたち世代の就職活動とは、向き合い方が違う気がした。

そして、ちょっと醒めてはいるが自分の未来に夢を託すのではなく、現実を見据える冷静さを感じた。いつも、腫れ物に触るかのように接していた娘だが、ひょっとすると彼女の側からはオレたち夫婦が腫れ物だったのかも知れない。どう話せばいいのか。なにかのきっかけをいつも待っていたのは、実は綾子の方だったのかも知れない。

毎週、番組でリスナーからのメールを読む。初めは、自分なりの解釈を話しているだけだが、年月が経つと、メッセージを送って来たこの人は、何を求めているんだろうと相手のことを考えるようになる。そして、その思いが合致し始めると番組は好循環をし始める。

　仕事だったら感覚だけではなく理論づけて考えを巡らすことが出来るのに、なぜだかプライベートだと一方通行の片側だけの視点になってしまう。困ったものだ。

でも、人生は初めてのことの繰り返し。日々、似たようなことは起こっても、全く同じことが起こることはない。これは五十歳を過ぎたオレにとっても、妻にとっても学びだ。

「ママ、綾ちゃんが羨ましいなぁ」

　妻がポツリと呟いた。立ち上がると、綾子の座るソファーの横に身体を深く沈めた。

「ママはさ、物心ついた時から、ずっと接客業をしたかったの。こんにちは！　いらっしゃいませ！　ありがとうございました！　って。子どもの頃からスーパーのレジの人とか、食堂のおばちゃんとかに憧れてて、将来は割烹着着て三角巾被って、ご近所さんと和気藹々いろんなこと話したり、厨房の大将に怒られたり、でもハツラツと毎日を生きてる。そんな未来を夢見てたの。でも、年頃になって、大学に入ったら周りの友だちなんかが商社が……とか、旅行代理店が……とか、一見、お洒落に感じる職業のことを言い出して、ママもその流れに流されちゃって、さして興味もないマスコミセミナーに行ったらパパがいて、恋愛をした。そのまま自分が何をしたいのかなんて考える間もなく、パパにプロポーズされて結婚したら、ママの職業は専業主婦になっちゃった。結婚してからも、ずっとレジ打ちとかガソリンスタンドとかお弁当屋さんとか、そんなところでパートしたいなぁって気持ちは消えなかったけど、なんか人の目ばっかり気にしちゃって『アナウンサーの太田さんの奥さん、スーパーでパートしてるんだって』って言われたらパパに迷惑が掛かっちゃうかなとか考えたら動けなくなっちゃって」

初めて聞く妻の心模様にオレも綾子も静かに耳を傾けた。

「ママは、まだその思いを持ってるの？」

妻は綾子の手を取ると、ゆっくりと摩(さす)りながら話を続けた。

「うん。持ってるよ。そして、今、決めた。ママもパパが会社を辞めたらパートに出る。遅ればせながら、社会って場所に出てみる。なんか、ママ、綾ちゃんの言葉に感化されちゃった。そうだよね。自分がやりたいってことをやればいいんだよね。人は誰かのために生きてるんじゃない。自分のために生きてる。自分が自分の人生の主人公になっていいんだよね。綾ちゃんのおかげで、ママ、ちょっとワクワクして来た」

妻は綾子とオレの顔を交互に見ると、今まで見せたこともないような笑顔で声を張った。

「さぁ、今年の我が家は忙しくなるぞぉ。みんなが就活生だからね。綾ちゃん、ママも頑張るから綾ちゃんもやりたいことをやればいい。パパとママに遠慮なんかしなくていいよ。そして、パパ！　どんな結果になってもいいから、後悔しないようにやり切ってね。何かあったら、今度は私がパパも綾ちゃんも食べさせて行くから」

なにかから解放されたような妻の言葉に、我が家は明るさを取り戻した。そして、家族みんなが、勝手に感じていた世間体という形のない圧力から解き放たれた。一週間後、家族のグループラインに娘からメッセージが届いた。

【パパの会社から不採用通知が来た。あの会社、人を見る目がないね（笑）】

オレは、ニヤリとすると、すぐに返事を打った。

【ホントだね。でも大丈夫！　パパ、そこの会社、もう辞めるから】

オレの身体作りもラストスパートに入っていた。さながら映画『ロッキー』のスタローン気取りでお金を掛けず、設備に頼らず、身の回りにあるもので地道に筋力や瞬発力をつけて来た。今はユーチューブでいろいろなトレーニング方法が披露されている。味気ないと言えばそれまでだが、自分なりの練習法を探し出せるという意味ではこれほど便利なツールはない。

高校時代、あれだけイヤだった筋トレも、日課にさえしてしまえば、やらないと寝つきが悪いほどになる。しかも、目の前には会社を辞めてまで達成したい目標がある。ありがたかったのは夏の大会で敗れた栄進の三年生、キャプテンの黒元とエース加藤が週に一度のペースでオレの練習に付き合ってくれることだった。

「鉄人！　今の球、128キロです。やっぱり、球の回転にばらつきがあるから、そこをなんとかしたら行けると思いますよ。この前、131キロは出してるから大丈夫ですよ」

スピードガンを構えた加藤が声を張った。キャッチャーとしてボールを受ける黒元も続く。

「鉄人！　足を踏み出す時に、もう少し体重を左足に乗せるイメージのほうがボールに勢いが増す気がします。あとはリリースポイントが毎回、微妙に違うんで、そのあたりも改善点ですかね」

帽子を取り、したたり落ちる汗を拭うオレに二人の容赦ないダメ出しの言葉が響く。コイツ等とは歳こそ離れているが、苦楽を共にしたチームメイトの感覚があった。まぁ、奴らがどう考えているのかは別にしてだが。

「お前たち、オレなんかに付き合ってて受験は大丈夫なのか」

黒元は少しだけ伸びた坊主頭を摩りながら照れくさそうに言った。

「心配しないで下さいよ。僕たちは僕たちでちゃんとやってますから。それに、僕たちまぁまぁの成績なんで受験も高望みさえしなければ、今のペースで大丈夫です」

加藤もブルペンにトンボを掛けながら呟いた。

「大体、こんな面白いことに乗っからないと損した気持ちになるじゃないですか」

「なんだよ、面白いことって」

「だって、五十三歳の人がプロになろうとしてるんですよ。乗り掛かった舟って言うんですか、こういうの。最後まで、見届けたいじゃないですか」

「お前たちの親御さんも、何やってんだって言ってない？」

「大丈夫です。その辺は鉄人が有名人ってのが効いてるみたいです」

「なんだよ、それ？」

「イヤ、後から分かったんですけど、ウチの親、運送の仕事をしてるんで鉄人のラジオを結構聞いてるみたいなんです。あの人は馬鹿なことばっかり言ってるけど、芯（しん）はしっかりしてる。ましてや21世紀枠ブームの生みの親だし、そんな人と一緒にいられるチャンスなんかそうそうないから、最後まで付き合いなさいって。だから、親公認です」

オレはふと思った。

「なぁ。お前の親って何歳だよ」

「えっと、ちゃんとした年齢は分かんないけど、たぶん四十三歳くらいです」

「そうかぁ。オレより十歳も年下なんだよなぁ」

加藤は用具倉庫にトンボをしまいながら笑った。

「ウチの親、鉄人より十歳くらい若いですけど、１３０キロ台のストレートは投げられないんで、きっと肩と心は鉄人のほうが若いですよ」

　オレは水道の蛇口をひねり、流れ出る水に頭を突っ込んだ。

「あと4キロ。135キロまで出せたら、結果がどうあれ、やるだけのことはやった。自分に勝ったって思えると思うんだよなぁ」

「イヤ、もう今の時点で鉄人は充分に凄いですよ。覚えてますか、初めて対戦したとき。ヒョロヒョロのボールがすっぽ抜けて、バックネットに直撃したんですよ」

「あんとき僕、昔凄かったって人もこんな風になっちゃうんだって内心思ってましたもん」

　加藤と黒元は顔を見合わせるとケタケタと笑った。オレは、蛇口から出る水を指で堰き止め、二人に浴びせかけた。逃げ惑う二人を見ながら、なんだか青春って感じだなぁと思った。

「あのさ。今度、ウチの娘が動画を撮りに来るから、それがエントリー前のラストの練習になると思う。最後まで頼むな！」

　加藤は水で濡れたユニフォームを手で払いながら言った。

「じゃあ、ってことは来週の今日、鉄人は135キロを出すってことですね」

　黒元も目を輝かせた。

「今年のカープは断トツのドベだから、絶対に来年は鉄人の力が必要なはずです。しっかりとベストコンディションで来てくださいね」

オレは二人に近付き、右手を出した。その手の上に加藤と黒元が手を乗せた。

「来週、絶対に135キロを出すぞ!」

オレたちは声を合わせて「オー!」と雄たけびを上げた。


会議室は重苦しいムードに包まれていた。

窓の外から聞こえるセミたちの鳴き声も、夏の終焉と共に気怠さを増していた。暦は間もなく九月を迎えようとしている。

二十数人は座れる大きな楕円形のテーブルにオレたちは、たった五人で寄り添うように座った。準備されたホワイトボードには越野の文字で『太田さんのXデーについて』と書かれてある。

「逆算すると、太田さんの最後の日が十月二日だから、その二回前は九月十八日。その日にリスナーの皆さんには太田さんの退社を発表します。みなさん、それでいいですか」

越野の言葉にテーブルに腰かけた最上に三船、ミッチェルも頷いた。オレは、あまりの仰々しさに軽口を挟んだ。

「もう発表するのは当日でいいんじゃない」

ホワイトボード用の水性ペンを持った越野は、露骨にしかめっ面をした。

「もう、太田さん。ちゃんと話し合いましょうよ。これは、太田さんの問題でもあるけど、ある意味、一緒に時間を過ごしてきたリスナーさんたちの話でもあり、一家の大黒柱を失う俺たちの問題でもある訳ですから」

「それは分かってるけど、もう当日に発表して、それで、なんとなく惜しまれつつって感じくらいがちょうどいいのかなと思ってさ」

越野は畳みかけた。

「イヤ。辞める二回前、九月十八日のラストに番組で発表したいです。その次の週二十五日には、きっとリスナーさんから驚きや惜別のメッセージがたくさん来ます。もちろん、今や『金曜フライデー』は全国の皆さんが聞いて下さっているから、その数は凄いことになるでしょう。その週は、もう太田さん惜別メール一色になるはずです。そして、いよいよ太田さんの最終回が十月二日。これまでの思いや感謝の言葉を太田さんの口から語って貰う。辞めるにあたっては三回分の番組が必要なんです」

俯き加減だった最上も言った。

「太田さん。私も越野さんの意見に賛成です。これは太田さんのことだけじゃないんです。十七年間、共に歳を重ねて来たリスナーさんのために用意された一日が絶対に必要だと思うんです。だって、十七年前って言ったら、私、八歳です。夢が『セーラームーン』になるって頃の話ですから、凄い時間ですよ」

ちょっと的外れな例えに、全員がニヤッとした。

「えっ。お前、夢は『セーラームーン』だったの？」

「はい。なにか問題でも？」

「いや。何の問題もないけど。えっ？　ミッチェルは？」

突然、話を振られたミッチェルは一瞬戸惑ったが、すかさず答えた。

「私は四歳だったので『夢のクレヨン王国』の国王が夢でした」

「へぇ。王女でもなく王妃でもなくて国王なんだ」

ミッチェルは照れくさそうに鼻を膨らませた。

「はい。なぜだか国王のほうに憧れを抱きました」

呆れた三船が言い放った。

「太田さん。ちゃんと話し合いましょうよ。大事なことなんだから。夢の話はいいじゃないですか。なんか、真面目な雰囲気になると、すぐ太田さんは場の空気を壊そうとするから、ちゃんとやって下さいよ。じゃあ、とりあえず、全員、子どもの頃、何になりたかったかを語り合ったら、本題に戻りましょう」

結局、この会議で決まったことは、オレの退社が発表されるのは九月十八日の番組エンディング。そして、分かったことは、三船の夢は『ドラゴンボールの孫悟空』、越野の夢は『仮面ライダーの地獄大使』ってことだけだった。会議が終わったあと、越野が囁くように言った。

「太田さん。自分の退社のことだから照れくさいのは分かりますけど、格好良く決めるときは決めましょう。お願いします」

「お前、お願いしますって、辞めるのに格好良いも悪いもないだろ」

「いいえ、あります。考えてみて下さい。プロ野球の選手で引退試合が出来る選手と出来ない選手。この差は大きいです。後輩たちは、先輩の格好良い引退セレモニーを見つめながら、自分もこんなことをやって貰える選手になろうって思うんです。太田さんは数少ない引退セレモニーをやれる選手なんです。いや。やって貰える選手なんです。だから、後輩の最上やHCHラジオのみんなのためにもちゃんとやらなきゃいけないんです！」

「まぁ、言いたいことは分かるけど」

越野は瞬きもせず、オレを見つめた。

「ラストの三回は、太田さん自身、そして俺たちスタッフにリスナー。それと最上を含めた後輩たちのために照れずに格好を付けて下さい。粋な太田さんを演じて幕を下ろして下さい。それが、これまでお世話になったHCH全体への恩返しになると思います」

オレは真剣な表情の越野に肘鉄を食らわすと、頭を右腕で抱えてヘッドロックをした。

「おい！　越野！　てめーたまにはいいこと言うじゃねぇか！　そんな演出を考えられるんだったら、なんで今までなんにもやって来なかったんだよ」

身動きが取れなくなった越野は「イテテテテ」と情けない声を上げると、

「それは言うことを何にも聞かない、馬鹿なパーソナリティーとずっと仕事をしてたからですよ」

と笑いながら答えた。

オレにアナウンサーとして残された時間は、あと一ヶ月。そろそろ心の準備を始めなければと思った。

その日の夜、寝室の押し入れから埃まみれの段ボールを取り出した。大きさの割にズシリと重い、その箱の中には学生時代からの卒業アルバムなどが収められていた。

表面のガムテープを剝がすと、一気に鼻を衝くカビの匂いが充満した。「懐かしいなあ」この箱を開けるのは何年振りだろう。しばらくアルバムの写真を眺めて郷愁に浸っていたが、オレの目当てはボロボロの表紙にすっかり変色してしまった三冊に及ぶノートだった。

表に『真澄鏡』と書かれたこのノートはオレの青春そのものだ。高校時代、野球部の監督に促され提出していた、言わば監督との交換日記。

『真に澄んだ鏡のような心を』という意味から『真澄鏡』と名付けられ、栄進の野球部員は全員、提出が義務づけられていた。ページを開くと、癖のある四谷監督の赤いボールペンの文字が目の前に広がった。胸が締め付けられる気がした。

〈監督。チームプレーってなんでしょうか？〉

〈監督。打者は三割打てば合格点。では、投手の合格点の基準はなんでしょうか？〉

〈監督。服部のサイン通りに投げて打たれた。それは投手と捕手、どちらの責任でしょうか？〉

真剣と言えばそれまでだが、相手の逃げ場をなくそうとする質問の羅列に、我ながら心がヒリヒリした。

「四谷監督、こんな質問ばっかりされて、困ってただろうなぁ。ホント、この時のオレはイヤなガキだなぁ」

高校時代、オレは監督である四谷先生を信頼していなかった。いや、正確には誰に対しても猜疑心を持っていた。

投手であるオレさえ相手チームを抑えれば試合に勝てる。そう思い込んでいた。この真澄鏡は、質問をしていたのではない。相手を試していたのだ。「さぁ、どんな言葉や理論を返してくるんだ」と。

どの返事に対しても納得する気は一切ない。正しいのは……苦しんでいるのは……自分だけだと思っていた。そんな独り善がりの気持ちが最後の試合の『あの一球』に現れたのだ。

あれから三十五年。オレはたくさんの仲間に支えられて、ここまで来た。少しは人のありがたみも分かるようになった。オレは『金曜フライデー』の最後に、四谷監督の言葉を引用して伝えたいと思った。自意識過剰で傷付きやすく、誰をも信用することなく野球部全員の夢を打ち砕いた十七歳の少年に監督が掛けてくれた言葉。その言葉を探して、この封印していた段ボールを開けたのだ。

翌朝、新聞に目を落とすと、スポーツ欄に目を疑う文字が躍っていた。

『プロ野球21世紀枠・一番人気は広島カープ』

記事によると、これまで『21世紀枠ドラフト』にエントリーした人は十二球団全体で一万人以上。各球団ごとに、それぞれ千人近い応募があるが、その中でも一番人気は、最も発表が早かった広島カープ。その数は正式には公表されていないが二千人を超えている模様とのこと。

原稿の最後には、今年のペナントレースで最下位が確定した広島カープだけに実力選手を発掘するのか、それとも話題作りの選考をするのか、『二〇〇〇分の一の夢』エントリーの締め切りは来週へと迫ったと書かれていた。

これまで根拠のない自信だけを胸に、前に進んで来たが、正直、リアルな数字を見せられると急に怖気づいてしまう。こわばった表情で新聞を読むオレに妻は言った。

「ねえ、パパ。ありきたりな言い方になっちゃうけど宝くじは買わなきゃ当たらないからね。胸を張ってエントリーを宣言すればいいよ。みんなビックリして笑うだろうけど、もしも……もしも本当に入団出来たら、きっと世の中の人たちは掌を返すわ。パパは凄いって」

オレはキッチンで娘の弁当を作る妻に歩み寄り、今の気持ちを吐露した。

「なんか、昨日まで実感がなかったけど、こうやって記事を見ちゃうと、オレと同じ思いを持つ人がこんなにいるのかって、怖くなっちゃった。ひょっとして、冷静に考えてみたら、オレがやってることって、前に綾子が言った現実逃避なのかもしれないよね」

妻は出来上がった弁当をバンダナで包み込んだ。

「そうかな？　私は、そのときパパが言った『夢への方角のほうが距離が遠いけど、オレは逃げずに進む』って言葉、グッと来たけどね。格好良いなぁって」

「オレ、笑い者にならないかな？」

妻はちょっとため息をつくと、振り返ってオレの胸の中にゆっくりと入った。

「笑われたっていいじゃない。あなたは太田裕二なんだから。いつもの調子で『カープを受けます』って宣言すればいいよ。番組で発表して退社する気なんでしょ」

いよいよ、エントリー用の動画を撮る日がやって来た。助手席に座る綾子は、久しぶりの父親とのドライブにまるでデート気分だった。

「ねぇ。栄進に行ったら坊主頭の高校生が待ってるんだよね」

「うん」

「楽しみだなぁ。男たちの園、野球部に潜入かぁ。私、栄進って文化祭で一度、行ったんだよねぇ。たしか校門を入ってすぐのとこに大きい石碑みたいなのがあって、なんか書いてあったんだよねぇ」

「『己を知り、己に克て』って書いてあるよ」

娘はハンドルを握るオレをまじまじと見ると感心した様子で話を続けた。

「へぇ～。やっぱり、そういうのって覚えてるんだ」

「当たり前だよ。高校時代の三年間、毎日、その前を通って校舎に入って行くんだから。しかも、パパは野球部の帽子の鍔にも、その言葉を書いてた」

「そうか。青春だね。パパにもピュアな時代があったんだねぇ」

車窓から流れる景色。学生時代、自転車で通っていた道を車で走る。しかも、娘を乗せて。あのときのオレも「将来はプロになりたい」と思っていた。そして、今もまた「プロになりたい」と願いながら、この道を行く。

しかし、あのときと一つだけ違いがあるとしたならば、今のオレにはこの道を共に進む同乗者がいるということだ。オレの夢はオレ一人の夢ではないということだ。緊張でハンドルを握る手が微かに震えた。この道が、今度こそ、ビクトリーロードになってくれと願った。

「あったぁ！」と娘が声を上げた。

高台にある栄進の校舎が見えた。ウィンカーを点け校門をくぐった。大きくそびえ立つ石碑を見つけると綾子は言った。

「パパ！　己を知り、己に克て！」

グラウンドには新チームとなった野球部全員が集まってくれていた。そして、驚いたことにユニフォーム姿の服部の姿もあった。服部は足早にオレに近づくと右手を差し出し、照れくさそうに白い歯を見せた。

「黒元と加藤から連絡があったんだよ。水くさいな。お前の大一番はオレが受けなきゃ駄目だろ」

オレは、服部の手を強く握りしめると、そっと耳元で呟いた。

「締まって行く〜っ！」

野球部員たちに綾子を紹介し、部室でユニフォームに着替えた。グラウンドに戻ると、カメラを構えた綾子と生徒たちが和やかに話をしていた。

「鉄人、運命の日ですけど、いつも通りのウォーミングアップで行きましょう」

生徒たちはそう言うと、オレと服部を先頭に隊列を組んでグラウンドをゆっくりと走り出した。

「いよいよだな」

「そうだな」

「緊張してるだろ」

「そりゃそうだよ」

「あんな美人の娘が見てるんだったら、親父としていいとこ見せなきゃな」

「なんだよ、そっちの話かよ」

コソコソと話しながら走るオレと服部の会話に、後ろにいた黒元も加わった。

「鉄人。綾子さん、綺麗でビックリしました」

加藤に至っては「彼氏いるんですかね」と興味津々だ。オレは、その姿を遠くで撮影する綾子を見ながら言った。

「うん。聞いたところだと、彼氏七、八人はいるらしいぞ」

加藤は「チキショー、いいなぁ」と言ったあと「綾子さんは見た目は人間ですけど、本当はタコですね。七つ股を掛けられるってことは、タコに違いありませんね」と笑わせた。

その後、二十メートルダッシュ、もも上げ走、キャッチボール、遠投と仕上げに入る。

綾子はカメラを手に忙しなく、その様子を収めていた。

「よし！　太田！　ブルペンに入るぞ」

服部のその声に、生徒たちは「うぉぉぉぉ！」と唸った。綾子も瞳を輝かせた。

十数人の生徒がブルペンの周りを取り囲んだ。もう夕方とは言え、日中たっぷりと日差しを浴びた地面からは、汗をかくには充分の熱気が立ち込める。使い古されてボロボロになったプレートに立つオレに服部は語り掛けた。

「太田。たぶん、今のお前がベストを尽くせる球数は二十球だと思う。そこからは肩に乳酸が溜まって途端にスピードが落ちる。自分のペースで肩を作って、そこから二十球が勝負だ。いいか」

オレは今日のために部員たちが準備してくれた真っ白なニューボールをグラブに叩きつけると「分かった」と頷いた。ホームベースの後ろにはスピードガンを構えた黒元が、その横には三脚にカメラを設えた綾子が陣取った。

「さぁ、来い！」

服部がミットを構えた。肩慣らしの一球を投じるとパンッ！　と響きのいい捕球音が鼓膜を震わせた。

「ナイスボール！」

服部との阿吽の呼吸で数球の肩慣らしを終えた。いい緊張感だ。

オレは白球を手に、慣れ親しんだ栄進のグラウンドを、一度見渡した。この場所に青春の全てが詰まっている。嬉しかったこと、悔しかったこと。笑ったこと、泣いたこと。あの思いを今日、完結させるのだ。青いままのオレの春を今日、実らせるのだ。やれることはやった。オレは服部に目をやり、声を張った。

た。

「服部、行くぞ！」

服部は引き締まった表情でオレの目を見ると「良し、来い。エース！」とミットを叩いた。

グラウンド全体が一瞬、シーンと静まり返った。息を呑むように全員がオレの投球フォームに集中した。オレは大きく振りかぶると、全身の力を振り絞って一球目を投じた。高めに上ずったボールを服部は中腰で受け取った。

「鉄人、129キロです」

黒元の掛け声に部員たちは「おぉぉぉ」と感嘆の声を上げると「ナイスボール」と声を掛けた。カメラのファインダーを覗く綾子は、オレの気持ちを察するかのように固く口を結んだままだ。

「いい球だ。よし、その調子で投げ込んで来い！」

ボールを投げ返されたオレは、大きく息をつくと再び振りかぶり、渾身の二球目を投げた。パシン！

「131キロです！」

綾子がホッとした表情でオレを見た。

「鉄人、自己最速タイです！」

「ナイスボール！」

前屈みに、オレの一挙手一投足を見つめる生徒たちは「よし！」とか「やった！」と喚声を上げた。オレは心の中で「行ける！」とガッツポーズをした。

しかし、そこから力みのせいなのか、三球目「127キロ」四球目「122キロ」五球目「128キロ」とスピードは120キロ台に留まった。

そして、良くないことに、六球目を投じた瞬間、ズキンと指先に痛みが走った。「ヤバい！」と思った。

見ると右手の人差し指から血の気が引いている。第一関節と第二関節の間が見る見るうちに黒ずんで来た。すぐさま「これは腱だな」と分かった。オレは服部からのボールを受け取ると、時間稼ぎに軽く肩を回したり、屈伸運動を行った。只ならぬ気配を感じてか、服部が気遣うように声を出す。

「なんかあったか、太田！」

オレは服部の言葉を受け流した。

「大丈夫！　なんでもない」

祈るように指先を見つめ、流れ出る汗を拭い、精神を集中させる。「こんな大事なときに、ついてねぇな」と思った。だが、逆にこんなことで駄目になるようならプロ入りなんて夢のまた夢だとも思えた。

痛みとも痺れともつかない感覚が指先を覆う。それでもオレは、プレートを踏み、服部のミットを見つめた。七球目、八球目、九球目——。

逸る気持ちとは裏腹にスピードはみるみる落ちて行く。痛みも増して来る。十二球目を投げたところで、肩で息をし、指先を気にするオレの元へ服部が歩み寄った。

「太田。お前、なんかあっただろ。指、見せてみろ」

オレは本能的に指先を隠した。

「いや。大丈夫」

「大丈夫じゃねぇよ。見せてみろよ、指」

そう言うと服部はオレの手を掴み、強引に指先を確認した。

「ほれ、見てみろ」

目の前には、黒ずんで腫れあがった人差し指があった。痛みに顔を歪めるオレに、服部は落胆の色を見せた。

「太田。ゲームセットだ。もう、やめとこう。これ以上投げても状況が悪化するだけだ」

掴まれた手を振り解き、オレは言った。

「まだ、大丈夫。それに、お前の言った二十球までは、あと十球近くある。最後までやらせてくれ」

服部は、冷静な顔で首を横に振った。

「もういいよ。それじゃ無理だ」

「いや。まだ、大丈夫――」

そう言うか言わないかの瞬間、服部が物凄い形相でオレの胸ぐらを摑んだ。

「おい！　太田！　お前、いっつもそうだな。いっつもそうだよ」

訳が分からず、なにごとかと見つめる生徒や綾子の視線を気にすることなく、服部はオレに憎悪の目を向けながら押し倒さんばかりに体を揺すった。

「お前はさ、一番大事なときに必ず、仲間を裏切るんだよ。これまで一緒に頑張って来た奴らの気持ちを信じずに、全部、自分ひとりでパーにしちゃうんだよ」

オレは服部の突然の行動に戸惑いながらも、その腕を振り払おうと必死にもがいた。

「なにすんだよ！」

拳に力を入れる服部の目は潤んでいた。

「おい、太田。お前、分かってんのか？　ガッカリさせんなよ。後ろを見ろ。ちゃんと見ろ！　みんなが見えるか。お前と一緒に三年間頑張って来た仲間の顔がお前には見えるか。一塁に誰がいる。なぁ、誰がいる？　鈴木がいるよ。二塁には、ほらよく見てみろ。野元が手を挙げてるよ。三塁の安藤だって心配そうにお前を見てる。ショートの湯地だって同じ思いだ。レフトの山口なんてな、さっきから声が嗄れるまでお前に声援を送ってるよ。センターの横田もライトの野村も、みんながお前を信じて、お前と同じ夢を見てグラウンドに立ってるんだ。お前に、仲間たちの顔が見えてんのか！」

瞳から大粒の涙を流しながら、服部は続けた。

「俺は『あの日』のお前を許さない。まだ、許してない！　共に戦って来た仲間を信じず、一人で試合を終わらせたお前を俺は一生許さない」

そう言うと、服部はマウンドに跪いた。そして、悔しそうに手のひらで土を掴んだ。

「今日だって、そうだろ。なんだよ、このザマは……なにがプロ野球選手になりますだよ。なにが目指せ135キロだよ。ふざけんなよ。おい！　ホームベース見てみろ。あん時と一緒だろ。あの後ろに、何が見える。誰が見える。お前の夢に一喜一憂しながら、目をキラキラさせてる仲間の姿が見えるか」

オレは、動揺したままオレたち二人を見つめる生徒と綾子の顔を見た。服部は立ち上がると、オレの肩に手を置いた。

「太田。アイツ等に格好いいとこ見せてやってくれよ。夢を見るって素晴らしい。諦めない姿って格好いいって。みんなで力を合わせれば、結果はついて来るんだってところを見せてやってくれよ。頼むよ」

そう言うと、アンダーシャツで涙を拭い「あと三球だけ受けてやる」と言い放って、みんなが待つホームベースに戻って行った。

# 第四章　鬼が出るか、蛇が出るか

「え〜。番組もエンディングを迎えますが、ここでリスナーの皆さんに大事なお知らせがあります。では、太田さん」

最上はそう言うと、身体（からだ）をマイクから少しだけ遠ざけた。ディレクターブースでは、越野、三船、ミッチェルが身を乗り出してスタジオを見つめている。オレは、息を大きく吸うと、マイクの向こうにいる目には見えないリスナーに向かって語り掛けた。

「まずは、リスナーのみなさんに、これまで十七年間『金曜フライデー』を支えて頂き、ありがとうございました！　とお伝えしたいです。実は、私、太田裕二。この秋の改編をもってＨＣＨを退職し、次の夢に向かって前に進むことを決めました。会社を辞めます。じゃあ、その夢って何なんだってことですが、笑わないで下さい。私、五十三歳にして『21世紀枠ドラフト』で広島カープを目指すことにしました。なんか、笑わないで下さいって言ったのに、今、リスナーの皆さんがニヤッてしたのが見えたような気がします」

ディレクターブースで肩に力を入れてスタジオを見ていた越野たちも一瞬、表情を和らげた。

「ですが、本人は至って真面目です。もうすでにエントリーも済ませました。競争率が二千倍を超えているって話も漏れ聞こえてきますが、人生でどうしてもやり残したことをやりたいという気持ちが大きくなりました。いみじくも、この春、自分のメッセージから始まった、この21世紀枠ブームに自分自身が乗ってみよう。次の人生を掛けてみようと思いました。後悔がないと言えば嘘になります。でも、チャレンジしない後悔もしたくありません。ですので、この『金曜フライデー』も来週と再来週の残りあと二回の出演となります。あと二週、一緒に笑いながら時間を共にして頂ければと思います。また元気にお会いしましょう。ありがとうございました。では、また来週。さようなら！」

最上は俯いたまま携帯をいじり続けていた。越野も三船も無言のまま、今日、届いたメールに目を通している。サブではミッチェルが届き続けるメールをプリントアウトしている。

いつもはバカ話ばかりして賑やかな生放送後のスタジオが、水を打ったかのような静けさだ。堪りかねた越野が口を開いた。

「やっぱりみんな太田さんがいなくなるの淋しいって書いてますよ」

オレは辛気くさい雰囲気にイライラしていた。

「しょうがねぇだろ。もう言っちゃったんだから。それに番組って永遠に続くものじゃないからね。いつかは終わるんだよ」

メールを黙って読んでいた三船も呟いた。

「そうは言いますが、やっぱりリスナーはショックなものですよ。俺たちだって、最初に聞いたときは一瞬、思考回路止まりましたもん」

「お前の思考回路なんて、動いてるときの方が珍しいだろ」

「ホントですよ」

最上が携帯をスクロールしながら相槌を打った。

「でも、なんなんですかねぇ。今、ツイッター見てるんですけど『夢に向かって頑張れ太田さん』って、ほとんどの人が書いてくれてるんですけど、中には『なに調子に乗ってるんだよ』とか『無理に決まってんだろ』って書いてる人もいて、なんで人の人生にいちいちケチ付けるんですかね」

越野が椅子から立ち上がって言った。

「嫉妬だよ。嫉妬。自分に出来ない決断をした人間を叩きたいだけだよ」

越野はそのままスタジオの外に出ると、ミッチェルがプリントアウトしたメールの束を持ってスタジオに戻った。

「太田さん、まだメール止まんないですよ」

「ありがたいことだよねぇ。他人のことなのに……。オレだったら、ひょっとすると、その最上が言う『なに調子に乗ってんだ』ってメール送っちゃうかも」

最上は椅子の背もたれから身体を離した。

「えっ。嘘でしょ。太田さん、そっち側の人間ですか？」

オレは頭の後ろに両手を回した。

「うん。たぶん。なんか、素直に『頑張って下さい』って言えないだろ、普通。オレがさ、今回、カープを目指したのって、きっと田島の退社が大きかったと思うんだよ」

みんな意外な顔でオレを見つめた。

「田島って、あのスポーツ部にいた田島さん？」

「うん。オレさ、アイツにだいぶ前だけど、会社を辞めてインターネットの会社に来ませんかって言われたんだよ。でもさ、なんか、アイツに世話して貰って転職を考えるのって、悔しいなぁって思ったんだよなぁ。ちょっと興味があったのに。あんとき、オレ、明らかに嫉妬してた。他の会社から声を掛けられて、仲間を誘えるポジションを与えられてるアイツに嫉妬してた。『なに調子に乗ってんだ』って。そのとき分かったんだ、自分が他人のことで、こんなに僻むんだって。ちいせーなオレって思った」

最上は前のめりになった。

「で、それが、なんでカープに？」

「ん？ なんでだろう。オレにもよく分からないんだけど、人は人を羨みながら生きている。まぁ簡単に言うと『隣の芝生は青く見える』ってことだけど、だったら羨ましがられる方、青く見える方になってやろうっていうか、嫉妬の感情をプラスのエネルギーに働かせようっていうか、そんな感じ」

納得のいかない最上は質問を続けた。

「太田さん、いつになく歯切れ悪いですね。でも、失礼な話ですけど、もしも入団がダメだったら、笑われる方に回っちゃうじゃないですか」

「そうなんだけどさ。やるだけやって燃え尽きたら、覚悟が出来るっていうか、嫉妬の感情が多少は収まる気もしてさ。感覚で言うと『嫉妬される人』か『嫉妬する資格すらない人』のどっちかになろうって感じなんだよねぇ」

「ん〜。なんか、奥が深すぎて、私には太田さんの今の気持ちが分かんないです」

「そうだろうなぁ。オレにも、自分の今の感情が上手く説明出来ないんだよ。どうせなら、砕け散りそうなことにチャレンジしたくなったんだよ。なんていうか、リスクを避けながら生きていることが、自分の可能性にとって、一番のリスクって感じかなぁ」

「パパ！　ちょっと、パパ！」

妻がオレの身体を揺さぶり続けている。なにごとかと寝惚け眼のまま時計を見た。まだ朝の六時だ。こんな時間になんなんだよと嫌々ベッドから体を起こす。

「どうしたの。こんな時間に」

「パパ、大変、ちょっと、これ見てよ！」

妻は広げたままになっている新聞を目の前に差し出した。オレは、その記事に一度目を落とすと、あまりの驚きに手の甲で両眼を擦った。

「えっ！　なにこれ！」

『HCH太田アナ　21世紀枠ドラフトへ名乗り』

「嘘だろっ」

すると、枕元に置いてある携帯電話がけたたましくバイブした。見ると『越野』と示されている。オレは慌てて電話を取った。

「えーーーっ！　マジでか！　ホントかよ！」

妻はオレの肩を揺すり、電話の内容を聞きたがっている。オレは携帯の口元を押さえ、妻に告げた。

「今日のスポーツ紙の一面、全部オレだって！」

越野に促され土曜日の会社に向かう。休日の放送局はいつもの活気とは裏腹にガランと静まり返っている。誰もいないラジオ制作部のデスクに、虚ろな瞳で呆然としている越野を見つけた。テーブルには綺麗に並べられたスポーツ紙が全て揃っていた。

『大本命　太田アナ　カープ入団へ』

『最速137キロ　太田アナ　台風の目』

『21世紀枠の申し子　プロ入りか』

『ドラフトの目玉　五十三歳　太田アナ』

オレと越野はひとつひとつの内容を丁寧に読み込んだ。記事にされて初めて分かる。事実の中に紛れ込ませてある憶測のなんと巧妙なこと。

「凄（すご）いっすねぇ。こんなとき、本人はどんな気分なんですか」

「えっ。嘘もいっぱい書いてあるけど、悪い気はしないよ」

「そりゃ、そうでしょうね。太田さん、国会のときといい、今回といい、もう完璧（かんぺき）に嫉妬される側に回りましたね」

「落差だよ、落差。落とす前に高く上げるんだ。その方が痛そうで面白いだろ。プロレス技と同じ理論だよ」

「確かにね。これでドラフト指名されなかったときの晒（さら）され方はハンパないでしょうしね」

「まぁ、でも、今は世間の評判より、この目立ち方がドラフトの選考に悪影響を及ぼさないかだよな」

「悪影響って？」

「万が一、カープがオレを獲（と）ろうってなったとき、21世紀枠の申し子だから、最初から出来レースだったんでしょって。球団もそう思われるの嫌じゃない。だから、オレを敬遠するかも知れない」

「あ〜。なるほど。確かに、そっち側に振られる可能性は無きにしも非ずですよね。でも、最上じゃないけど、物事の心理って奥深いですねぇ。それより、太田さん、137キロってのはホントなんですか」

オレはテーピングでぐるぐる巻きにされた右手人差し指を越野の前にジャーンと差し出すと、自信たっぷりに言った。

「出ました！　最後の一球で驚異の137キロ！　奇跡だろ。自分でもビックリだよ。あとさ、誰も気付いてないみたいだけど、ドラフト会議十月二日だからな」

越野は「それがなにか？」とキョトンとした。そのあと、広げた新聞を畳みながら全身をビクンとさせた。

「えーーーっ！　それ、番組の最終回の日と同じじゃないですか！」

『21世紀枠ドラフト』のエントリー期間が終了した。ここからは『果報は寝て待て』になる。

新聞や放送、ネットでは順位が確定したペナントレースの話題より、このドラフトの情報が人気らしく、日々、あることないこといろんな情報が飛び交っていた。相変わらず、巨人はスポーツ番組でレポーターも務める人気アイドルが本命とか、ソフトバンクは日本プロ野球史上初の女性選手を獲得の意向だの、選考は極秘裏に行われているにも拘らず、嘘か真かの話題に事欠かなかった。

もちろんオレもいろいろなメディアから取材依頼を受けたが、それでも頑としてオレのことに触れないのが不思議なことに我がＨＣＨのテレビだった。

「国会で話題になったときもそうでしたけど、ウチのラジオとテレビの仲の悪さって、なんなんですかね。これだけ、世の中を騒がせてるのに、太田さん、ラジオがメインの人だから、ウチのテレビじゃ、太田の『お』の字も出ないって、そんなのありえないですよね」

「まぁ、そんなのは今更始まったことじゃねぇから、オレは驚きもしないけど。そもそも、この会社はそういう体質なんだよ。体形は変えられても、体質は変わらない。企業も人間も一緒だ。部署が変われば別の会社。どこの会社もそんなもんだよ。しかも、オレあと少しでここの会社の社員じゃなくなるから、そんな話はもうどうでもいい！　うっしっし」

アナウンス部で最上相手に、そんな話をコソコソとしていると、目をキョロキョロさせ、まるで不審者のようなムードを漂わせたミッチェルがやって来た。

「おい！　なんか泥棒みたいなヤツ入って来たぞ！」

その声を聞くと、ミッチェルは前屈みの姿勢で慌てて、オレと最上の元へやって来た。

「変なこと言うの止めて下さいよ。只でさえアナウンス部って入りにくいのに」

「あまりの怪しさに、盗人が入って来たのかって思ったよ。で、お前、何の用だよ」

「いや、二人が一緒でちょうど良かったです。今日って太田さん、麻婆セット奢って貰えませんか」

最上は嬉しそうにすかさず右手でOKサインを作った。オレはミッチェルに問いかけた。

「それって、オレにメリットある？」

ミッチェルは即答した。

「ないと思います」

いつもの中華料理屋に入ると、早速、店員さんやお客さんたちから「ドラフト頑張って下さい」とか「番組の最終回聞きますね」などと声を掛けられた。

顔が売れていない訳じゃなかったが、この春の騒動からおよそ半年、オレの知名度や好感度の高さは隔世の感がある。まるで、遅れてブームが来たローカルスターのようだ。

円卓に腰かけ麻婆豆腐セットを頼むと、ミッチェルは「待ってました」とばかりに話を始めた。

「あの、もうすぐ太田さんがいらっしゃらなくなるので、ご報告だけはしておこうと思って……」

オレはミッチェルの只ならぬ雰囲気に何事かと身構えた。

「なんだよ。また、改まって」

ミッチェルはテーブルに置かれたウーロン茶を一気に飲み干すと、落ち着きを取り戻したように言った。

「実は、就職しようか、家を継ごうかって相変わらず悩んでたんですけど、結局、父親とちゃんと話し合って、ガンスのお店を継げることになりました」

オレも最上も店内に響きそうな声を出した。

「えーーっ！」

「ご心配をおかけしましたが、ようやく決着というか決心というか……」

「いや～、それは良かった。安心したよ」

興奮した最上は、オレの肩を何度も叩きながら言った。

「太田さん、お祝いです。紹興酒飲みましょう！　紹興酒！　三人で乾杯しましょう」

ミッチェルは「ありがとうございます」と頭を下げると、これまでの経緯を時間に沿って分かりやすく説明した。

「でも、お前、ホントに偉いな。オレ、正直、もう無理だって思ってたから、就活どうしてんのかなって。でもさ、こういうのって本人が言わないとなかなか聞けないじゃない」

「私、太田さんの、その相手への配慮の繊細さと大胆さの加減がいつまで経っても分かんないんですよね」

「簡単だよ。踏み込んだ方が相手も得するって思ったら行く。相手が損するって思ったら止める。それだけだよ」

自分が注文したにも拘らず、最上は飲み慣れない紹興酒に酔っていた。

「そんなもんですかねぇ」

ミッチェルは顔を上げると、グイッと紹興酒の小さなグラスを飲み干した。

「でも、これって太田さんのおかげだと思うんですよ。私、番組にバイトで入らせてもらって、これまでいろんな経験をさせて頂きましたけど、やっぱり、今回の太田さんの夢にかける思いってのに感化された気がして。その姿を目の前で見たから、父親とちゃんと話そうって」

オレは嬉しかったが、少し照れた。

「そんなことないよ。ミッチェルの家業に対する思いがお父さんの気持ちを動かしたんだと思うよ」

「だったら、私も嬉しいんですが。でもやっぱり、温度があるっていうか、熱いっていうか、プラスのパワーって、周りに伝染するんだと思うんです。だから、私も嫌なことに引っ張られずに、これからはガンスで地域の皆さんを元気に出来るような人になろうって」

目を輝かせて生き生きと話すミッチェルが、一瞬、綾子に見えてジーンと来た。これが我が娘との会話だったら……そう思えて仕方なかった。

綾子の就職は、どうやらまだなんの進展もないらしく、どこを受けるとも、なにをするとも伝えられないまま、時間だけが過ぎていた。それでも、本人の「なりたい」や「やりたい」が叶えばいい。その思いだけは変わらなかった。

「綾子、ママから聞いたけど、お前、栄進の生徒たちと連絡取り合ってるんだってな」

「うん。あの日、ラインの交換をしたから、なんだかんだと情報交換してるよ」

「情報交換って言っても、高校三年生となんの話があるんだよ」

綾子は食卓に置かれたクッキーをパクッと口の中に放り込んだ。

「いろいろあるのよ。それに私、なんか将来、高校野球に携われたらいいなぁって思って」

「へぇ、またなんで？」

「ほらっ。この前パパの動画を撮りに行った日。生徒たちの素直でひたむきな雰囲気とか、パパと服部さんの男と男の友情とか見ちゃって、私、ちょっと感動したんだ」

「へぇ。そうなんだ」

「あそこでユニフォームを着てた生徒たちって、パパと服部さんみたいに、結局一生付き合って行く訳でしょ。それって凄くない？　十七歳のときの友情とか感情が五十歳を過ぎても続くんだよ。私には、そんな強い繋がりの仲間、もうすでにいないもん。だから、高校野球のなにがそうさせるのかって取材してみたいっていうか、知りたくなったんだよねぇ。だから、とりあえず連絡先を交換してみたの」

「野球は良いよ。投げて、打って、走って、声出して、泣いて、笑って、怒って。いろんな感情がルールの中に全部、収まってる」

綾子はソファーの横に腰かけた。

「ねぇ。下手な人たちって、なんでレギュラーになれないのに続けられるのかな?」

「ん〜。なんでだろう。そうだなぁ。きっと仲間の声援が聞こえるからじゃないかな。人生で野球をやってるあの瞬間だけ、自分のために仲間が声が嗄れるほど応援してくれるからじゃないかな」

綾子はウットリとした顔でオレを見た。

「なんか、素敵だね」

綾子はそう言うと、立ち上がって大きく伸びをした。

「よし。私も、誰かの背中を押せるような仕事をしよう。そんな人間になろう。ねぇ、パパ。私を栄進に連れて行ってくれてありがとね。私、ちょっとだけ自分の道が見えた気がする」

こんなにも時間へのスピード感を感じた一週間はなかった。これといって特別なことがあった訳ではない。それでもドラフトへの取材や『金曜フライデー』の生放送、変わらず続けている身体づくりなど、心だけがせっかちになっていた。

残りあと二回となった『金曜フライデー』の盛り上がりも想像以上だった。メールやファックスは千通を越え、未だに全部には目を通せていない。なにより五十三歳でプロを目指すということに、たくさんのリスナーが『我がこと感』を持って、共感してくれたことが嬉しかった。

【太田さん。結果より大事な経過を見せてくれてありがとう】

【大人になったら夢って見ちゃいけないって思い込んでいました。夢をありがとう】

【馬鹿でかい夢だから、馬鹿な俺たちも、その夢に乗っけて下さい！】

【諦めが悪いって格好いいって思いました。私たちのドラフト一位は太田さんです】

【太田さんは広島の誇りです。目指せ！　オールドルーキー！】

一枚一枚のメールに励まされていた。そして、アナウンサーって幸せな職業だったんだなぁと改めて痛感した。なぜ、こんな幸せな仕事を自ら退くのか、途中、自分でもよく分からなくなっていた。

だが、経験よりも大事な直感を信じ前に進む。チャンスや人生のターニングポイントは誰の前にも平等に見え隠れする。それを摑むか摑まないかは自分の意志次第だ。

いよいよ運命の日は明日に迫っていた。三十一年間お世話になった会社を後にする。そして、その日の夜、次の人生の扉が開くかも知れない。まるで、入り口と出口が共存しているかのような一日。オレは退社の準備でアナウンス部のデスクの整理をしていた。ひとつひとつの引き出しを開け、これまで大切に保管していた資料に目をやる。捨てるもの、残すもの。どれもこれも、今となっては愛おしい。

入社して初めて読んだ天気予報。テレビで読んだニュース原稿。先輩に怒られまくった特番の台本。公開放送のステージに立つ写真。番組へのアイデアが書き込まれたネタ帳。その色褪せた全ての思い出が色鮮やかにキラキラして見えた。感謝だ。感謝しかない。

これまで、やりたいことをやって来た。その都度、仲間が出来、そして、去って行った。チームを作っては壊し、また作っては壊れる。それでも、笑いながら仕事が出来た。「放送局なんてな、給料はいらねぇから作りたい。そんなヤツしか来ちゃいけねぇ場所なんだよ」そんなことを言いながら、寝る間も惜しんで番組を作った。当たった番組、ハズれた番組、どの番組にも、そこに至るまでの物語と思い出があった。すると、ふと一枚の写真に目が留まった。

「あっ！　これ！」

見ると『金曜フライデー』の第一回放送時のスタジオ写真だった。

懐かしさのあまり、まじまじとその写真を見つめていると「なに、感傷に浸ってるんですか」と最上がやって来た。コイツとじゃれ合うのも今日を含めて、あと二日。なんだか、我が娘のように思っていただけに淋しい。

「これ！　金曜フライデーの写真」

最上は「へぇっ！」と写真を受け取ると「この写真の女性は、最初のパートナーの末田さんですか？」と尋ねた。

「うん。この人がオレにいろいろと教えてくれた人。厳しかったなぁ。でも、優しかった」

最上は不思議そうにほほ笑むと、からかうように言った。

「なんですか。厳しかった、でも、優しかったって」

「いや。何の仕事でもそうだと思うけど、怒ってくれる人って貴重なんだよ。みんなさ、自分のこと良く思われたいから、あんまり人の仕事にまで踏み込んで注意してくれないじゃない。この人はさ、もう自分が思ったこと全部言うんだよ。あれが駄目、これが駄目って。それが的を射ててさ。そんなことは分かってます！って言いたいんだけど、出来ないから何にも言い返せない。もうぐうの音も出ないほどに叱られまくったよ」

「でも、なんか、それイヤじゃないですか」

「そりゃ嫌だよ。落ち込むし、凹むし。でもさ、相手に駄目出しをするってことは、言った本人もちゃんとやらなきゃならないってことだから、自分にも厳しかった。だから、オレも、この人の言葉だけは黙って聞いてた」

「私は、褒められて育てて欲しいから、厳しい人は苦手です。強いて言うなら、私の周りでズケズケ物を言うのは太田さんくらいです」

オレは噴き出しそうになると最上に言った。

「なんだよ。ズケズケって。あのな。褒めてばっかりの人なんて気持ち悪いだろ。魂胆が見え見えで。厳しかった人に褒められるようになる。それが一番、嬉しくない？」

最上は疑り深い顔でオレを見た。

「で、太田さんは、その末田さんに最後は褒められたんですか？」

オレは胸を張った。

「うん。褒めて貰った。アンタは調子が悪い日があっても、手を抜かないって」

「それ、褒められてるんですか？」

オレは呆（あき）れたように最上を見た。

「お前、馬鹿か。最高の賛辞だろ。どんな人にも調子が出ない日がある。そんなときに、今日はまぁいいかって思わずに、調子が悪いからこそ、気合を入れてちゃんとやろうって。そう思ってやってたことを分かって貰えてたんだぜ。こんなに嬉しい褒め言葉ないだろ」

「そんなもんですかねぇ」

「そんなもんだよ。お前、正真正銘の馬鹿だな」

目を白黒させながらオレの話を聞く最上を見ていると、急に「オレはホントにここからいなくなるんだな」と思えた。そして、猛烈な淋しさが襲って来た。

「なぁ、最上。オレのせいでお前のレギュラー番組を終わらせてしまってすまないな」

最上は一瞬、驚いた表情を見せた。

「いや。金曜フライデーは太田さんの番組ですから。逆に、最後のパートナーが私なんかですみません。私、明日、太田さんに褒めて貰えるように頑張ります」

オレは堪らなくなって、最上の頭をクチャクチャにして撫でた。

「おう！　こっちこそ。最後の最後まで頼むな！」

髪の毛がグチャグチャになった最上は物凄い形相でオレを睨みつけると言った。

「もう。せっかくさっきセットしたばっかりなのに……。太田さん大嫌い！」

家に帰ると妻と綾子が食卓にたくさんの料理を準備して待っていた。しかも、頭には赤い紙で作られた三角形の帽子を被っていた。

「パパ、三十一年間お疲れさまでした」

そう言うと二人はオレを拍手で迎えた。

「なんだよ。クリスマスみたいじゃない」

二人は笑い合うと「そうだよ。明日、パパにカープ入団っていう素敵なプレゼントが来るように今日はクリスマスイブみたいなものだよ」と言った。

食卓は和やかだった。さんまの塩焼きに、焼き牡蠣、サツマイモの天婦羅にカボチャの煮物。そして、新米の栗ご飯。秋の食材で溢れ返っていた。

「今日、ママと一緒に秋の味覚三昧の料理にしようって買い物に行ったんだけど、ママ、同じ場所を行ったり来たりしてるの。で、何を迷ってるの？　って聞いたら、マツタケを買いたいけど手が出ないって。もう、私、笑っちゃって。で、大事な日なんだから買っちゃえばいいじゃないって言ったら、ママ、パパがカープに入ったら買うって、それでマツタケがカボチャになったの」

「もう綾ちゃん、そんなことパパに告げ口するの止めてよね」

大笑いする娘と妻の姿に心が解きほぐされるようだった。考えまい、考えまいと思っても明日の番組のこと、そして、ドラフト会議のことが頭から離れない。まさに盆と正月。人生の転機が同じ日にやって来るのだ。それも仕方ないことだろう。デザートには梨があしらわれたチーズケーキが出て来た。妻はカップにコーヒーを注ぐと言った。

「パパ。これまで、人生を一緒に楽しませてくれてありがとう。明日はどんな結果でも胸を張って帰って来てね。私たちはこれからもパパの応援団でい続けるから」

オレは妻の顔をじっと見つめた。

「こちらこそ、ありがとう。勝手して、ごめんな」

その様子を見ていた綾子は「イヤだなぁ。娘の前でラブラブなとこ見せつけないでくれるかな」と言うと、急に椅子から立ち上がり「それではご唱和（しょうわ）ください」と真剣な顔を作った。

「フレー！　フレー！　太田！　はい！　フレフレ太田！　フレフレ太田！　ワァー‼」

いよいよ、人生最大の運命の日は明日と迫った。

カーテンの隙間（すきま）から秋の日差しが柔らかく差し込んでいた。遂にこの日を迎えた。

昨晩は、さすがに眠れず、いつ寝付いたのかも分からないままの朝だった。

鬼が出るか蛇が出るか。まさにそんな心境。良いイメージと悪いイメージが波のように交互に押し寄せて来る。浮ついた気分を落ち着かせなければと思いながらも「今日がアナウンサー生活最後の日か」と考えると、未来が見えない恐怖が襲ってくる。

いつも通り車で会社に向かうと、玄関の前にはテレビカメラが数台待ち構えていた。

「太田さん。今の気持ちを教えて下さい」

「最後の放送とドラフト会議、今はどっちのことを考えてますか」

「ズバリ、ドラフトへの自信は何パーセントですか」

もみくちゃにされながら、それぞれの質問にすばやく答え「すみません」と自動ドアをすり抜ける。スタジオの外では越野が心配そうに出迎えてくれた。

「太田さん。外、大変だったでしょ。最後の番組の様子を取材させてくれって依頼があったんですが全部、断わったんですよ。そしたら、外があんなことになっちゃって、なんかすみません」

オレは越野の肩を叩くと言った。

「うん。大丈夫だよ。覚悟は出来てたから。それより、越野！　今日はやるべきことをしっかりやろうぜ！　いざ出陣だ」

ディレクターブースには三船にミッチェル、ガラス越しのスタジオには最上の姿が見えた。

「みんな、おはよう。今日は頼むぞ！」

そう言うと、オレは慣れ親しんだ第一スタジオの椅子に腰かけた。

「最上、今日の機嫌はどうだ」

最上はメールを捌く手を止めると「抜群にいいです」と笑った。

「だって、今日は、さようなら太田さん一色の番組だから、打ち合わせもいらないですしね」

ペロッと舌を出した最上を見て、オレの腹も据わった。ミッチェルはコーヒーを運んでくると「太田さん、まさか最後に泣いたりしませんよね」と減らず口を叩いた。

みんな、いつも通りの空気を作ろうとしてくれている。嬉しかった。このスタッフと仕事をするのも今日が最後かと思うと、全てのことがありがたく、尊いと思える。

本番前、スタッフ全員がスタジオに集まった。みんな、なんとも言えない表情でオレを見つめた。越野が三船の脇腹を突く。躊躇しながらも一歩前に出た三船は頭を掻きながら言った。

「太田さん、今までありがとうございました。今日は、記録ではなく、記憶に残る番組を作りましょう。俺、太田さんと仕事が出来て良かったです」

三船はミッチェルを見ると顎で挨拶を促した。

「えっ。私、さっき、もう言いましたよ。でも、じゃあ、改めて。太田さん、泣いたりしたら、みんなで笑いますからね。自分で辞めるって言って、自分で泣くのって反則ですからね」

ミッチェルはアシスタントの席に座る最上を見た。

「私ですか。ん〜。なんて言えばいいんだろう。ん〜っ」

最上は、見つからない言葉を懸命に探している。しばらく悩んだ後、スタジオ脇に置いてあったトートバッグから、小さな巾着袋を取り出した。

「太田さん。これ、太田さんに買って来いって言われて購入したポケットラジオです。これ、今、ずっと持ち歩いてる私の宝物です。今から、私たち、この箱の中で暴れ回るんですよね。考えただけで、なんかワクワクします。これまで新人気分が抜けずに、なかなか上達しなかった私を、このチームの仲間に入れて下さって、そして、たくさん叱って下さってありがとうございました。最後は太田さんに褒めて貰える放送にします！」

最上はそう言うと、声を詰まらせた。すかさず、ミッチェルが言った。

「ほらっ！　すぐそうやって感傷的になる。私、言ったじゃないですか。泣いたら笑いますよって」

最上はミッチェルに顔をむけると「泣きそうになったけど、まだ、泣いてないからね」と言い返した。ミッチェルはポケットからティッシュを取り出し最上に渡した。

「えっ。ミッチェル。あなたこそポケットティッシュを忍ばせてるってことは、陰に隠れて、涙を拭(ふ)こうって魂胆だったんだよね」

「違いますよ。今日は花粉が酷(ひど)いから」

「嘘！　アンタが花粉症なんて一度も聞いたことないよ」

そのやり取りに全員が笑った。最上は続けた。

「私、今日はいっぱい楽しみます。いっぱい笑います。そして、進行は私に任せて下さい。太田さんに私が最後のパートナーで良かったって思って貰える番組を目指します！　今までありがとうございました。はぁ〜。言い切った。さぁ、じゃあ、最後は越野さん！」

越野はいったんスタッフ全員の顔を見渡した。そして、深呼吸をすると声を震わせた。

「太田さん。ホントにいいチームでしたね。俺、この番組が最高に好きでした。もうムチャクチャ楽しかったです。笑いながら仕事が出来るって、こんなに素敵なのかって、この番組で教わりました。今日は、その思いをリスナーの皆さんと共有しましょう。さぁ、みんな、今日は締まって～」

「行く～っ!!」

十七年間変わることなく番組を支え続けて来たオープニングテーマがスタジオ内に響いた。オレは大きく息を吸った。ガラスの外で越野の握った拳が開き、指先がオレを指した。

オンエアランプが赤く光る。

「金曜フライデー」

「みなさん、こんにちは。太田裕二です」

「こんにちは。最上由季です」

「今日さ、オレの最後の放送だから、さぁ気合を入れて頑張るぞ！　って会社に入ろうとしたらさ。ほらっあれじゃない。オレ、今、時の人だから、玄関にもうすんごい数の報道陣がいてさ、オレを見つけた途端にフラッシュがバンバンバンバン焚かれて、太田さん！　太田さん！　ってもう質問攻め。で、その取材陣をひとりずつ捕まえては、手刀で『えいっ！』『えいっ！』って退治して、ようやくスタジオに入ったら、オレ、迂闊にも社会の窓！　チャックが全開でさ。股間、モロ出しだった。もう、ガッツリ出てた。だから、今日、いろんなスポーツ番組にオレの映像が出ると思うんだけど、残念ながらアソコにモザイクが入ってると思う」

「なんなんですか、それ。三十一年のアナウンサー生活、最後のオープニングトークが下ネタって。どこまで、みんなをガッカリさせるんですか」

「いや。でも、オレの下半身は虎なみに雄々しいから、もう『下半身タイガース』って近所の奥様方にも言われててさ」

「家の周りでもチャック開けてるんですか。もう確信犯じゃないですか」

「で、それを見た隣の奥さんが『おっ！　ジャイアンツ』って」

「太田さんの股間より、隣の奥さんの人格が気になりますよ」

「色は真っ赤に燃える広島カープ」

「奥さん。じっくり見たんだなぁ」

「動きは竜でドラゴンズって」

「凄いなぁ。ひとりペナントレースが始まった」

「触ったらヤクルトが出ますか？　って」

「ひょっとして、その奥さん、ヤクルトレディって。太田さん。それはダメです。絶対NGです。謝って下さい。広島県中の、イヤ、全国のヤクルト関係者に謝罪して下さい」

「あっ、そう。じゃあ、ごめんなさい。ちょっとテンションが上がって言い過ぎてしまいました。ホント、申し訳ない。でも、これってね、親からの遺伝、ＤＮＡなんだよね」

「わっ！　最後に横浜ＤｅＮＡ！　入れて来た。力技だ。大技！　でも、上手くまとめて来たなぁ。太田さん、腕を上げましたね。さすが、ドラフト候補！」

　我ながら、こんなに酷いオープニングトークはないなって思った。でも、スタジオの外を見ると手を叩いて笑っている仲間の姿が見えた。オレはこうやって戦って来た。真剣にバカ話をしてスタッフやリスナーという仲間を増やして来た。なにより、生き生きと突っ込みを入れる最上の姿が逞（たくま）しかった。

　それから、番組は、ときにしんみり、ときに大笑いであっと言う間に進んで行った。ラジオのワイド番組って、聞いていると長く感じることもあるが、喋っていると、その体感時間が嘘のように早い。惜別の思いが込められたメールを一枚一枚丁寧に読み、その内容に答えて行く。

　中でも三世代に亘（わた）り、ＨＣＨラジオを楽しんでいるというリスナーのメッセージには胸が熱くなった。目の前だけを見て、毎日を全速力で走り抜けては来たが、歩みは確実に道となっていた。本来ならば、この道はまだまだ続いていた。その道を断ち切ったのは自分自身だ。オレは途中、何度も何度も「自分の選択は誤りではなかったのか？」と自問自答を続けていた。コマーシャルの度にスタジオに入って来る越野は笑みを絶やさず声を掛け続けた。

「太田さん。また、プリントアウト用の紙が切れました」

スタジオの最上も、ＣＭに入るたびに「太田さん、残りあと○○分です」と別れのときを刻み続けた。この時間が終わらなければいいのに、そう思いながら唾を飛ばして喋り捲った。

番組もあと十分。最後の曲はゴダイゴの『銀河鉄道９９９』だった。オレのお気に入りの楽曲だ。越野はガラス越しに親指を立てると、まるで発車のベルが鳴ったときの車掌のようにオレを見て敬礼をした。何気ない、さりげない仕草だったが、胸にグッと来た。危うく泣きそうになった。別れの時間が迫っている。

「さぁ、太田さん。いよいよリスナーの皆さんにご挨拶の時間となりましたが、最後に一通だけ手紙を」

そう言うと、最上は封筒に入れられた一通の便せんを取り出した。

「瀬戸内栄進高校の野球部の生徒さんからです」

油断していた。「サプライズはしない」の言葉を信じていた。オレは「やられた！」とディレクターブースに目をやった。

視線の先には越野、三船、ミッチェルが三人、綺麗に並んでニヤニヤとこっちを見ていた。最上は少しだけ震える手で便せんを広げると、ゆっくり慎重に手紙を読み始めた。

〈太田さん。いや、鉄人！　これまでたくさんのご指導ありがとうございました。そして、夏の大会一回戦で敗れてしまい、申し訳ありませんでした。鉄人には、数多くのことを教えて頂きました。仲間の大切さ、諦めないことの格好良さ、信じることの素晴らしさ。もうたくさんあり過ぎて、書き切れないほどです。あるとき、鉄人は言いました。百本ノックを受けて足腰が立たなくなったとき、自分で「もう一丁！」と言うところから実りある練習が始まると。百一本目を取ったら、また「もう一丁！」。倒れて泥だらけになっても「もう一丁」と叫べと。他人は騙せても、自分は騙せない。だから、自分のことを土壇場で信用できるように「もう一丁」と空に向かって叫べと。この言葉、忘れられません。今日が鉄人にとって、正に「もう一丁」の日。最後の最後までリスナーの皆さんに「もう一丁！」とメッセージを送り届けて下さい。番組終了のサイレンが鳴るまで、格好良い鉄人の生き様を見せて下さい。今までありがとうございました。

瀬戸内栄進高校野球部一同より〉

最上は読み終えた便せんを丁寧に折りたたむと、封筒に入れ、オレに手渡した。

スタッフからの心遣い、そして栄進の生徒の顔を思い出し、胸がはち切れそうになった。

今、オレには『金曜フライデーの仲間』と『栄進の仲間』、そしてこの番組を聞いている『リスナーという仲間』、なにより『家族という仲間』がいる。

みんな、こんなオレを信じ、慕い、支えてくれた。幸せだ。出来すぎな人生だ。ありがたい。これまで意地を張りながら頑張ってきて良かった。そして、まだまだ走り続けなければ！　そう思えた。

「では、太田さんから最後のメッセージをお願いします」

鼻を啜る最上に促されて、オレはマイクを見つめた。

喋り出そうとした瞬間、走馬灯のようにこれまでの思い出が頭をよぎった。ＨＣＨの入社試験を受けた日のこと。合格が知らされ、母親が万歳をした日のこと。初めてマイクの前でニュースを読んだ時のこと。初のレギュラー番組で挨拶すらまともに出来なかった日のこと。金曜フライデーが始まった日のこと。そして、最上が初めてやって来た日のこと。

全てが映像のように頭の中を駆け巡った。目の前で最上が泣いている。ガラスの向こうでは越野が、三船が、ミッチェルが鼻を真っ赤に染め涙をこらえてオレを見つめている。

泣くな。泣くな。泣いたらいけない。オレは、一度、大きく息を吐きだすと、ゆっくりと語り始めた。

「この番組をお聞きの全ての皆さん、これまでありがとうございました。そして、栄進の野球部のみんな。素晴らしい手紙ありがとう。感動しました。嬉しかった。まだオレが高校生だったとき、野球部の監督と交換日記をしていました。真に澄んだ鏡と書いて『真澄鏡』と言います。その日記には夏の最後の大会で敗れたオレに監督からのメッセージが書かれていました。これまで大切に仕舞っていた思いの籠った言葉です。その言葉を紹介して、十七年間お世話になったリスナーのみなさんへの最後の挨拶にさせて頂きます」

オレは、そう言うと自席の隣にある小ぶりな棚から古びた一冊のノートを取り出した。ページを広げ、これまで何度も読み返した文章を声に出す。

〈太田。決勝戦、いい試合だったな。ひょっとすると三年間共に過ごしたみんなと、甲子園に行けるか！　と監督の俺も最後の最後まで手に汗握りました。でも、そう簡単に行かないのが人生だな。もう一歩だった。本当に残念だ。でも、この叶わなかった夢を！　この勝ち損なった一勝を！　お互い未来で取り返そうな。太田。知ってるか。日本語って、凄いんだぜ。花びらが散るって表現だけでも、たくさんの言葉がある。桜は「散る」梅は「零(こぼ)れる」椿(つばき)は「落ちる」菊は「舞う」、季節を表す言葉だって、春は「訪れる」夏は「やって来る」秋は「見つける」冬は「始まる」どうだ。凄くないか？　伝え方ひとつ、受け取り方ひとつで心模様が全て変わる。お前には、俺たちのチームのエースとして、この繊細な言葉の違いが分かる大人になって欲しい。人の心を大切に思える大人になって欲しい。太田。これからの人生、どんな局面でも頼られるエースになれ！　太田。俺はお前と甲子園で校歌を歌いたかったよ。太田。三年間ありがとう！　これからも共に戦い続けようぜ〉

オレは今から三十五年前に恩師から貰った言葉を読み上げるとノートをそっと閉じた。

そしてまた、この場所にいるみんなの顔を見渡した。

全員が目頭を押さえながらオレを見つめていた。もうこの景色が見られないのかと思うと、名残惜しい気持ちが沸き上がった。オレは続けた。

「実は、私は高校三年間、この四谷監督を信用していませんでした。違う監督だったら、もっと強いチームが出来たんじゃないか。采配が間違ってたんじゃないかと、いつも思い続けていました。まさに驕りです。でも、監督は違った。そんな私に対し、手を変え品を変え、表現方法を駆使して、信頼のメッセージを送り続けて下さっていました。そんな恩師の最後の言葉が、この真澄鏡にしたためられていたものです。今、四谷監督はもうこの世にいらっしゃいません。ありがとうございましたと伝えられません。メッセージを送り返す場所すら分かりません。申し訳なかったなぁ。謝りたかったなぁ。そして、こんな私を、いつも信用して下さってありがとうございましたと伝えたかったなぁと思います」

オレはしみじみと古びたノートを見つめた。

「私は、皆さんにとって信頼出来うるパーソナリティーだったでしょうか？　皆さんの仲間にふさわしい人物だったでしょうか？　考えれば考えるほど自信がなくなってしまいます。目標と目的が違うように、やりたいこととやれることは、どうやら違ったようです。申し訳なく思います。でも、ひとつだけ自慢してもいいのなら、リスナーの皆さんの想いに、日々真摯に、耳を傾けた三十一年間ではありました。自分なりに、恩師の言葉通り頑張ってみました。楽しかったこと、嬉しかったこと、悔しかったこと。今は、その全てがかけがえのない宝物です。人の心は移ろい易い。でも、移ろうからこそ毎日に変化がある。人を許し、自分を許す。これからも、皆さん。陽の指す方を見つめて行きましょう。繊細で心ある日々を過ごして行きましょう。みなさんの思い出に明日からの私も加えて貰えるよう新天地で頑張ります。出来れば、次は真っ赤な燃えるようなユニフォームを着た私の姿を見て頂きたいと思います」

オレは清々しく顔を上げると、一層声にチカラを込めた。

「これからもＨＣＨラジオと私の大好きな最上をよろしくお願いします。皆さんも元気に日々をお過ごしください。これまでありがとうございました！　本当にありがとうございました。皆さんに感謝です。それではお元気で！」

オンエアランプが消えた。放送は終わった。オレは大きく息をついた。

そして、オレのアナウンサー生活が終わった。

空気が抜けた浮き輪のように、全身から音を立ててエネルギーが放出されて行くのが分かった。オレはマイクのフェーダーを下げ、イヤホンを耳から外すと、ディレクタールームにいるミッチェルに叫んだ。

「どうだ。ミッチェル！　泣かなかっただろ！」

そして、肩を震わせグッタリとうな垂れる最上に声を掛けた。

「最上、今までありがとな」

その言葉を聞いた途端、最上は声を上げて泣いた。まるで子どものように泣きじゃくった。スタジオには泣き続ける最上の嗚咽だけが木霊した。

三時間後。オレは無数の照明が焚かれたHCH三階の会議室にいた。目の前には十数台のテレビカメラ、そして床に腰を下ろした大勢のスチールカメラマンの姿があった。背後には仰々しい金屛風があしらわれた記者会見場。ドラフト会議のテレビ中継は始まっていた。

会場に置かれたモニターには東京の抽選会場の模様が映し出されている。『21世紀枠ドラフト』は全ての指名が終わったあとに発表されるとのことで、まだ緊張感はさほどない。会議室に陣取った取材陣もまるで街頭テレビを観る野次馬の雰囲気を醸し出していた。その集団の輪から少し外れた場所にスーツを着込んだ最上の姿もあった。

「太田さん、物凄い取材ですね。これで指名されなかったら、正に末代までの恥ですね」

「お前、競争倍率二千倍以上なんだぞ、そんな言い方すんなよ。それにしても、お前、やけに派手だな」

「はい。今日は太田さんのおかげで、全ての局の全国ネットに出られそうなんで、ちょっぴり気合を入れてメイクしました」

「なんか、メイク濃すぎて『バットマン』のジョーカーみたいになってんぞ」

「ホントですか。さっき、秋田の両親にも太田さんの記者会見の司会をするからって電話したんですけど、ちょっと薄くした方がいいですかね」

「うん、そのままじゃ間違いなく『なまはげ』だと思われる。それにしても、お前の切り替えは凄いな。さっきまで泣き崩れてたのにな」

日本のプロ野球界にドラフト制度が導入されたのは、今から半世紀以上も前の一九六五年だ。選手との入団交渉権をくじ引きで決めるため、これまで数々のドラマが生まれて来た。

しかし、そのどれもが喜びのニュースよりも希望球団に入れなかった涙のニュースであることも事実だった。球団に新戦力をという趣旨の制度であるため抽選対象となる選手は高校生や大学生、社会人野球の選手ばかり。これまでのドラフト会議で最も高い年齢で指名された選手は一九八二年、中日ドラゴンズにドラフト三位で入団した市村則紀(いちむらのりお)の三十歳五ヶ月である。

もしも、オレが指名を受ければ、その記録を二十三歳以上更新することになる。日本プロ野球史上初の『21世紀枠ドラフト』、そして五十三歳ローカルアナウンサーの挑戦。ましてや、この制度の火付け役でもあるオレへの注目度は自分自身の予想を遥(はる)かに上回っていた。

廊下で馴染(なじ)みの記者と談笑していると、突然会場から「嘘だろ！」とどよめきが起こった。なにごとかと会場を覗き込むと、テレビから司会者のけたたましい声が聞こえた。

『驚きました。ノーマークでした。広島カープ。第一回選択希望選手。なんと地元・横川学院の安住です。なんと「21世紀枠ドラフト」元年の今年、広島カープの一位指名選手はその21世紀枠で甲子園出場の高校生投手・安住順之助です！』

会場の記者たちが急に色めき立った。忙しなく携帯を手にし、電話を掛ける者。パソコンを広げ記事を書き出す者。中には、設置したカメラを撤収し、横川学院に向かう者まで出た。

「これまで21世紀枠出場の高校生がドラフトにかかったことあるのかな?」

ポツリと呟くと、会見場の入り口近くから女性の声がした。

「はい。二〇〇八年に愛知の成章高校のエースとして出場した選手が、大学卒業後ではありますが、ヤクルトにドラフト二位で入ってます」

声の主はニュースキャスターの山根だった。

「そうなんだ。それより、お前、取材に来てたのか」

山根は豪快に笑って見せた。

「来てたのかって、ここウチの会社じゃないですか。二階の報道部から階段上って三階に来ただけですよ。ちなみに、そのヤクルトの選手、二〇一三年に新人王を獲った通称ライアン・小川泰弘投手です。その他にも、何人か21世紀枠出場でのちにプロ入りした選手がいろいます」

「お前、いつの間にそんなに野球に詳しくなったんだよ」

山根はため息をつくと呆れた様子で語った。

「自分の会社の先輩がドラフトに掛かるかもってなったら、そりゃ興味がなくってもいろんなこと調べますよ。それが仕事なんだから。それより、太田さん。ウチのスポーツ部の取材だと、太田さん、今、結構いい線行ってるみたいですよ」

オレはその発言に体温が上がる気分だった。

「その言葉がホントだと、数時間後のオレの未来は明るいけどな」

山根は手にしていた取材ノートを広げてページを捲った。

「少なくとも、最終候補者の五人には入ってるらしいです。ただ、本当の戦力を獲るのか、話題性を重視するのかで意見が割れてて、結論はこのドラフトで意中の選手を順調に指名出来るかで決まるらしいですよ」

オレはギョッとした。

「えっ！ってことは、まだ首脳陣もこの期に及んで決めてないってことなのかな」

「多分、そうだと思います」

「マジかよ」

山根はノートを閉じると落ち着き払った表情で言い放った。

「ちなみにですが、たった今、一位指名された安住くんは、今回の取材では一切名前が上がっていませんでした。想定外中の想定外です」

「それは痺れるね。甲子園には魔物がいるって、よく高校野球では言われるけど、こりゃドラフト会議は選ばれる側からすると、まさに伏魔殿だね」

　会見場は指名選手が発表されるたびに驚きの声に包まれた。そして、時間を追うごとに物々しい雰囲気になって行った。

　ドラフト会議は波乱もなく順調に進み、広島カープの二位指名は六大学の主砲・矢沢。三位指名には社会人野球で首位打者を争った岡村。四位には最速156キロをマークした即戦力のサウスポー犬飼の交渉権を得た。

　ドラフト会議スタートからおよそ二時間。さっきまで思い思いの行動を取っていた取材陣が徐々に会見場のテーブルに腰を下ろし始めた。カメラマンも所定の位置に着く。いよいよかと思うと知らず知らずに鼓動が高まるのが分かる。すると、一人のカメラマンがオレに声を掛けた。

「太田さん。そろそろ席に着いて頂いて、東京の映像を観ている表情なんかを撮らせて頂けますか」

　オレは「はい」と返事をすると、ネクタイの結び目を指先で確認して金屏風の前に進み出た。その瞬間、目が開けられないほどのカメラのフラッシュが一斉に焚かれた。夢見心地で椅子に腰かけると、今まで見たこともない景色が眼前に広がった。オレは思わず、マイクを手に取り言った。

「なんか、これから謝罪会見でもするみたいな感じですね」

数十人の笑い声はカメラのシャッターを切る音にかき消された。そこからは「待ってました」とばかりに矢継ぎ早に質問が飛び交った。

「太田さん。率直に今の気持ちはいかがですか？」

「そうですねぇ。たった今、これだけの報道陣の方に囲まれているっていう嘘みたいな現実を、高校時代、プロを夢見ていた自分に見せてあげたいです」

「今回、会社を辞めての挑戦ですが、万が一、選ばれなかったときのことは、どう考えていらっしゃいますか？」

意地悪な質問ではあるが、記者としては当然聞きたいことだろう。オレは、口元を引き締め慎重に答えた。

「今はなにも考えていません。ひとつひとつの出来事に、しっかりピリオドを打って、それから次のことを！　と思っているので、次のことは今日の結果を待って、またゼロから考えたいと思います」

「最速１３７キロのストレートが武器と伺っていますが、プロではどんな活躍を目指しますか？」

「はい。きっと、正面からぶつかって行っても通用しないと思います。でも、打者ひとりに対してとか、この大事な一球みたいな局面でのワンポイントではなんとか戦力になれるんじゃないか？　と考えています。ボールの出し入れや緩急でショートリリーフが出来たらと思っています」

「今年の21世紀枠ブームは、太田さんの一言から始まりましたが、今、ドラフト指名を前に、日本中のみなさんに、なにか名言みたいな言葉をお願いします」

「ん〜。名言ですか……」

この言葉は明日の新聞に使われるなと直感で感じ、頭の中をグルグルさせていると、司会者席から最上の声が響いた。

「みなさん、インタビュー中に失礼します。たった今、広島カープが六位指名までを終え、今年度の指名を終えたようです。残すは今年からスタートします『21世紀枠指名』のみとなりますので、是非、モニターにご注目下さい」

オレは浮かばなかった言葉を、まだ探しながらも、東京の中継映像に目をやった。ファンに囲まれ熱気溢れる会場。それぞれのテーブルでは談笑する各チームの監督や球団関係者が映し出された。

予定通りの指名が出来たチーム、抽選で意中の選手を他球団に奪われたチーム。それでも、自らの球団にやって来る新戦力への期待からか、どのテーブルも穏やかな表情に包まれて明るいムードに見えた。場内がゆっくりと暗くなり、馴染みのある低い声が聞こえた。

『それでは、今年度から始まった「21世紀枠」の選手を発表いたします』

お祭りムードだった会場は、一気に開票を待つ選挙事務所のように静まり返った。オレは気が付くと、指先が震え、飲み込む唾もないほど息苦しくなっていた。いよいよだ。

『では、指名は今シーズンの成績上位チームからとさせて頂きます。「21世紀枠ドラフト」セ・リーグ。今シーズン優勝チーム読売巨人軍――』

司会者席の男性が、固く閉ざされた封筒に鋏(はさみ)を入れた。中から厚紙を取り出すと、その紙を凝視した。息を呑む。会見場の記者たちはモニターを凝視した。

『読売巨人軍。21世紀枠、選択選手。亀田和樹(かめだかずき)二十九歳。職業タレント』

「うぉぉぉぉぉぉぉ」と東京と広島の会場から地鳴りのようなうめき声が響いた。

モニターからは甲高い声でテレビ中継の司会者が興奮気味に解説を始めた。

『なんと巨人軍は噂(うわさ)通り、下馬評でも評判の高かったタレントの亀田和樹さんを指名しました！　亀田さんはテレビのスポーツ番組などでプロ野球へのチャレンジ企画を長年にわたって行っていましたが、ついに念願かなって21世紀枠、第一号のプロ野球選手となりました！』

映像はすぐさまタレント事務所で発表を待っていた亀田の表情を捉えた。亀田は嬉しさのあまり涙を見せると、指名した球団とファンへの感謝の言葉を口にした。

その様子を見つめていたオレは、今更ながら身体全体がまるで心臓になったかのような感覚に陥った。今、確実に誰かの人生が大きく動いているのだ。

『21世紀枠、阪神タイガース。選択選手、石橋信之二十四歳。職業、会社員』

再び、歓喜とも悲鳴ともつかない歓声が沸き起こった。

『えーっ！　石橋！　石橋です。驚きました。阪神は野球未経験者の日本陸上界の第一人者石橋を指名しました。石橋選手は現役時代、百メートルを9秒98。当時の日本記録を塗り替えたアスリート。阪神は足のスペシャリストを新入団選手として迎え入れました』

会場のボルテージはまるでロック歌手のコンサートのように盛り上がって行った。オレは、きっと日本中が熱い視線を送っているであろう、この世紀のイベントの渦中にあって、ひとり子どもの頃のことを思い出していた。

――ゆうちゃん。将来の夢はなんなん？

――僕はプロ野球選手かなぁ。

――へぇ。格好良いね。じゃあ、将来はカープの選手かぁ。僕はパイロットになろうかな。

――凄いな。パイロットかぁ。でも、パイロットは勉強が大変じゃないん？　英語も喋らないかんし。

――うん。でも、プロ野球選手も練習が大変じゃろ？　ウチのお父さんが言いよったけど、プロ野球選手は一生続けられんけど、パイロットなら歳を取っても出来るって。僕、だから野球選手を諦めて、パイロットになろうって思ったんよ。

――ふーん。でも、たぶん、野球選手も練習をちゃんとやったらお爺ちゃんになるまで出来ると思うよ。

――出来んよ。お父さんが巨人の長嶋だって四十歳まで出来んかったって言いよったもん。じゃけぇ山本浩二とか衣笠も、すぐに引退するよね。

――せんよ。二人とも一生野球選手を続けるよね。

小学生の頃、太陽が燦々と照り付ける住宅街の空き地で、仲間と野球ばっかりやっていた。晴れた日はミニゲーム。雨の降る日は隣の家のブロック塀にボール投げ。来る日も来る日も白球と戯れ、気が付けば将来の夢はプロ野球選手になっていた。

小学生で広島市の大会で優勝。中学時代も県大会で準優勝を飾った。高校生になったら甲子園に行って注目される。そして、絶対にプロになってやる。そんな意気込みで入った瀬戸内栄進高校。

でも、いざ甲子園を目指すとなると並大抵の努力では無理だ。そして、これまで経験したことのなかった上下関係の厳しさに嫌気が差した。それでも、なんとか気持ちを奮い立たせ、泥だらけでグラウンドを走り回った。

ブルペンで肩が壊れそうになるまで投げ込んだ。気が付けば、野球を好きなのか嫌いなのかさえ分からなくなっていた。そして、高校最後の夏の大会。最後の一球。そんなオレが五十歳を過ぎた今になって野球の楽しさを再び取り戻した。

チームって素晴らしい。野球って面白い。今度こそ、信頼される選手になりたい。「プロになりたい」その気持ちが溢れ、零れ、弾け、行動に出た。今、人生の中で一番、願いを叶えたい。

「プロになりたい！　プロになりたい！　プロのマウンドに立ちたい！」

知らず知らずに涙が溢れた。

「太田さん！　太田さん！」

最上の声でハッとなった。最上はオレを見つめると「最後に」と声を掛けた。

「さぁ、いよいよ次は広島カープの指名ですが、太田さん、今の気持ちをお願いします」

オレはマイクを握ると大きな声で叫んだ。

「プロ野球選手になりたいです！」

たったそれだけを言うと、会場の全員がモニターを見つめた。

さあ、いよいよだ。オレの人生が、いや、誰かの人生がこれで大きく変わる。頼む！

頼む！　オレの名前を呼んでくれ。

『それではセ・リーグのラストになります。広島東洋カープ「21世紀枠」を発表します』

オレはモニターを食い入るように見つめた。会場を埋め尽くした全員の息が止まった。会見カメラのフラッシュが盛んに焚かれた。会見場に静寂が訪れた。

『広島東洋カープ「21世紀枠」選択選手――』

祈るような気持ちでオレは両手を合わせ、目を瞑(つぶ)った。頼む！　頼む！　オレは息を呑んだ。

『太田裕二。五十三歳。職業、瀬戸内中央放送アナウンサー』

身体中に物凄い鳥肌が立った。オレは、目を見開き、モニターの画面を確認した。一瞬、会場内がシーンとなった。そして、なにかが爆発したかのような空気の揺れを感じた。

「うぉぉぉぉぉぉぉぉぉ」

一斉にどよめきが歓声に変わった。昼なのか夜なのか区別がつかないほど、フラッシュの明かりがオレを照らした。

「よ～しっ‼」

オレは感情のまま立ち上がり両腕を突き上げると拳を強く握り締めた。

モニターから『やっぱり、この男が選ばれたか！　21世紀枠の申し子！　いや、火付け役、太田裕二、退路を断った五十三歳。地方局アナウンサーの星が日本の星になった！まさにジャパニーズドリーム！』と雄叫(おたけ)びが聞こえた。

その瞬間、なぜか会場の司会者席から走り込んで来た最上が泣きながらオレに抱き着いた。

「太田さん、やった。太田さん、おめでとう。凄い！　太田さん」

まるで夫婦や親子の感動のシーンのようにフラッシュが一斉に焚かれた。オレは「最上、今は違う。最上、あっち行け！」と言いながら光に包まれていた。

それでも、記者団からの「おめでとうございます」の声と拍手は鳴り止まなかった。

「ありがとうございます！　ありがとうございます！　ありがとうございます！」

オレは最上を抱いたまま、何度も、何度も大きく頭を下げた。そのたびに最上はブリッジするようなエビぞりの体勢になった。

それからのことは、興奮と戸惑いでほとんど覚えていない。夢の中にいるようだった。ずっとフワフワしていた。これほど現実味のない現実を味わったことはなかった。

結局、その日は深夜まで各スポーツ番組の生出演が続き、全てを終えて家に帰り着いたのは午前三時過ぎだった。テーブルには妻と綾子の手書きのメッセージとクリスマス用の帽子が置かれていた。

〈太田選手の活躍に胸躍らせベッドに入ります。夢って眠らなくても見られるんだね。パパおめでとう〉

翌朝の新聞は21世紀枠ドラフトの盛り上がり一色だった。地元の広島日日新聞の一面にも天高くガッツポーズをするオレの写真が掲載されていた。

妻は朝の散歩がてらコンビニでスポーツ新聞を全て買い、テーブルに並べてくれていた。寝惚け眼のオレを見つけると「パパおめでとう。疲れてるでしょ。朝食の準備するね」と声を掛け台所に立った。

「なんか、凄い一日だったね。テレビを観ながら綾ちゃんと二人で、あんなにドキドキしたことなかったなぁ」

「オレなんか、まだ足が震えてる感じがするよ」

「頑張って来た甲斐があったね」

「うん。でも、今からがスタートだからね」

「そうだね。何年出来るのか分からないけど、これからは一日一日を大切にして、これまでお世話になった人たちに恩返しをして行かないとね。あっ、そうだ。『金曜フライデー』の最後も、なんか泣けちゃった。パパの最後の言葉も良かったし、最上さん、素敵なアナウンサーになったね。ドラフトの会見のときは笑っちゃったけど」

オレは新聞を広げながら、『満たされた気持ち』と『夢を叶えた虚無感』が混在する不思議な感覚に戸惑っていた。

「番組の最終回って、昨日だったんだよね。なんだか、もうずっと前の出来事に感じるや」

妻は食卓にサラダやスープ、トーストを並べると「さぁ、食べましょうか」とオレを誘った。そして、コーヒーカップを手にすると「おめでとう！　乾杯！」とカップを合わせた。

それからすぐあと、携帯電話が鳴った。見慣れぬ番号だが『082』から始まるその数字がカープ球団のものであることは容易に想像が出来た。

丁寧に電話を取ると、電話の主は「おめでとうございます」と言うや否や「今、メモを取れますか」と矢継ぎ早に用件を捲し立てた。

今日の夕方までに笹野監督が横川学院の安住君に会った後、指名の挨拶に訪れたいこと。その際、取材陣が大挙押し掛ける可能性があること。仮契約はクライマックスシリーズや日本シリーズの全日程が終了する十一月上旬に行うこと。十一月下旬には歯科検診や体力測定などのメディカルチェックを行うこと。新入団選手は寮に入ることが義務付けられているが、五十三歳で妻帯者のオレに関しては特例を検討していることなどが告げられた。

「今日の夕方、笹野監督がウチに来るんだって」

妻にそう報告すると妻は慌てて「私、ちょっと美容院に行ってくる」と、そそくさと家を出て行った。

午後六時。家のチャイムが鳴った。玄関の扉を開けるとフラッシュの光に包まれた笹野監督と球団のスカウト担当が頭を下げ入って来た。

「この度は……」とまるで葬儀の列席者のような挨拶をし、リビングに案内すると笹野監督はいきなり意外な言葉を発した。

「実は僕『金曜フライデー』のリスナーだったんですよ。試合前であんまり聞けないときもあったんですが、ホームゲームのときは車の中で太田さんのバカ話やカープの悪口を聞いて球場に向かってたんで、なんか太田さんに会えるって思ったら、今日はちょっと嬉しかったです」

オレは恐縮しながらも、まさかの展開に口ごもった。

「ホントですか？　ありがとうございます。その言葉、最上やウチのスタッフに聞かせてやったら、凄く喜ぶと思います。ってことは、オレ『金曜フライデー』を辞めない方が良かったですかね？」

笹野監督は上品にほほ笑むと、少しだけ厳しい表情で言った。

「いや。今、ウチのチームに必要なものは間違いなく外部からの刺激です。太田さんのエントリー用の動画を見せて頂きましたが、最後に投げた一球は素晴らしかったです。そして、それよりも感動したのは、その一球を投じる前の仲間との胸ぐらを掴み合うほどのやり取り、それから投げ終わった後の生徒さんたちからの胴上げ。もう、一本の映画でも観たかのような衝撃でした。野球の苦しさや楽しさ、醍醐味（だいごみ）が短い時間に詰まっていて、今のカープに必要なものは、こういった感情や感動なんじゃないかと」

そう言うと、監督はふと思い出したかのように質問をした。

「ところで、あの動画はどなたが作られたんですか？　ＨＣＨの方ですか？」

オレは首を左右に振ると、誇らしげに言った。

「いいえ。娘です」

監督は背もたれに身体を預け大きく仰け反ると、目を丸くして驚いた。

「そうですか。今、鳥肌が立ちました。いい話ですね。太田さん、プレーはもちろんですが、選手たちに『生き様』を見せてやって下さい。這いつくばってがむしゃらに頑張る姿を見せてやって下さい。野球の世界しか知らず、挫折の経験もさしてない彼らに太田さんの後ろ姿を見せてやって下さい。それが出来たら、今年の真のドラフト一位はきっと太田さんです。ひょっとすると、将来、強いカープが出来るかどうかは専門外からやって来た太田さんに懸かっているのかも知れません」

監督との時間は終始、和やかだった。わざわざ美容院でブローをして来た妻も、髪をかき上げながら嬉しそうにほほ笑んでいた。

帰り際、玄関先で笹野監督は「あっ、そうそう」と振り返り大きな両手を差し出すと、

「背番号は21世紀枠の21で行こうと思ったんですが、生憎、他の選手の背番号で空いていないので、78で行こうと思います。コーチの番号みたいですが、七転び八起きの78です。

あと、私、太田さんよりひとつ年下なんですが球場では呼び捨てにさせて頂きます」

と笑った。

オレは「もちろんです」と笑い返すと、その手を力いっぱい握り返した。

ようやく、昨夜から続いていた足のフワフワ感が収まった。胸を張ってプロ野球選手と名乗っていいんだと背中を押された気がした。これから、どんな世界が待っているのか、なんの想像も出来ないけれど、オレには未来はきっと面白いと思えた。

# 第五章　地べたで溺れるように

玄関中を埋め尽くしていた胡蝶蘭の花びらが一枚二枚と落ち始めた。季節は本格的な秋を迎えた。

カープに入団が決まってからの我が家は、外での喧騒とは裏腹に穏やかだった。一歩外へ出るとご近所さんに始まって地域の人から必ず声を掛けられる。近くの商店街に至っては通るだけで「あれを持って行け、これを食べてくれ」とたくさんの紙袋を渡されて、まるでパチンコで勝った休日のサラリーマンのようになる。

どれだけカープや選手たちが街の人たちから愛されているかを身を以て実感する。「普通にしてたら不愛想。二倍笑って普通の人。四倍笑えばいい役者」これは以前、番組にゲストで迎えた俳優さんが語っていた言葉だ。

「俳優って職業は撮影で地域の方々にお世話になる。本当の芝居はカメラの前で見せますが、街の皆さんの前では四倍を見せるんです。芝居ではなかなか褒めて貰えませんが、四倍の方は効果てきめんですね」

アナウンサー時代も綾子の学芸会や運動会、地域の行事のときには愛想良くしておくことを心掛けてはいたが、今回はその比ではない。もう注目のされ方が尋常ではないのだ。おかげで、これまで河川敷や公園で行っていた自主トレもやり辛くなり、妻の勧めもあって生まれて初めてスポーツジムに入会をした。来年二月のキャンプインまでには、しっかりと恥ずかしくない身体を作っておきたいと思ったのだ。

「高校野球に携わる仕事をしたい」と言っていた綾子は、オレのプロ入りが決まってからは、将来について頻繁に話すようになり就職活動前の明朗さを取り戻していた。

「パパ。田島さんって人、どのくらい仲が良かった？」

突然、綾子から会社の後輩の名前を言われ、オレは正直、イヤな予感がした。

「ん？　仲が良かったって言えば良かったけど、仕事ってことで言えば、奴はスポーツ部だったから、そんなに縁はなかったよ。で、田島がどうかしたの？」

綾子は、珍しく歯切れの悪い口調で、遠慮気味に答えた。

「実は、就活でインターネットのスポーツ番組を作る会社を受けたんだけど、そこの面接官の中に田島さんがいて」

「へぇ。そうなんだ」

「で、面接が終わったあとに、まだ実績のない会社だけど、太田さんの娘なら、是非来て欲しいって言われて」

「言われて？」

「今の私の考えなんかもちゃんと話したんだけど、ひょっとして、ここなら自分のやりたいことが出来るんじゃないかって思って」

オレは、敢えて悪い言い方をした。

「それは、綾子がずっと嫌がってた、パパのコネみたいな感じ？」

綾子は口を尖らせると、手に持っていた資料をテーブルに置いた。

「ん～。ひょっとしたら、そうかも知れない。でも、一次面接のときも、二次面接のときも、そんな話は一切なくって、最終面接のときに、初めてそう言われたの。だから、パパの影響力がなかったって訳じゃないとは思うけど、私の中では自力で手応えのある会社だった」

オレは会社案内の資料を手にすると、その立派過ぎる冊子を眺め、綾子に言った。

「パパは、前から言ってるけど、綾子さえ良ければコネでも何でも使えばいいと思ってる。会社なんて、入り方はどうでもいいんだよ。入ってからが勝負。コネであろうがなかろうが、その会社の戦力になれるか、そして、自分自身にやりがいがあるかだけだよ」

綾子は不安そうな表情を緩めた。

「えっ？　てことは？」

「パパや田島のことなんか気にしなくていいよ。綾子が行きたいって思った会社が行くべき会社だよ。まぁ、向こうが入れてくれるって言わなきゃ、入れないけど……」

「そうか。そうだよね。この会社ね、まずはプロ野球や大リーグをネット配信することから始めて、それから高校野球の中継、そして各地で行われる他のプロスポーツもやるみたいなの。で、嬉しいのはスポーツドキュメンタリーも作っていく計画らしいんだよね。私さ、アナウンサー試験も受けてたけど、今、ホントにやりたいのは頑張ってる人たちを、私の目を通して紹介したいんだ。パパがカープに努力して入ったように、スポットライトを浴びる人たちの苦しみとか、光が届かなかった選手たちの頑張りとかを見せたいんだ。それが出来るのは、この会社かなと思って」

オレは安堵の気持ちを込めて言った。

「じゃあ、この会社と綾子は相思相愛なんでしょ。だったら、つべこべ言わずに、ここの会社にお世話になればいいんじゃない？」

お風呂から上がった妻が、バスタオルを頭に巻いたままリビングにやって来て、オレたちの様子を見ながらソファーに腰かけた。

「なんか、最近、パパも綾ちゃんも仲良し親子って感じで、ちょっと妬けるわね。二人でコソコソ何話してたのよ？」

オレは、にっこりほほ笑むと妻に言った。

「ママ。なんだか、オレに続いて、もう一人、就職先が決まったみたいだよ」

妻はバスタオルを頭からはぎ取った。

「えっ？　どういうこと？　えっ？　ひょっとして綾ちゃんの就職が決まったってこと？」

オレと娘は同時に頷いた。妻は、顔をクシャクシャにすると綾子に抱きついた。

「良かったぁ。ママ、嬉しい。良かった！　ホントに良かった。やったね。綾ちゃん！　おめでとう！」

照れくさそうな娘は、妻を抱き締め返すと「ママありがとう。これまで心配と迷惑を掛けてごめんね。あとはママだけだよ」と語り掛けた。

妻はしばらくの間、ソファーに座ったまま、バスタオルで顔を覆うと声を漏らさないように泣いていた。ずっと泣いていた。

何度も壊れかけた家族というカタチが、また輪郭を見せ始めた。あとは、それぞれがその輪の中身をどんな物語で埋めて行くのかだけだ。その日から綾子はことあるごとにオレの動画を携帯のカメラで撮影するようになった。

「こんなにいい被写体が目の前にいるんだから、利用しない手はないよね」

そう言いながらジムでのトレーニングや夜のシャドーピッチングの模様を収めて行く。時たま、リビングでの会話もインタビュー形式で行われた。

「パパは、プロ野球選手としてどのくらいまでプレーする気でいるの？」

経験を積んだ喋り手だったら、逆に遠慮して聞けない話題を率直にストレートに聞いて来る。

「そうだなぁ。とりあえず、歳も歳だから、一年ごとに考えて行くんだろうけど、二年在籍出来たら御の字だろうね」

「ってことは、五十五歳までってなるけど、そのあとのビジョンとかってあるの？」

「今はないよ。とにかく入れて貰えるんだから、一度でも二度でもマウンドに立って、ひとつのアウトを命がけで取る。そんなプレーが出来たら、球団に恩返しが出来るんだろうね」

　綾子は携帯のカメラを回しながらインタビューを続ける。

「今のパパの実力で、ホントにマウンドに立てると思ってる？」

　興味本位の綾子に対して、オレは真剣に答えた。

「冷静に考えたら、相当しんどいだろうね。でも、立つよ。絶対に立つ。じゃないとプロに入った意味がない。ただの話題作りの冷やかし選手じゃなかったって証明するためにも、パパは絶対に一軍のマウンドに立つよ」

　その言葉は、そのまま十二月に広島市内のホテルで行われた入団発表でも口をついて出た。話題作りや意外性重視の入団なのは重々承知している。それでも、自分の内に秘めた思いだけは分かって欲しかった。伝えておきたかった。憧れで終わるはずだったカープのユニフォームに真っ赤な帽子を被り、若い選手とともに金屛風の前に鎮座するオレは、まるで新入団選手の保護者のようだった。

それでも、記者団の質問はほぼオレとドラフト一位の安住君に集中し、会見は大いに盛り上がった。

「太田さん、年俸が推定ではありますが二軍選手の最低額四百四十万円と伺っています。プロ野球選手として貰う給料はいかがですか？」

「はい。野球協約第九十二条には一億円以下の選手の年俸ダウンは二十五パーセントまでと書かれていますが、サラリーマン時代からすると、いきなり五十パーセントダウンでのサインとなりました。生活はちょっとしんどくなりますが、それでも、心の充実度は何百パーセントもアップした気分です。好きなことをして給料が貰える。それだけで、もう充分です」

喋るたびにカメラのフラッシュが焚かれ、記者がパソコンのキーボードを叩く音が会場中に響く。

「安住さん、年齢がほぼ三倍近い太田さんと同期入団になりますが、今の気持ちを教えて下さい」

「はい。年齢では負けているので球速では負けないように一生懸命にプレーをしたいと思います。そして、太田さんの年齢までカープの選手としてユニフォームを着ていられるよう二月のキャンプから全力で力を発揮したいです」

「太田さん、プロでの目標を聞かせて下さい」

「はい。同期入団の誰よりも長くプロ野球選手でいたいと思います」

会場に笑い声が反響した。その声を合いの手にしてオレは続けた。

「そして、プロの投手なら、きっと全員が目指す『沢村賞』を目指したい！ とも思いますが、やはり私をこの世界に導いて下さった笹野監督を胴上げしたい。その輪の中に胸を張っていられる選手になりたいと心から思います」

新しい戦力の加入。そして、未来のスターたちの門出。会見は終始、弾むような清々しさが漂っていた。その様子を見つめる球団社長や笹野監督の眼差しも、温かいものだった。

華やかな会見は、笹野監督を中心に若鯉全員がガッツポーズをした写真撮影で幕を下ろした。終了後、これからチームメイトとなる全員がオレの元に集まって来た。

「太田さん、さすが元アナウンサーですね。次から次に良くあれだけポンポン答えられますね」

「そうだねぇ。でも、安住君の受け答えも素晴らしいって思ったよ。さすがドラフト一位の選手だなって。オレの場合は、ほらっ。つい最近まで喋りで給料を貰ってた訳だから」

「今日の太田さん見てたら、僕、勝手に太田さんのヒーローインタビューが見たいなぁって思いました」

オレは安住に肘打ちをかました。

「お前、それ本心じゃないだろ」

安住は困惑した表情を見せると「そんなことないですよ」と懸命に取り繕った。

「ヒーローインタビューかぁ。そんなことが起こればいいな!」

そして、オレは老婆心ながらと前置きをした上で言った。

「今回、オレ、契約書にサインして初めて思ったんだよね。プロ野球選手ってチームで動いてはいるけど、実は個人事業主の集まりなんだって。だから、自分をどう世間に売り込んで行くのかっていうセルフプロデュースも大事だと思うんだよ。その一番、大事なツールがテレビのインタビューだと思うから、これからお互いにプロとしての言葉も学んだ方がいいよね」

まだ、あどけなさの残る十八歳の安住は高揚したままの顔で嘆願した。

「太田さん、なんかあったら、そういうの教えて下さい。僕、プレー以外のところでもプロとして頑張って行きたいから」

オレは安住の肩を叩いてからかった。

「お前、可愛いこと言うねぇ。安住ってさ、契約金八千万貰ったんだろ。オレの契約金は百五十万。しかも『支度金』って言われて貰ったんだから、喋りのコーチ代、お前からだけはボルからな」

ドラフト二位の矢沢や三位の岡村がニヤニヤしながら安住のユニフォームを引っ張った。

「お前、急に金持ちになったんだから太田先輩にちゃんとカネ払えよ」

「ウチの先輩の機嫌を損ねたら、お前、この世界でやって行けねぇぞ」

その様子を見ながら、ドラフト四位の犬飼も加わった。

「すみません。この子、まだ世間知らずなもので。もう、その辺で勘弁してやって下さい」

オレたちはゲラゲラと笑い合うと、それぞれが握手を交わし、これからの健闘を誓い合った。

「みんな、一軍のグラウンドでプレーしような」

オレは、この体育会系独特のノリを懐かしく感じながらも、俄然、やる気を起こした。

「オレは、これから職業として野球をやって行くんだ！」

オレたちは「じゃあ、一月の自主トレで会おう！」と声を掛け合った。

広島東洋カープ背番号78。太田裕二。契約金百五十万円。年俸四百四十万円。一般社団法人日本野球機構の統一契約書にサインをし、今日、晴れて正式にプロ野球選手となった。

夢が叶ったわけではない。ようやく五十三歳にして、夢の入り口に……スタートラインに立ったのだ。

プロ野球選手としての初めての仕事は意外なものだった。

十二月上旬、今年の新語・流行語大賞が発表になる。その年間大賞になんと『21世紀枠』が選出されるというのだ。

東京で行われる授賞式に登壇者として参加出来ないかとの打診が来た。球団に相談すると、カープは二〇一六年に当時の緒方孝市監督が『神ってる』で出席した前例もあるので「なんの問題もない」とのこと。

十一月にノミネート三十語に入り「大賞は間違いなし」と言われていただけに期待はしていたが、まさか受賞者としての依頼があるなんて思ってもいなかった。

オレは電話で出演受諾の連絡を事務局に入れると、意気揚々と新幹線に飛び乗った。

久しぶりの県外、しかも東京。オレはアナウンサー時代、誰からも自分の存在を気付かれずに動ける、県外に行くのが好きだった。

ローカルアナウンサーの特権は、地元以外では普通の人でいられることだった。ただ、今回、いつもと少しだけ違うのは、スーツケースの中にプロ野球選手としてユニフォームを、言わば勝負服を入れて向かっていることだった。

会場となった帝国ホテルは厳かな佇(たたず)まい。気後れしないようにと思いながらも、足元が覚束(おぼつか)ない。エレベーターに乗り会場入りすると、担当者が「おめでとうございます」と胸に『受賞者』と書かれた大きなリボンを付けてくれた。

控室に向かうと、すぐさま流れの説明を受け、あっという間に式典はスタートした。

テレビで見ていると華やかで優雅な会に見えるが、裏側は「その年の顔」を一堂に集めるだけに、時間に追われ、半端ないバタバタ感が漂っている。急かされる思いでまだ着慣れないカープのユニフォームに袖を通すと、オレはなぜだか心が落ち着いた気がした。

「ここは選手として、しっかり自分をＰＲしなければ！」

そう思っていると、お尻のポケットに入れていた携帯が一瞬バイブした。「誰からのラインだろう」と液晶を覗き込むと『最上』と表示されていた。

【太田さん。流行語大賞おめでとうございます。カープ選手としての売り込みも大事でしょうが『21世紀枠』は、金曜フライデー時代のものですからね。私たちのことも授賞式では喋ってくれるんでしょうね。うっしっし】

オレは【当たり前だろ】と返事をしたが、この言葉はアナウンサーとして発したものだったよなぁと改めて気付かされた。オレはステージに立ち、スポットライトの真ん中から、こう発信した。

「21世紀枠は自分を変える魔法のような言葉です。そして、それを体現したのが、今、カープのユニフォームを着ている私自身なのかも知れません。この一年、私の周りで起こった全ての出来事は、まさに夢のようなものでした。でも、全てが現実です。自分を信じる。自分を好きになる。そして、今よりもちょっとだけ格好いい自分を想像する。それだけで、未来の自分にときめきます。力が湧きます。それを気付かせ、教えてくれたのが広島ＨＣ

Hラジオの仲間でした。過去の自分が今の自分を作り、今の自分が未来の自分を作ります。未来を変えることが出来るのは今の自分だけです。そして、その背中を押してくれたのが21世紀枠という夢への切符でした。私もこれから頑張ります。皆さんが、もし私の今日の言葉に励まされ『よし！　オレもやるぞ！』と思って頂けたら、こんなに嬉しいことはありません」

会場内の円卓に腰かけている他の受賞者たちは、晴れ晴れとした表情でオレのスピーチに耳を傾けてくれていた。オレは、この「いい言葉」のままスピーチを終えては、オレらしくないなと思い、最後に一言付け加えた。

「あの～。この席では非常に言いにくいことですが、流行語大賞を貰うと『次の年には消える』ってジンクスがありますが、きっと会場のみなさんが優しい表情で私を見ているのは、どうせ来年には居なくなってるんでしょの思いからではないかと推測しています。私は消えません。息の長い野球選手として愛され続けたいと思います。この度は、大変、名誉な賞をありがとうございました」

大きな笑い声と、万雷の拍手を一身に受け、オレの怒濤の一年間は幕を下ろした。なんと凄まじくダイナミックな一年だったんだろう。

大晦日、家族三人で年越しそばを啜りながら、除夜の鐘を聞いた。凍てつく、澄んだ空気に鳴り響くその音色は、よく耳を澄まさないと、その音の消え入る瞬間が分からないほど繊細なものだった。

だが、オレには何故か、陸上のスタートラインで鳴らされる号砲のようにも聞こえた。年を越すと、戦いが始まる。これまで経験したことのないようなリアルな生存競争に身を置く。正直、怖かった。オレの未来はどうなるんだと武者震いがした。


新年を迎えた。「こんなに知り合いが多かったっけ？」と言うほど年賀状が届いた。

返事を書かなければとは思うが、そんな悠長な気持ちが一切芽生えない。何かをしなければならないんじゃないかと常に強迫観念に襲われる。何もしていない時間が落ち着かない。トッププレーヤーたちは、たった今、この時間に何をして過ごしているんだろう。自分を落ち着かせるためトレーニングウエアに着替え、外に出た。

自分の吐く白い息に前方の視界を遮られたが、逆にひんやりとした室内との気温差が気持ちを引き締めてくれるようで心地よかった。

軽くウォーミングアップをすると太田川沿いの堤防に出た。オレは伸びをし、大きく深呼吸をすると「よし！」と自らに声を掛け、全力で走り出した。

白い息を吐きながら、ただひたすら走った。息が荒れるまで、息が切れるまで全力で走り続けた。いつもの景色が流れて行く。でも、いつもの景色でもない。燃えるような熱い思いは冬枯れの街に色どりを与えるようだった。現実がやって来る。現実が近付いて来る。

現実は目の前だ。

「やるぞ！　やるしかない！」

一月八日。新人選手全員が大野練習場に集結した。いよいよ合同自主トレが始まるのだ。

大野練習場は日本三景のひとつ宮島の対岸に位置する広島カープの屋内練習場で、通称・大野寮と言われる若手選手の合宿所も兼ねている。

広島市内からは穏やかな瀬戸内海を眺めながら宮島街道を車でおよそ三十分。この大野寮の104号室は出世部屋と呼ばれ、これまでに大リーガーとなった前田健太投手や新人王を獲った野村祐輔投手、それに大瀬良大地投手も入寮し、カープの中心選手に成長して行った。

練習場前の駐車スペースにはたくさんのマスコミとファンが押し寄せ、そのあまりの数の多さにオレたちは面食らった。

「安住選手！　出世部屋の104号室に決まりましたが、今の気持ちはいかがですか？」

「太田選手！　プロとしての初日、奥さんや子どもさんはなんと仰っていましたか？」

「矢沢選手！　寮に入るにあたり、どんなものを持ってこられましたか？」

「岡村選手！　このボードに目標を書き入れて頂けますか？」

「犬飼選手！　お正月はどのように過ごされましたか？」

スーツに身を包んだオレたちルーキーは、慣れないマスコミ対応やファンの熱気に浮足立った。オレは、唯一、合宿生活を免除され、自宅からの参加が許された。初日から遅れてはマズいと早めに家を出たのが裏目に出て、いきなりファンにもみくちゃにされるという洗礼も受けた。

「先輩！　こっち！」

あたふたするオレに、そう声を掛けて来たのは田島だった。

「おう！　ありがとう！」

田島は慣れたムードで、オレを寮の入り口に誘うと「しばらくは、ここに隠れていてください」と大野寮の玄関に案内した。

中にはオーナーの写真やチャンピオンフラッグ、そして、選手三十人ほどの部屋割りが表示された名札があった。ちょっと小綺麗（こぎれい）な民宿という感じだ。

「いよいよですね」

田島はほほ笑みながら、握手を求めた。オレは「おう！」とその手を摑（つか）むと、ふっと我に返った。

「あっ！　そう言えば、娘がお世話になることになったみたいで、なんかすまん」

田島は表情を緩めると、声のトーンをひとつ上げた。

「すまんなんて、とんでもないですよ。こちらがありがとうございますって言わないといけない話です。娘さん、もう、逸材中の逸材でした。そもそも、一次面接のときから『いい子がいる』って噂になってて、それで最終面接で、名前見たら『あれっ！ 太田さんとこの娘じゃない？』って。本人がなんにも言わないもんだから、気付いたの俺だけだったんですよ」

オレは、田島の耳元で声を潜めて聞いた。

「じゃあ、コネって訳じゃないんだ」

田島は、オレのお尻を目一杯の力で叩くと、笑いながら声を張った。

「全然です！ もう、正真正銘のドラフト一位です。21世紀枠っていう、良く分からない制度で入団した先輩とは雲泥の差ですね」

オレはホッとしながらも田島を戒めた。

「お前さ。なんなんだよ、その言い方は。いっつも一言多いんだよ。なんで、最後に先輩とは違うとか言うの？ いい？ オレが機嫌を損ねて、お前んとこの取材を拒否でもしたら、どうするつもりなの？」

「先輩。あのね。俺も馬鹿じゃないんで、そこは、ちゃんと相手を見て言ってますよ。この人なら、ここまで言っても大丈夫だろうって。それより、先輩。飛ばし過ぎないで下さいよ」

「えっ？ なにが？」

田島は腕組みをすると、壁に掛けられた選手の名札を眺めながら言った。

「先輩！　あそこに名札がぶら下がってる奴らは、今でこそ、まだ無名の二軍選手ですが、みんなバケモンです。これからのプロ野球界を背負って立つ未来の星です。逸材です。いいですか先輩。一年間で東大に入る奴らは全国でおよそ三千人。で、今年、ドラフト会議でプロに入った選手は育成枠と21世紀枠を含めて、全部で百十九人。ってことは、コイツ等は東大に入るより何倍も凄い確率で選ばれたヤツ等なんです。エリート中のエリートなんです。そんな中にある日、アナウンサーをしてた五十三歳のおじさんが紛れ込んじゃうんですよ。自分のペースでやって行かないと、もう、訳が分かんなくなっちゃう筈ですから」

今度はオレが腕組みをした。

「うん。それは確かにな。でも、今更、そんなことを言われてもしょうがないだろ。もう、やるしかないんだから」

田島はオレの目を覗き込むように見つめると、声を潜めた。

「そうです。しょうがないんです。だから、周りを見ちゃうと、焦って潰れちゃうんで、もう競走馬の目隠しみたいなヤツ、あれ『ブリンカー』って言うんですけど、あれみたいに、決して周囲を見ないように、前だけを、自分だけを見て過ごして下さい。じゃないと、確実に先輩は潰れます！　１２０パーセント自滅！　自分で潰れます」

オレは田島から視線を逸らすと、呆れ気味に言った。

「だからさ。アドバイスはありがたいけど、お前は一言も二言も多いんだよ。今日からってヤツに確実に潰れるって、そこまで言う必要はないだろ」

だが、田島の助言は的確だった。いや、田島の言葉よりも数段、その違いを実感したのはオレ自身だった。

全員がジャージ姿に着替えたその瞬間から、もう明らかにこれまで出会った球児たちとは体つきが違うのだ。テレビで見るルーキーは、みな線が細く見える。「まだ、プロの身体じゃないな」と感じさせる。しかし、実際に間近で見ると、骨太で、それでいてしなやかで惚れ惚れする程の体形なのだ。

軽いストレッチを済ませると、声を揃えてのランニングがスタートした。自主トレとは言え、まさにプロとしての第一歩だ。彼らにとっては馴らし運転程度のスピードだが、オレにとっては付いて行くのがやっとのペース。身体が温まるどころか、もう息が続かない。三十分ほど走ると、休む間もなく、繰り返し続けられる二十メートルほどのダッシュ。身体は作って来たもののペースが摑めない。

自分自身に「焦るな！　焦るな！」と声を掛ける。キャッチボールが始まった。真新しいグラブに手を通し、箱に収められた白球を握った。

「太田さん、僕が相手でいいですか？」

安住が声を掛ける。

「おう！」

数メートル離れた場所から、ゆっくりと安住にボールを投げる。笑顔の安住は屋内練習場の壁際に陣取った取材陣に聞こえるような声で言った。

「いよいよですね。なんか、ワクワクしますね」

安住は均整の取れた身体から大きく足を上げると、ゆったりとしたフォームでオレの胸元に向かってボールを投げ込んだ。その瞬間、たくさんのフラッシュが焚かれ、テレビ用のカメラのレンズがオレたちを捉えた。

軽く投げたにも拘らず、安住の投じた球は、油断しているとグラブが弾かれそうになるほどのキレだった。球の回転がいいのか、キャッチする直前にボールが浮き上がって来る感覚がある。

「これがドラフト一位投手の投げる球か」と思った。

ほかの選手たちの球筋も、野手とは思えぬボールで、軽く放っているのにグラブの芯で受け取らなければ腕が痺れてしまう。まだプロの卵なのに、桁違いのレベルなのだ。正直、とんでもないところに紛れ込んでしまったと思った。

簡単に言えば、初日にして奈落に突き落とされた気分なのだ。物が違う。自主トレは四日間やって一日休むという日程が組まれている。自主トレとは名ばかりで、監督やコーチが指導してはいけないとのルールはあるものの、トレーニングコーチを交えたれっきとした正規の練習である。

新人選手には座学の時間も設けられていて、言葉遣いやファンへの対応、お金の使い方や税金の支払い方など「プロとしての心構え」をしっかりと植え付けられる。

球団によっては、投手陣、野手陣に分かれて、先輩選手から夜のお誘いもあり、二月のキャンプインまでに、身も心もプロとして恥ずかしくない準備をこの期間にしなければならないのだ。

そんな中、オレはトレーニングに慣れて行く身体と、戻ってこない体力の狭間で苦しんでいた。考えてみれば、椅子に座って喋ることを三十年以上続けていた人間が、ある日を境に強靭な肉体を手に入れることに終始するなんて、どだい無理な話なのだ。

「太田さん、相当しんどそうですけど、身体大丈夫ですか」

二十メートルダッシュの連続で地面に大の字になったオレに安住が声を掛けた。

「大丈夫じゃないけど……大丈夫」

「なんですか、それ」

「だって、まだ自主トレでしょ。これが二月のキャンプになったら、もうこんなもんじゃないだろうから、今のうちに覚悟しとかないとさ」

気の毒そうにオレを見つめる安住にオレは軽口を叩いた。

「お前さ。生まれたての小鹿を見る母のような目でオレを見るなよ」

身体が言うことを聞かなくなると、今度は心が蝕まれて行く。練習以外では饒舌だった自分が、どんどん無口になって行く。もう、あまりのレベルの違いに、共通の言語が浮かんで来ないのだ。

始めは「太田さん、付いてきて下さいよ！」などと声を掛けてくれていた同期入団の仲間も、次第に気持ちが離れて行くのが分かった。みんな、自分のことに精一杯。落ちこぼれる選手の面倒など見ている暇はないのだ。そう、ここはプロの世界であって、部活動ではないのだ。

合同自主トレも終盤を迎え、寒さが深みを増す一月下旬、笹野監督が練習の見学に現れた。中だるみしつつあったオレたちも、突然、引き締まった表情に切り替わった。監督は全員を集めると艶のある晴れ晴れとした面持ちで言葉を発した。

「日々、自主トレは順調だと報告が来ています。もうすぐ日南でのキャンプが始まりますが、プロの世界は結果が全てです。しかし、その結果を出すためにはたゆまぬ努力と精神力、そしてなにより、プロとして一年間を戦い抜く体力が必要です。その体力の限界を引き上げるのが二月からのキャンプです。プロの選手でシーズン中、体調が万全という選手はどこにもいません。みんな、どこかを痛めたまま試合と向き合っています。それでも出続ける。それでも結果を出し続ける選手を我々は必要としています。せっかくプロに入ったんです。強い身体を作って、息の長い選手になって下さい。活躍してスターになって下さい。日南で皆さんの溌溂としたプレーを見るのを楽しみにしています」

笹野監督は、そう言うと取材陣に囲まれたまま練習場を後にした。

なんだかホッとした。救われた気がした。みんな、苦しみもがきながら前を向いているのだ。自信たっぷりに見えるレギュラー選手も、二軍で伸び悩む若手選手も、みんな日々、自分自身と戦っているのだ。今のオレは「ついていけないのかも？」と心を痛めているが、ベテラン選手たちはプレーヤーとして資本の身体を痛めている。それでも、新しいシーズンを迎えるのだ。

「なにをビビり続けてるんだよ太田！　お前、初めっから、通用しないことを分かってて目指したんだろ！」

もう一人の自分が、声を掛けた。そうだ。そんなことは分かり切っていた。今、オレがやらなければならないことは、地べたで溺れるようにもがき続けることなのだ。スマートで格好いい選手になんか、もうなれない。プライドをかなぐり捨て、泥だらけになって一日一日の練習を乗り越えて行く。そんな、泥くさいやり方こそが、オレのプロとしての生命線なのだ。

キャンプ地入り前日、行きつけの鍼灸院に行き針を打った。夕方、家に帰ると玄関に夥しい数のスニーカーが脱ぎ捨てられている。「なんだろう？」とリビングの扉を開けると、一斉にクラッカーの音がした。あまりの音に身を屈めると、そこには中途半端に髪を伸ばした栄進の野球部員たちが待ち構えていた。

「鉄人、おめでとうございます！」

オレはあまりの出来事に、状況が良く摑めずにいた。

「えっ？　なにが？」

キャプテンの黒元がゲラゲラ笑いながら後ろを振り返ると、三年生たちを従えるかのように腕組みをした綾子が満面の笑みで仁王立ちしていた。

「パパ。五十四歳おめでとう！　自分の誕生日、忘れてたでしょ」

「えっ。今日、オレの誕生日だっけ？」

エースの加藤は必死に笑いを堪えながら、綾子に尋ねた。

「綾子さん、僕たち、呼び出されたのはいいんですけど、ホントに今日が鉄人の誕生日なんでしょうね！」

綾子は芝居じみた口調で「うん。私の記憶が確かなら、今日一月三十日は太田裕二さんの誕生日の筈なんだけど」ととぼけて見せた。

幸せなサプライズだった。オレに野球の楽しさを思い出させてくれた仲間たちとの再会。コイツ等と出会わなければ、今のオレはない。

「お前ら、受験は大丈夫なのか？」

そう言うオレに、生徒たちは「今日、来ているメンバーはみんな専願入試だったんで、普通の試験よりも合格が出るのが早かったんですよ。だから、あとはもう卒業式を迎えるだけです」と胸を張った。

「そうか。じゃあ、この春からお互いに新しい環境で勝負だな」

「はい。僕らも頑張るんで、鉄人も頑張って下さい。テレビで鉄人の投げる試合が見られるのを楽しみにしています」

生徒たちは妻と綾子の手料理をあっと言う間に平らげると、みんなでお金を出し合って買ったと言う馬鹿でかいケーキにローソクを挿し火を灯した。プレートには『目指せ！新人王！』と書かれていた。

「鉄人。俺たち、栄進野球部のOBとして恥ずかしくない大学生活を送るんで、鉄人もOBの先輩として、俺たちの憧れの存在でい続けて下さい」

オレは「うん」と頷くと、三年生全員と握手を交わした。

帰り際「これ！」と手渡された色紙には野球部員みんなからの寄せ書きがしたためられていた。綺麗な字、汚い字、丁寧な字、雑な字、黒いペンで書かれているメッセージ、蛍光ペンで書かれたメッセージ。みんないろいろだ。これが個性なんだ。そんなみんなが集まって一枚の色紙に収まる。チームになる。なんだか、鼻がツーンとなった。いよいよ明日から勝負だ。

一月三十一日。球団に支給されたスーツに身を包み、オレは宮崎ブーゲンビリア空港に降り立った。宮崎はカープの他にソフトバンク、巨人、オリックス、西武、ヤクルト、楽天と七球団が春季キャンプに訪れる。言わばキャンプ地のメッカである。

選手全員を乗せた飛行機が到着すると、すぐさま『広島東洋カープ日南協力会』が中心となってセレモニーが行われる。発着ロビー横のイベントスペースに整列したオレたちは、市民からの花束を受け取るなど熱烈な歓迎を受けた。

「太田さん、やっぱり、この中に入ると萎縮しちゃいますね」

所在なげなオレに声を掛けたのは安住だった。

「ホントだな。右を見ても左を見ても、テレビで見たことのあるスター選手ばっかりだ。どこにいればいいのか、立ち位置も分かんないや」

安住は屈託なく笑うと「有名ぶりでは太田さんも負けてないですよ。なんてったって流行語大賞獲ってますから」とからかった。

「オレはな、この状況で悪目立ちはしたくないの。こんなメンツの中で、オレに注目が集まったら、ベテラン選手に恐縮してキャンプどころじゃないよ」

そんなオレの不安をあざ笑うかのように、頻繁に「太田！」とか「21世紀枠！」などと声が掛かる。オレはそのたびに、身を小さくして隠れるようにバスに乗り込んだ。

広島東洋カープが宮崎県の日南市でキャンプを始めたのは一九六三年からだ。まだプロ野球のキャンプが球団の所在地で行われるのが当たり前だった時代、当時の白石勝巳監督の要請を受けた球団職員が探し当てたのが、九州の南に位置する日南市だった。決め手は前年に完成したばかりの天福球場の存在と、冬でも比較的暖かく雨が少ない気象条件だった。キャンプがスタートしたばかりの頃は、ほとんどの市民がプロ野球選手を見たことがなく、夜は花火が上がり、商店街や一般家庭でも鯉のぼりを飾って出迎えるなど、街は異常な盛り上がりを見せていたそうだ。

今でも、球場まで歩いて五分のJR油津駅は、カープのチームカラーである赤を基調にした駅舎が建てられ、駅から球場までの道には『カープ一本道』なる真っ赤な遊歩道が設えられている。嘘みたいな話だが、駅前の横断歩道は紅白の線で染め上げられている。

バスから眺める日向灘は雄大だった。道すがらに見た観光スポット青島や堀切峠、鬼の洗濯板にモアイ像が鎮座するサンメッセ日南など、今すぐにでも、妻や綾子を観光に連れて来てやりたいと思うほどの絶景だ。

妻は、家を出る前に、一言「悔いのないように！」とだけ告げて送り出してくれた。いよいよ意地とプライドをかけた未知の戦いが始まる。

キャンプ初日は南国の太陽が燦々と照り付ける青空の下で迎えた。広島と比べると随分と気温も高い。五十四歳のルーキーにとっては、この日差しはなによりありがたい。昨晩は、ホテル内で行われたミーティングでたくさん初対面の選手に挨拶をしたせいか興奮して眠れず、寝返りばかりを打って朝を迎えた。散歩と食事を済ませ、背番号78のユニフォームに袖を通す。

「さぁ、行くぞ」

ホテルを出ると、新聞やテレビ、雑誌の合わせて十数人の記者に周りを取り囲まれた。歩いて球場まで行くおよそ十五分、オレは記者の輪に包まれる形で移動することになった。その中にキャスターの山根の姿があった。心細い心境で見つけた元同僚に、正直ホッとした気持ちになった。

「おう！　山根！　良かったよ。知り合いがいて」

「太田さんのユニフォーム姿、初めて生で見ました。なんか新鮮ですね」

「うん。オレも、まだ微妙に恥ずかしい」

「今、どんな気持ちなんですか？」

「もう、どんなもこんなもないよ。どこを見てもテレビで見てたスター選手ばっかりで、ホテルが紅白歌合戦の楽屋みたいなんだから。全然、落ち着かないよ」

「でも、あれですね。異例というか、特例というか、いきなり一軍選手としてのキャンプインですけど、どうなんですか？」

広島カープの春季キャンプは一軍メンバーは天福球場、二軍の選手たちは街中から少し離れた東光寺球場で行われる。二軍スタートと思われていたオレは、その注目度から一軍の天福球場でのスタートとなったのだ。

きっと、笹野監督が指名挨拶のときに言った「外部からの刺激」の意味合いも大きいんだろう。その証拠に、取材陣を引き連れている数はオレが一番多そうだ。まぁ、21世紀枠という前代未聞の制度で入った五十四歳のルーキーの初日だ。当たり前と言えば当たり前なのかも知れない。

球場前には人気歌手のコンサートのようにファンが色紙を手に待ち構えていた。拍手と声援で迎えられたオレは山根や記者団と別れると一人、球場に入った。

心臓の鼓動が高鳴るのが分かる。薄暗いバックネット裏の通路。古びたコンクリートと埃や石灰の匂い。ゆっくりと明るくなり、視界に整備されたまっさらなグラウンドが青空と共に広がった。その瞬間、膝が笑い、武者震いがした。まるで、グラウンドがオレを飲み込むんではないかとさえ思えた。オレは大きく息を吸い込み呼吸を整えると、直立のまま帽子をとって一礼をした。するとベンチの隅から聞き覚えのある声が聞こえた。

「おっ！　来られましたね。オールドルーキー！」

声の主は一塁のベンチに座っていた。オレはハッとするとすかさず挨拶をした。

「あっ。菊田さん、おはようございます。21世紀枠の太田です。よろしくお願いします」

菊田は球界を代表する守備のスペシャリスト。日本代表でもセカンドを守るなど、ゴールデン・グラブ賞の常連だ。ちょうどグラブにワックスを掛け、タオルで拭き取っている最中だった。

「太田さん。自己紹介なんかしなくてもいいですよ。もう太田さんは球界きっての有名人なんですから。それより今日は『情熱大陸』とか追っかけて来てないんですか？」

オレは、あまりに突然の問いかけに「はい」としか答えられなかった。

菊田は、立ち上がって握手を求めると、灼けた肌に真っ白な歯を見せて笑った。

「お会い出来るのを楽しみにしていました。太田さんはピッチャーだから、投手陣として動くけど、なんか分かんないことや困ったことがあったら俺にも言って下さい。悪いようにはしませんから」

「ありがとうございます」

「多分、俺も入ったばっかりのときって『分からないことが何なのか分からない』って感じだったから、最初はみんなの後を付いて行くので大丈夫だとは思いますけど。あっ。今、時間ありますか、とりあえず、野手陣のみんなを紹介しときますよ。こういうの一遍に済ませといたほうが気が楽だと思うから」

オレは転校生が先生の後ろに付いて教室に入って行くように、ただ菊田選手に促されるまま球場中を挨拶して回った。

どの選手もスポーツマンらしく、爽やかにオレを迎えてくれた。正直「はじめの一歩」が大事だと思っていたので、この菊田選手の気遣いは渡りに船の思いだった。そして、いきなり雲の上の存在だった先輩選手たちとの距離がぐっと縮まった気がした。

「今シーズンからカープでお世話になることになりました。太田裕二です。監督より、ひとつ年上ですけどコーチではなく新人です。『太田』と呼び捨てで構いません」

練習開始前の円陣で、オレはこう自己紹介をした。

広島カープの春季キャンプは十二球団イチと言われる練習量だ。投手陣の練習は午前九時三十分からウォーミングアップ。そこから昼食まで十八人の投手を五グループに分けて、守備、牽制、連係プレー、バント練習、走塁、そしてもちろんブルペンでの投球練習と休む間もなく行われる。

ランチを挟んだ午後からは打者のフリーバッティングのバッティングピッチャーとしてマウンドに上る。その後、コーチから指導を受けながらの指名練習や、自ら志願して行われる課題練習。そこにウエイトトレーニングが随時挟まれる。まさに、身体を痛めつけて、選手としての限界点を突破させるための修業のようなものだ。

自主性が重んじられ、ハードな練習をすると、すぐに『スパルタ』や『前時代的』と言われる今のスポーツ界で「やらされる練習も身に付く」と語ったのは現役時代、通算22

03安打、319本塁打を放った広島カープの主砲・新井貴浩選手だった。それだけ、カープのキャンプは想像を絶する練習量だ。

「太田さん、初日からブルペンに入りますよね？」

投手コーチの横谷さんがオレに確認を取りに来た。オレはキョトンとしながらも「はい。入っていいのなら」と答えた。

横谷コーチは大きな笑い声をあげると、お尻のポケットからニューボールを取り出し、オレに手渡した。

「太田さん。俺たちピッチャーの仕事は投げることですから、是非、ブルペンに入って頂けますか」

オレは慌ててライトスタンドの先に設けられたブルペンへ向かった。もうすでに、多くの報道陣とファンが集まり、先輩投手がキャッチボールを始めていた。

ネットをくぐり一礼をするとカメラのシャッター音が波のように押し寄せて来た。テレビで見慣れた解説者にコーチ。しかも笹野監督もいる。オレはコーチと監督から一通りの説明を受けると、ブルペンのマウンドに立った。

ブルペンキャッチャーの溝口さんからは「初日なんで、三十球キャッチボールをしたあと、二十球くらい腰を下ろして投げましょうか？」との提案を受けた。

オレは「はい」と返事をするとプレートの足場を少しだけスパイクで掘った。すぐ横では今季、エース候補として注目されている宮里投手がピッチングを行っている。

まだ五、六分の力のように見えるが、その重そうなストレートボールは甲高いミットの音を球場中に響かせていた。正直「なんなんだ。このボールは」と怯んだ。

「これがプロの球かぁ。こんな球、見たこともない。バケモンだな」

そう思っていると、田島が言った「他の選手を見ないように」の言葉が脳裏をよぎった。

「こんなボールを見せつけられたら、自分のペースどころじゃない」

オレはホームベース上でミットを構える溝口さんだけを見つめた。そして、ゆっくり振りかぶると身体全体を使ってプロ入り初の一球を投じた。

時速１００キロ程のボールがミットに吸い込まれると、周りのファンから大きな溜息と拍手が沸き起こった。「いいぞ太田！」お調子者のファンから掛け声もかかった。

その言葉が耳に入った瞬間、なぜだか急に膝がガクガクした。猛烈な緊張感が襲って来た。そこからは、我を忘れて、ただ必死に、ただ全力でミット目がけて投げ続けた。五十球。全ての投球を終えると溝口さんはマウンド近くまで来て言った。

「太田さん。ビックリしました。１３０キロ弱は出てたと思います。凄くいいボールばっかりでしたよ。球の回転も綺麗だし。でも、その調子で投げてたら、すぐに肩をやられちゃうと思うんで、明日からはちょっとペースを落としましょう」

初日の投球練習を終え、肩で息をするオレに笹野監督も安堵の表情で声を掛けた。

「太田さん。ひょっとしたら面白い存在になるかも知れません。焦らないで下さいね。怪我(けが)は、禁物です」

オレは気持ちのいい汗を拭(ぬぐ)いながらも、ヘナヘナと全身から力が抜ける感覚に襲われた。

ブルペンを出るとファンにもみくちゃにされながら、何台ものカメラとマイクに包囲された。

「太田さん、初ブルペンは如何でしたか？」

「笹野監督は最後になんと仰ったんですか？」

「自分では今日のデキは何点くらいですか？」

翌朝のスポーツ紙一面にはデカデカと『太田！　まさかのイケる⁉』の記事が躍った。

全身筋肉痛で目覚めたオレは、その記事を眺めながら「もう今日の練習にも行けそうもないのに……」と呟(つぶや)いた。が、プロとしての初日、確かな手応えを感じたのも事実だった。

「やれるかも知れない！」

キャンプ二日目は前日の報道のためもあってか、スタンド中を立錐(りっすい)の余地もないほどのファンが埋め尽くした。その中に広島からやって来た最上と越野の姿があった。

「太田さん！」

カープの赤い帽子を被り、満面の笑みで手を振る最上の姿はキラキラと輝いて見えた。

オレは嬉しさ半分、恥ずかしさ半分で二人を迎え入れた。

「お前ら、なに日南まで追っかけて来てんだよ」

ラインではやり取りをしていたが、久しぶりに会う二人はオレにエネルギーを運んで来てくれた気がした。

「太田さん。なに、照れくさそうにしてるんですか。昨日の夜、越野さんの車で広島を出て、さっき球場に着いたばっかりなんですよ。私、初めて天福球場に来ました。凄いお客さんなんですね」

オレは周りの目を気にしながら、バックネット裏を指さすと「ちょっと待ってろ」と二人を球場の入り口に案内した。初めてのキャンプにはしゃぐ最上を戒める(いまし)と、オレは広報担当を紹介し、二人分の取材パスを手渡した。

「せっかく来たんだ。ラジオのネタにいろいろ見て帰れ。あと、最上！　お前、番組でなんか喋るときは、オレのいいとこだけを喋れよ。分かったか」

最上は「はい」と素直に頷くと、そそくさとお目当ての選手を追いかけた。残された越野はオレの顔を見つめながらしみじみと言った。

「太田さん。なんか、格好いいです。戦ってるなって感じがします。ギンギラギンです」

オレは、越野の脇をくすぐりながら答えた。

「バ～カ。まだ、始まったばっかりだよ」

この日もブルペンでは五十球を投げた。他にも連携プレーやバント練習、目まぐるしいスケジュールを自分なりのペースでこなしていった。身体は悲鳴を上げてはいるが、心が潤っている。いや、心が喜んでいると言ったほうが正しいかも知れない。

「野球って楽しい。野球って素敵だ。改めて思う、オレは野球が好きだ」

付いて行くのがやっとの練習なのに、充実した気持ちが上回る。こんな気分は子どものとき以来かも知れない。夕方、陽が落ちてグラウンドを後にしようとすると越野と最上がやって来た。

「太田さん。私、今日の練習、凄い感動しました。なんか、太田さんがプロに入るって言ったとき、私、失礼かもしれないけど、入れたらいいんだって、そんな風に考えてました。でも、太田さんは試合に出ようとして戦ってるんですね。さぁ、これからって思ってるんですね。それがまざまざと分かって、なんか私、泣きそうになりました」

　オレは最上にグラウンドの土で汚れた練習用のボールを手渡した。

「これ、今日の手土産だ。最上。お前も秋田の故郷を捨てて広島まで来たんだから、ＨＣＨで一番を獲れ。番組に出られることだけを喜んでないで、ちゃんと天下を獲れ。自分がやりたいことを仕事に出来てるって幸せなことだぞ」

　最上は渡されたボールを大切そうに両手で包み込むと、真っ直ぐな瞳で「はい！」と返事をした。別れ際、オレは思い付いたように最上を引き止めた。

「お前さ、オレが一軍で投げるときは、放送席をジャックして、お前がウグイス嬢やれ」

そう言うと最上はケタケタと笑った。

「はい。選手交代のお知らせを致します。ピッチャー宮里に代わりまして、ピッチャー太田！　背番号78。こんなんでいいですか」

オレは笑った。

「うん。いい感じだ」

「お任せ下さい。しっかり、やらせて頂きます」

二人の車を見送ったあと、上空を見上げると澄み切った夜空に信じられないほどたくさんの星がキラキラと輝いていた。


キャンプも中盤を迎えた。ここからは紅白戦やオープン戦が盛んに行われる。キャンプは実戦へと向かって行くのだ。

大方の予想に反して、オレの評判はうなぎ登りだった。スピードこそ130キロ台前半だが、カウントを取りに行く90キロほどの山なりボールが功を奏し、バッティングピッチャーでは並みいる打者にヒットは打たれるものの、ホームラン性の当たりを許さないままでいた。

連日、報じられるスポーツ番組やスポーツ新聞でも『1イニングだけのワンポイントなら可能性あり』との評価で、21世紀枠の話題も伴って、オレの周りにはいつもカメラマンや記者が溢れ返っていた。

日本代表で四番も務める鈴元も、バッティング練習で「太田さん。その球、汚いですよ。スローボールが来るって分かってても、思わず身体が開いて、手が出ちゃうんですよねぇ」と打ち難さをアピールしてくれていた。

可笑しなものだ。プロ入りのため、球速を上げることだけを考えていたのに、実際は球が遅いことが武器になるなんて。自分から見れば短所、でも、周りから見ればそれが長所となる。超スローボールは横谷コーチのアイデアだった。

「太田さん。今度の紅白戦、1イニング任せます」

そう言われたのはゴムを使った筋力トレーニングをしている最中だった。声を掛けた横谷コーチは自分の現役時代を思い出してか、遠くを見つめるように言った。

「紅白戦、見ものですね。野球って面白いもので、相手と対戦するスポーツなのに、調子が悪いときは、自分のことばっかり見ちゃうんです。どこが悪いんだろうって。でも、ホントは相手が、なにが嫌なんだろうって考えなきゃいけないんですね。太田さんのピッチングを見てると、バッターが太田さんと対戦するのを嫌がってるのが手に取るように分かるんです」

オレは、コーチの話に耳を傾けながら、筋トレを続けた。

「それは、なんでなんですか？」

「えっ。だって時速90キロの球って中学生でも打てますよ。だから、プロなら簡単に打ち返さなきゃいけない。その打たなきゃいけないって思い込みが、バッターにプレッシャーを掛けるんです。打たないと笑われるって」

オレは流れて来る汗を拭いながら言葉を返した。

「確かに。オレに打ち取られるのって、相当な辱めですよね」

「バッターなんて三割打てれば名選手なのに、太田さんと対戦するときだけは十割を求められるんです。そりゃ、嫌ですよ」

オレは思い付いたように、コーチに提案をした。

「だったら、オレ以外の投手にも超スローボールを投げさせればいいじゃないですか」

コーチは腕組みをすると、ちょっと困ったような顔をした。

「そうは行かないんです。そこがプライドなんです。プロとしての。みんな、他のプロと同じようなやり方で勝ちたいです。効果があるって分かってても、絶対にやらない。可笑しいでしょ。勝つためにマウンドに立ってるのに、プライドの方が優先されるんです。単純な話なんですよ。相手が嫌がることをやればいいだけのことなのに。だから、私も、今の太田さんを見てて、自分が現役だったら、どうするんだろうって考えてるところでした」

「そんなもんですかねぇ」

「だから、太田さんの今度の紅白戦が楽しみなんです。めちゃくちゃ打たれて当たり前、でも抑えられる可能性もある。この勝負、太田さんが損をする材料は何もないんです。ウチの主力がどんなバッティングをするのか見ものですよ」

筋トレを終え、屋内練習場を出ると、外は薄暗くなっていた。ホテルに戻ろうとすると、ユニフォームを着た小学生たちがサインを貰うため、寒さの中、身を屈めるように待っていた。

「太田さん。サインお願いします」

オレは「もちろん」と言うと、色紙一枚一枚に名前を添えて丁寧にサインをした。

「風邪を引かないようにな！」と声を掛けると、子どもたちは「ありがとうございました」と嬉しそうにオレを見つめ「頑張って下さい」との言葉を残し、自転車で帰って行った。

「オレ、あの子たちくらいの頃からの夢だったプロ野球選手になったんだなぁ」

オレは自分自身が少しずつ身も心もプロに変わっていく自覚を持つようになっていた。

「明日の紅白戦、子どもたちに恥ずかしくないピッチングをしなきゃ」

深夜。寝付けず、ベッドで寝返りばかりを打っていた。すると、暗闇の中、携帯が光り、バイブした。手に取ると『綾子』と記されている。送られて来たラインに目をやる。

【パパ。毎日、スポーツニュース観てるよ。凄いね！　明日、初の紅白戦みたいだけど、せっかくだからママと二人で日南に行くことにしました。私も卒論が終わって、卒業式までやることないから、パパの雄姿を見られるの楽しみ。晩御飯、一緒に食べられるようなら久しぶりに三人で食べようね】

オレはスタンプと共に【了解！】とだけ返信をした。

初めての実戦。そして、五十四歳の挑戦。目を瞑ると、マウンドで絶体絶命のピンチを迎える自分の姿が浮かぶ。一度消した明かりをつけ直し、洗面台で顔を洗い直した。鏡に映る自分の顔をじっと見つめると「大丈夫。絶対に大丈夫」と声に出してみた。

みんな、大体気付いてる。大抵の勝ち負けは戦う前から分かってる。だからこそ、もがいて、苦しんで、その結果を変えようと努力する。結果がどうであろうと、その戦いに参加出来ることが未来に繋がるのだ。人は、そのことを夢と呼ぶのだ。再び、電気を消し、頭の中でプラスのイメージを構築した。

「いよいよだ」

日南の朝は抜けるような青空が広がっていた。

ホテルの窓を開け放つと薄ら日南海岸から吹きつける風に乗って潮の香りがした。大きく深呼吸をした。オレはなぜか、今日の出来が、これからの全てを物語る気がしていた。

今日が勝負だ。

疲れが溜まり切っているにも拘らず、身体は軽かった。肩の張りもほとんどない。体調はほぼ万全だ。オレは、バイキング形式の食堂に行くと消化の良さそうな野菜ジュースとバナナを選んで食べた。食事をしていると、安住が隣の席に座り、話しかけて来た。

「太田さん。今日、僕が投げた後、太田さんが行くんですよね。もっとガッツリ食べといたほうが良くないですか」

オレは照れくさそうに笑った。

「あのな。この歳になると朝はこのくらいで充分なの。可笑しいだろ、五十四歳のおじさんが朝からどんぶり飯何杯も食べてたら。それよりお前、今日、先発なのにえらい落ち着いてるな」

安住は指先のマメを気にしながら、自分に言い聞かせるように語った。

「僕、何か、このキャンプを経験して、勝負は今年じゃないって思ったんですよ。ん〜思ったっていうより分かったって感じですかね。やっぱり、高卒のルーキーがいきなり活躍できる世界じゃないなって」

「お前、ブルペンでいい球投げてたじゃない」

安住は椅子の背もたれに身体を預けると、少しだけ遠くを見た。

「いや。まだまだです。やっぱり世良さんや宮里さんたちのピッチングを見てたら、もう大人と子どもくらいの差があって。だから、ここは焦らず、今は身体をしっかり作って、一軍で勝負するのは二、三年後だと思いながらやることにしたんです。だから、今日の先発も、今の自分がどこまでプロに通用するのかを確認するために投げるだけです。勝負は二の次ですね」

オレは感心しながら話を聞いた。

「なんか、安住は大人だね。オレなんか、昨日からみんなを打ち取るイメージだけをして寝たから、やる気満々だよ。でも、人にはそれぞれ人生のスピード感があるから、お前は息の長い選手になるために今、幹を太くするって考えたんだ。オレは今日が全てって気持ちでいる。だから、今日だけは負けられないって思ってる」

その言葉を聞いた安住は、キョトンとした顔を見せて笑った。

「あれっ。太田さん、プロの選手は『負けられない』って言っちゃ駄目だったんじゃないですか？　言うんだったらプラスの言葉『勝ちたい』ですよね。これ、太田さんが僕に教えてくれたんですよ」

オレはおどけて見せると右手で頭を掻いた。

「そうだった。そうだった。じゃあ言い直す。オレ、今日、絶対に勝つ！　ウチの主力選手に恥をかかせてやる」

そう言った瞬間、たまたま後ろを通りかかったショートの中田選手が、オレたち二人の間に割って入って来た。

「なんだか、ルーキーのピッチャー二人が物騒な話をしてますね。こりゃ、打撃陣もやる気で向かわないとマズいことになりそうですね」

オレはおおげさに右手を振るとあたふたしながら二の句を継いだ。

「いやいや。これはオレの意気込みの話で、決してバッター陣を愚弄する言葉じゃないですから」

中田は声を上げて笑うと、振り向きざまに選手みんなに聞こえるような声で言った。

「みんな気を付けて下さい。太田さんが、今日の紅白戦で全員に恥をかかすようなピッチングをするって言ってますよ」

オレは立ち上がって食堂中の選手に頭を下げると、大声で弁解をした。

「いえ。そんなことはありません。みなさん、すみません。今日はお手柔らかにお願いします。よろしくお願いします」

オレが何度も頭を下げると、食堂が笑いに包まれた。紅白戦は今日の午後からだ。

ユニフォームに着替え、鏡の前で『C』のマークの入った帽子を被った。すると知らず知らずに「よし！」と声が出た。オレは着替えが入ったバッグを肩に担ぐと部屋を出た。

エレベーターに乗り、一階に降りる。ロビーを抜け、ホテルを出ると、いつものように記者団に囲まれた。矢継ぎ早にそれぞれが質問を投げかけて来る。

そのひとつひとつに応えながら球場に向かっていると、道路の向こうに幼稚園児くらいの男の子が立っていた。横にはベビーカーを押しながら赤ちゃんをあやす母親の姿もあった。男の子はカープのユニフォームを着たオレを見つけると、目を大きく見開いた。

そして、嬉しそうにほほ笑むと、ふいに道路を横切ろうと飛び出した。

「サインください」

そう言いかけた瞬間、道路を直進する軽自動車が見えた。ギョッとした。心臓を大きな手で激しく掴まれたようだった。オレは、瞬時にバッグを投げだすと、何事かと戸惑う記者団を押しのけ、道路に飛び出した。

「危ない！」

男の子は必死の形相のオレを見つめたまま怯(おび)えた表情を見せた。

世界がスローモーションになった。

驚く母親の顔。ブレーキを踏もうと踏ん張る運転手の顔。恐怖におののく少年の顔。全てがはっきりと見えた。

オレは車の前方を横切り、少年の身体を押し退(の)けようと頭から飛び込んだ。

伸ばした腕はかろうじて少年の身体を歩道側に押し出した。

ドンと激しい音がして、自分の身体に車がめり込んだ感触が体中に広がった。

ブレーキの音が鼓膜に響いた。そして、骨から肉が剝(は)がれて行くのが分かった。ブレーキを踏んだ車はそのまま横滑りをすると、オレの身体は大きく弾き飛ばされ地面に叩き付けられた。

目の前にアスファルトが見えた。ゴツンと頭を打つ音が頭蓋骨の中で反響した。痛みはなかった。ただ、今、自分が巻き込まれた事態が只事ではないことは容易に想像が出来た。ぼやけて行く視界の向こうで泣き叫ぶ少年の姿が霞んだ。

そのままオレは暗闇に引きずり込まれた。漆黒の闇の中「すいません！　すいません！」と繰り返す母親の声と近づいて来る救急車の音が聞こえた。

# 第六章　青空に浮かぶ一片の雲

それから、どれくらいの時間が、いや何日が過ぎたのだろう。全身の痛みを感じ、目覚めると目の前には妻と綾子の姿が見えた。目を見開いたオレに気付くと、妻は安堵の表情を見せ、瞳を潤ませた。

「パパ！」

その声と同時に、自分に起こった全てのことが理解出来た。

オレは天福球場のマウンドではなく、病院のベッドにいた。

夢であってくれ。この惨事が夢であって欲しい。そんな願いも、目の前に広がる現実の景色にすぐに打ち消された。

身体中を覆う夥しい包帯。固定されて動けない下半身。時計の針と同調するかのように時を刻む点滴。これが現実なのだ。これがたった今のオレなのだ。

ひょっとすると、カープのユニフォームを着てグラウンドにいたことの方が夢だったのではないかとさえ思えた。なんでオレが。なんであれだけ死に物狂いで頑張って来たオレが、この不幸の主人公に選ばれたのか。考えれば考えるほど、腹立たしく虚しかった。

「パパ。不幸中の幸いだって」

妻のその言葉さえ、今は受け止めることが出来ない。どうやらオレは、命を失ってもおかしくない事故に巻き込まれたにも拘らず、奇跡的に一命をとりとめ、しかも、至るところに外傷や打撲、骨折があるものの致命的なものではないとのこと。

容体を診に来た担当医師は妻と綾子に軽く会釈すると、オレを見つめ優しいほほ笑みを見せた。

「太田さん。安心して下さい。運び込まれたときは私たちも不安を感じるほどの様子でしたが、今、分かっていることは命に別状はないということです。ただ、右足の大腿骨と左側の鎖骨、それに右手の中指につながる中手骨と言うんですが、この三カ所に骨折が見られます。あと頭の包帯は外傷がありましたので十数針縫っています。ただ、CTを撮らせて頂いて脳に異常などは見られませんでした。念のため、後日MRIの検査も行うつもりでいます」

医師の説明は明瞭だったが、不安と動揺で感情が追い付かない。動かない身体と頭の中、ただ一言、声を発しようとしたが乾いた喉とカサカサになった唇で上手く音にはならなかった。

「野球は……」

医師はオレのかすれた小さな声に耳を近づけた。

「なんですか?」

「あの、野球は出来ますか?」

医師は屈(かが)めた腰に両手を当て、体勢を戻すと目を伏せた。

「野球ですか。そうですね。今の段階だと何とも言えません」

オレは頭が真っ白になった。なにかで殴られたような気持ちになった。

「全治で言うと三ヶ月から四ヶ月。その後もリハビリを続けますので、日常生活が送れるようになるには半年ほど見て頂きたいと思います。術後の経過さえ良ければ、そこから無理をしない普通のスポーツ程度なら可能だと思います。ただ、プロとして……と言われると、なかなか私たちも言いにくいところがあります」

絶望的だった。ついさっき、自分の身体を見渡した瞬間のショックを何倍も上回る衝撃だった。

「普通のスポーツ程度なら……」

そう動かぬ唇で呟(つぶや)くと、自然と瞳に涙が溢(あふ)れた。天井の景色が歪(ゆが)んだ。

妻は、その様子を見ながらハンカチで口元を押さえ、声を押し殺した。綾子は俯(うつむ)くと何も言わず、病室を出た。全てが終わった気がした。

「なんでオレが……」

その日から、ただ朝を迎え、目を覚まし、食事をし、また寝るだけの日々が始まった。

病室のテレビは点けてあるが、何も見る気にはならない。頭に浮かぶことと言えば、あの事故の瞬間。

「もしも、あのとき、オレが飛び込んでいなかったら、あの子はどうなっていただろう？」

何度も何度も映像が浮かぶ。

――笑顔で近づいて来る少年。

――車に気付くオレ。

――質問を続けようとする記者。

――バッグを肩から降ろし、縁石を飛び越える。

――ブレーキを踏もうとする運転手。

――頭から飛び込む。すると、いたはずの少年の姿はない。

――慌てて車を見ると、オレに向かって突っ込んで来る。

「もう駄目だ！」と身構えたところで「ワーッ」と声が出て、目が覚める。

「夢か……」

入院から数日。オレは、今日が何日で何曜日なのかさえ分からなくなっていた。

テレビどころか新聞すら見るのが嫌になっていた。全ての情報をシャットアウトしたかったのだ。まさに現実逃避。そんなオレに妻は何も言わず、献身的な看病を続けてくれていた。

「今年はパパと一緒の時間が取れないって思ってたから、こんな時間は貴重なのかもね」

そう言う妻に、オレは言った。

「お前にも綾子にもオレの投げてるところ見て欲しかったな」

妻はベッドの横のパイプ椅子から青々とした空を見ると、クスッと笑った。

「ホントね。せっかくここまで来たんだから、せめて球場くらいは見たかったなぁ。だって私、日南に着いてすぐここに来たから、まだ病院しか見てないんだよ」

オレは入院して初めて笑った。

「ごめんな」

心は晴れないが、いつまでも落ち込んでいる場合じゃないと思った。これから、自分はどうすべきなのか。半年を棒に振ることになった自分は、どこに向かって進むべきなのか考えなければと思った。

そのとき、けたたましく病室の扉が開いた。綾子だった。綾子は「大変！ 大変！」と叫びながら妻を見ると「ママ、ちゃんとお化粧してる？」と言った。なにごとかと思っていると、開け放たれた扉から赤い大きな花束が見えた。そして、スーツに身を包んだ笹野監督が現れた。

「太田さん。お見舞いが遅くなって申し訳ありません」

オレは横になった身体を起こそうと、上半身に力を入れた。笹野監督は、手に持ったバラの花束を妻に渡すと「そのままで大丈夫です」と丁寧にお辞儀をした。

「ホントなら、指揮官としていち早くここに来なければならなかったのに、まだしばらくは安静に……とのことだったので、容体が落ち着くのを待っていたら、こんな時期になってしまって」

監督は心から申し訳なさそうな表情を見せると、足の骨折でまだ動けないオレの姿を確認して「綾子ちゃん、何人か看護師さんを呼んで来てくれないかな」と言った。綾子は甲高い声で「はい！」と言うと、病室を出てすぐさま三人の看護師さんを連れて戻って来た。監督が看護師さんに耳打ちをすると、三人はオレのベッドに付けられた足元のキャスターのロックを外してベッドを窓際まで移動させた。監督はニッコリとほほ笑むと得意気に言った。

「太田さん、外を見て貰えますか」

オレは上半身をひねり、三階の病室から身を乗り出して、窓の外を見た。すると聞き覚えのある大きな声が聞こえた。

「太田さん！　元気にしてますか！」

声の方向を目で追うと、駐車場に停められた球団の送迎用バスの前にユニフォームを着た菊田選手の姿が見えた。オレは恐縮しながらも怪我をしていない左手を振った。

「菊田さん。ありがとうございます」

菊田は手を振り返すと病室に向けて声を張った。

「今日は凹んでいる太田さんを励ますために、みんなで応援にやって来ました。では、運転手さんお願いします！」

菊田の声を合図にバスが突然、前方へと移動した。その瞬間、勢いよくたくさんの人の拍手が聞こえた。オレは目と耳を疑った。そこから、なんとユニフォーム姿の一軍選手全員の姿が現れたのだ。オレは堪らない気持ちになった。選手たちはそれぞれ手を振ったり、拍手をしたり。笑顔でオレにエールを送ってくれた。みんなの声が聞こえる。

「太田さん！　グラウンドで待ってますよ！」

「まだ、試合で一球も投げてないじゃないですか」

「沖縄には来ないんですか！」

「急がないと公式戦が始まっちゃいますよ」

総勢数十人。みんな仲間だ。まだ入ったばかりのオレのために集まってくれた。ブルペンでもの凄いボールを投げ込んでいた宮里投手がいる。オレの球を取材陣にアピールしてくれた四番の鈴元選手もいる。事故に遭う直前、食事をしているオレをからかった中田選手も手を振っている。

嬉しかった。オレはこのチームの一員なんだ。気が付くとオレは両手を大きく振り「ありがとうございます」と大声で叫んでいた。そして、声を張った。

「戻ってきます。絶対に戻ってきます！」

力が漲った。エネルギーを貰った。野球って……チームって素敵だなぁと思えた。カープに入れて良かった。バスが去ると、病室でその様子を見ていた笹野監督が声を発した。

「太田さん。私がドラフト指名後に言った『生き様を見せて下さい』って言葉覚えてますか？　なんか、まさにその通りになりましたね。ここから……。この状況からどう復活して行くのか、見せて下さい。そして、チームメイトたちにプロの精神を見せてやって下さい。諦めないってことが未来を変えて行くんだってことを身を以て証明して下さい。私は太田さんを待っています。仲間として、グラウンドで太田さんの帰りを待っています。秋には球場に帰って来て下さい」

監督は妻と綾子に「太田さんをよろしくお願いします」と頭を下げると病室を後にした。綾子はジーンズの後ろポケットから携帯を取り出した。そして興奮気味にオレにレンズを向けた。

「パパ。今の気持ちを一言お願いします」

風が吹いた。あたたかな春の気配が身体中を包んだ。オレは照り付ける日差しを浴びながら胸を張った。

「オレ、やるからな。絶対に復活してマウンドに立つ」

その日のうちに、綾子は病室でも出来そうなトレーニング機器をホームセンターで買い揃(そろ)え、オレの手の届くところに置いた。握力と前腕筋を鍛えるハンドグリップに、筋肉を付けたり消費カロリーを上げる効果のある鉄アレイ、どうやって見つけ出したのか身体をなまらせないようにベッドの上でも出来るトレーニングの本も添えられた。

そして、綾子の手によって表紙にタイトルが付けられたノート『復活への記録』がテーブルに置かれた。

「パパ、これから毎日、このノートに、その日やったことと今の気持ちを書き綴(つづ)って行ってね」

オレは面倒くさそうに、そのノートを手にすると疑問を呈した。

「これ、何に使うの？」

綾子はまだ痛みの残るオレの肩をパチンと叩(たた)いて言った。

「私がパパのドキュメンタリーを作るときに決まってるじゃない。私、これからパパを追いかけ回すからね。この闘病記を私のデビュー作にする」

テンションを上げたままの綾子の様子を見て、妻は心配そうに語った。

「綾ちゃん。パパも頑張ってくれると信じてるけど、あんまり急(せ)かすと後遺症の心配もあるから、パパへの取材はちゃんと広報を通してね」

綾子は目を丸くすると、その言葉を問い質(ただ)した。

「えっ。広報って？」

妻ははにかみながら呟いた。

「太田選手への取材はママの許可をとってからにして下さいね」

綾子は「この広報担当者は曲者かも知れないなぁ」と笑いを誘った。この数日の空気が嘘のように一掃された。勿論、不安や失望もあるにはあるが、乗り掛かった船だ、いや、もう乗ってしまった船だ。行き先は『達成感』という港であって欲しいと願った。


日南での入院期間はリハビリを含めおよそ一ヶ月。その後、松葉杖で広島に帰り、そこから通院で再びリハビリを再開させることになる。

動けない今は、たとえやる気があっても、やれることは限られている。日南の病院での時間をどう過ごすのか？　が近々のテーマとなった。しかも、担当の医師は「大腿骨や鎖骨といった部位の大きな骨はさほど心配をしてはいないんですが、問題は指の根元にある中手骨です」と気になることを言った。

どうやら、中手骨は慌ててギプスを外したり、リハビリを怠ったりするとデリケートな部位だけに後遺障害が残りやすいとのこと。中には指の長さが変わったり、指が交差したまま固定される場合もあるらしく、思いの外、厄介な部位らしい。ましてや投手としての商売道具。微妙な指の動きや握力を使った球の握りなど、ピッチャーとしての生命線にもなるところだ。

「悩ましいよなぁ」

オレはまだ頑丈にギプスが施された右手を見つめた。スポーツ選手のリハビリの難しさは、休んでいると筋力が落ちる、かと言って早急に動かし始めると、逆に治療部分が炎症を起こし、再び同じ場所を痛めてしまうということだった。

これが二十代の若い選手なら、間違いなく緩やかな回復を待つのだろうが、いかんせんオレは五十四歳。のんびり治療をしていると四捨五入で六十歳、還暦の仲間入りをしてしまう。そんな焦りや苛立ちを見せるオレに妻は言った。

「パパ。いくつになっても人生で今日が最新の自分。いつ、なにを始めようが、遅いってことはないのよ。だから、今日やれることを確実にやる。それだけでいいんじゃないかな」

オレは言い返した。

「でもさ。やりたいことがやれないって、こんなに苛立つことはないよね」

妻は呆れた様子でオレを見つめた。

「パパはいっつも前向きだけど、前に進む一歩もあるし、横に進む一歩もある。ときたま疲れて、後ろにも一歩。進み方は人それぞれ。だから、今の目的を、今日いた場所にいない、どこかに動くってことくらいにしとけばいいんじゃない？」

オレは物柔らかな妻の言葉に癒された。妻は続けた。

「それにしても、パパとの人生、これまでは瀬戸内の海みたいに穏やかだったのに、この歳になって、会社は辞めるわ、プロ野球選手になるわ、おまけに知らない土地で交通事故に遭うって、こんな荒波、本音を言えば、一緒の船に乗り込んでる私も、もう船酔いでクタクタなんだからね」

キャンプ地を沖縄に移したカープはオープン戦で連勝を続けていた。去年の雪辱を晴らす門出としては申し分のないスタートだった。

今年のエース候補、宮里が横浜打線を封じ込め、四番の鈴元は早くもホームランを量産していた。セカンドの菊田は今年も変わらずいぶし銀の守備を見せているようだし、中田もチームリーダーとして圧倒的な出塁率を誇っていた。

春のキャンプからオープン戦にかけては、若手の仕上がりがそのチームのポイントとなる。首脳陣に実戦でアピールをしなければならない若手は早い仕上がりで結果を求める。

一方、実績のあるベテランは調子を開幕直前の三月後半に上げて来る。また、好不調の波が緩やかな投手陣は早めに、波の大きな打者陣は春先までアクセルを踏まない。一言でオープン戦と言っても、それぞれの年齢や過去の実績、ポジションによって目的や目標が明らかに違うのだ。

ただ、今年の笹野監督は往年の広島カープらしく足を使った攻撃的な野球を目指している。キャンプ中も度重なる選手ミーティングの中で「足と挨拶(あいさつ)にスランプはない」を言い続けていた。どの選手も『走攻守』全てを要求され、今年の戦力になりうるかの選別をされていることだけは間違いない。

今年はいいチームが出来ている。オレも、早くその輪の中に入りたい。綾子の買って来た本にはイラスト入りで、きめ細やかなトレーニング計画が記されていた。オレは医師に確認を取りながら動かしても大丈夫な部位を鍛え始めた。まずは折れていない左足、そして打撲で済んだ腹筋に右の腕と肩。一カ所を動かすと、その弾みで他の場所へも痛みが走るが、筋肉や神経にやる気を伝達することからスタートした。

「お前たちを休ませないぞ」

練習が出来なくなって、すでに二週間あまり。身体は驚くほど衰えている。

この半年の苦労が全て水の泡となっていた。オレは自らに「慌てるな」と言い聞かせながら、少しずつ気持ちと身体を潤わせて行った。トレーニング中、携帯のカメラでオレを撮影する綾子に、看護師さんたちは「親子仲が良くって羨(うらや)ましい」と言いながら惜しみない協力をしてくれた。ありがたかった。日に日に、この病室全体が『チーム』として機能していくのが分かった。

たびたび行われる術後の診察も経過は良好とのこと。年の近い担当医師は「五十四歳の身体じゃないですよね。やっぱり鍛えられた身体は活きがいい。私も目標を持って鍛えなきゃいけませんねぇ」といつも励ましてくれた。なにより南国の人の大らかさか、多少、無理なお願いをしても「よかよか！」とこちらのやる気を削がないことが心地良かった。

「そろそろ退院に向けて本格的なリハビリを始めましょうか」

その言葉を真っ先に喜んでくれたのは妻だった。

「私が寝たきりになったら、今度はパパが私の看病をしてくれないと割に合わないわ。動けない人の看病って、ホントに骨が折れるんですね。私の方が骨折したみたい」

と医師や看護師の笑いを誘った。

「リハビリは最初はしんどいかもしれませんが一日百八十分。三時間をめどにやりましょう。その方が広島に帰ってから楽なはずです」

待ってましたと言わんばかりのオレに、医師は釘を刺した。

「太田さん。焦る気持ちは分かりますが、ここからは我々の指示にしっかりと従って下さいね」

医師によると、骨折部分に出来る仮骨は少しずつ負荷をかけることによって骨の癒着を早めるらしい。ただ、急激に負荷を掛け過ぎたり、ひねりを加えると再骨折の可能性があるとのこと。また、ギプス固定をした部分は筋肉が細く小さくなっているので徐々に徐々にが近道だそうだ。

恐る恐る立ち上がり、嚙み締めるように動き出すオレを見て綾子は「生まれたての小鹿みたいだね」と笑った。リハビリは確かにしんどい作業ではあったが、まるでカラカラのスポンジに少しずつ水が吸収されて行くような心地良さがあった。

医師が最も心配をした右手の中手骨は、手首の曲げ伸ばしやグーパー運動といった初歩的な動きを繰り返すのがやっとだった。球団支給のスーツを着て、意気揚々とこの日南に乗り込んだとき、まさか自分が歩くことが精一杯の状態で広島に帰ることになるなんて思ってもみなかった。

だが、ひとつひとつの出来事を乗り越え、感謝の気持ちを味わえたことが、今のオレにとって一番ふさわしい出来事だったのかも知れないと思った。いや、そう思うことにした。そう決めたのだ。入院からちょうど一ヶ月。オレはチームメイトよりも長い時間を共に過ごした病院スタッフに花束を貰い退院をした。

日南ではあと二週間ほどで桜が開花するという。病院の外に詰めかけた報道陣のあまりの多さに、自分が注目のプロ野球選手であったことを久しぶりに思い出した。

リハビリをカープの本拠地であるマツダスタジアムでやって欲しいと球団から連絡があったのは、自宅に帰ってすぐのことだった。

笹野監督のたっての希望で「球団としても専属のトレーナーを付ける」とのこと。勿論、オレに異論はない。そして、その指示を出した笹野監督の思惑も充分に理解できる気がした。通常であれば、故障した選手は三軍扱いとなって、合同自主トレを行った大野の練習場か、カープの二軍の球場がある山口県の由宇で別トレーニングを行う。それを一軍の選手が日々、練習や試合を行う本球場でやるのは異例のことだ。内情を知らされていないマスコミは、すぐにその話題に飛び付いた。

『太田、特別扱い』

『太田、待遇も21世紀枠』

『何様なんだ？　太田！』

『ＶＩＰ待遇！　わがまま新人』

本当の意味でのオレの戦いが始まった。想定していなかった記事の内容。そのあまりの酷さに心が折れそうになった。この記事をオレを囲んでいた、あの記者たちが書いているのか。そう思うだけで腹立たしかった。

そもそも実戦経験もなにもない、プロになりたての新入団選手。そして、歩くことさえままならない状態。野球をやるどころか、普通の生活に戻ることが目標のただの人になっている。そんな人間を叩き落とす。オレは自分のこともそうだが、これまで献身的な看病を続けてくれた妻や綾子にも申し訳ない気持ちでいっぱいになった。

球場でのリハビリ開始と同時にカープファンからオレへの容赦ないバッシングが始まっ

た。ついこの前まで、命がけで子どもを救ったヒーロー扱いだった。ところが、たったひとつの出来事で、世の中がこうも変わってしまうのか。オレは、この流れに戸惑いながらも笹野監督との『生き様を見せる』という約束を果たすため、まさに這うようにリハビリに励んだ。

歩くこと、指先を動かすこと、自分で服を着ること。ひとつひとつの動作が痛みを伴い苦難である。唯一の楽しみの食事でさえ、箸をしっかりと持つことが出来ず、なにも出来なくなった我が身を憂えた。

オープン戦も後半に入り、カープの本拠地・マツダスタジアムでの試合も行われるようになった。考えすぎかも知れないが、あの日、病院の駐車場でオレにエールを送ってくれた選手たちも、どこかしらよそよそしく感じた。それでも、監督やコーチは「太田さんは一軍選手として扱います」とオレのリハビリを球場でやらせ続けた。

ダッグアウト裏では、試合の準備に汗を流す選手と、トレーニングルームで歩く練習をするオレが渾然一体となり、そのたびにオレの気持ちは萎縮をした。もうまるで大人と子ども。選手としてのレベルではなく、人として劣っている気がして滅入った。

「太田さん。居心地悪いでしょ？」

そう話しかけてきたのは、去年のドラフト一位岡浜だった。岡浜は去年、新人ながら開幕投手を務めたが8失点の乱調で、その後も成績を残せず二軍へ降格をした。昨シーズン・カープ最下位の戦犯に吊し上げられた男だ。

「しんどいですよね。僕なんか、野球も普通の生活も出来てるから、太田さんのこと分かりますって言ったら失礼なのかもしれないけど、自分が一番弱っているときに、いろんな方角から袋叩きにされるのがプロなんだなぁって」

オレは、これまで接点すらなかった岡浜が話しかけてきたことを意外に思った。

「いや。オレなんか21世紀枠っていう変な制度で入ったから、そりゃ、なんかあったら叩かれるだろうなぁと覚悟はしてたから」

岡浜はベンチプレスに座り込むと、オレの身体を隅々まで見渡した。

「それでも、まさか、交通事故のリハビリをしてるときに、世の中が自分を敵視してるって、そこまでの覚悟は出来ないじゃないですか。しかも、太田さんは子どもの命を救った訳でしょ。ある意味、名誉のケガじゃないですか」

オレは、気持ちを察して貰ってありがたいと思うと共に、彼の昨シーズンの立場や思いを想像すると胸が苦しくなった。

「岡浜君って、去年のことをどう思ってるの？」

「プロ野球は結果が全てですから、もう仕方ないって思ってます」

「今年は？」

「二年目だから、結果を出さなきゃいけないなと。でも、去年一年間、プロとしてやって分かったんですけど、結果を出すためには試合に出なきゃならない。でも、試合に出られるかどうかは、首脳陣次第なんです。だから、また使って貰うために、コーチだけに向けてのアピールがいるんです。コーチに認められないと試合に出られない。監督にまで話が行かないですから」

オレは思った。プロ野球といえどもサラリーマンとなにも変わらないんだ。コーチという中間管理職が下をどう見るか。そして、どのように上司である監督に伝えるかで選手の人生が決まる。もちろん、チームの結果や順位も変わる。オレはＨＣＨ時代を思い出した。

「岡浜君、オレのアナウンサー時代も考えてみたらそうだった。番組が付くかどうかは実力や成績じゃなくって人間関係。媚(こ)びへつらう使い勝手のいい奴にばっかり仕事が付いてた。まぁ、でも、世の中のシステムがそうなっている以上、そんな中でも頭角を現さないと負け犬になっちゃうからね。少ないチャンスを足でも掬(すく)うかのようにものにしないと自分の居場所がなくなっちゃう。理不尽だし、なんか悔しいよなぁ」

岡浜は笑った。

「ホント。見返してやりたいですねぇ。今年はみんなを見返したいです。コーチも監督もナインも、そして、去年僕のことを罵(ののし)ったファンも。日本中にざまあみろ！　って言いたいです」

「復讐(ふくしゅう)の一年だな。でも、その勝負に勝ったらみんなが掌(てのひら)を返すから、未来の自分が笑うために今の自分が戦わなきゃいけないんだよ。逃げちゃ駄目なんだよ。過去の自分が今の自分を作り、今の自分が未来の自分を作るだな！　まぁ、この状態のオレが言うのもなんだけど」

岡浜は白い歯を見せると言った。

「いいえ。なんか、ありがとうございます。リハビリ中の太田さんに逆に僕がカウンセリングを受けに来たみたいになっちゃいましたね。しみったれた性格ですみません」

オレは彼の顔を見つめて言った。

「いいよ。いいよ。オレも心がザラザラしてたから、岡浜君の本音が聞けて、逆にありがたかったよ」

人のエネルギーは負の思いから湧き上がることが多い。そして、そのマイナス要素が大きければ大きいほど、強いエネルギーとなって昇華する。
ただ、自らの心を強く持っていないと、負の思いはマイナスなまま自分の中に沈殿し、自分自身を蝕んで行く。オレも岡浜も今、同じ場所にいる。気持ちを奮い立たせるか、腐って行くか。そのギリギリのラインで踏ん張れるかどうかが、その人の人間力ということになる。

他人の成功を心から祝ってくれる人なんかいない。だからこそ、自分の最高の応援団は自分自身なのだ。オレは岡浜の背中を押してやりたくなった。そして、今年の岡浜は自分との勝負に勝ちさえすれば化けるのかも知れないと思った。いや、化けて欲しいと願った。

「痛い痛い痛い」

「そんなんじゃ、夏までに実戦に戻れないよ」

「いや。やり方が雑なんだよ。もうちょっと優しくしてよ」

「パパ。ほらっ、テレビを観てごらん、開幕の順位予想してるよ」

「そんなことは分かってるけどさ、パパ、今、それどころじゃないよ。痛い、痛い」

リハビリは家に帰ってからも行われた。球場ではトレーナーが付きっ切りで指導を行ってくれるが、家では綾子というスパルタトレーナーが指揮をとる。これがなかなかの熱血指導なのだ。

開幕まであと一週間。オレの身体はずいぶんと日常を取り戻していた。テレビではプロ野球開幕直前番組などが組まれ、徐々にではあるが『球春到来』のムードを高めていた。オレにとってもプロ野球人として初めての春だが、即席トレーナー綾子にとっても社会人として初めての春を迎えようとしていた。

「入社式、もうすぐだね」

「うん。まだ全然、実感が湧かないけどね」

「まぁ、そうだよね」

「ホントなら、希望に燃えてます！　って感じなのかも知れないけど、ほらっ、ウチはパパのことで日々バタバタしてるから」

「なんか、付き合わせてごめんな」

綾子は俯いていた顔をオレに向けた。

「ううん。パパは凄いね。よくもまあ次から次にやって来る困難に立ち向かうことが出来るね」

「えっ。なにが？」

「だって、この一年で会社辞めて、プロに入って、自主トレからのキャンプ。それで事故からのリハビリでしょ。ホントよく、神経が持つよね」

オレは笑うと「それ、この前、ママも言ってた」と呟いた。

「パパはさ、自分自身の人生の主役だから、この役をもう降りられないんだよ。全て、自分が蒔いた種だしね」

そう言うと、綾子はまじまじとオレの顔を見つめ言った。

「私、パパみたいな状況になったら、きっと心が持たないと思うんだよね」

オレは正直な気持ちを口にした。

「ホントはパパだってくじけそうだし、へこたれそうだし、悔しくもあるし、腹も立つ。なんで、こんなことになっちゃったのかなぁって。もう、毎日、そんな感情の繰り返し。

でも、みんなの手前、負けられないじゃない。応援してくれる人たちがいるから裏切れないじゃない。きっと、パパ一人だったら、もうとっくに潰れてると思うよ」

綾子は神妙な表情でオレの話に耳を傾け続けた。

「人ってさ、言ってることじゃなくって、やってることがその人の正体なんだよ。だから、言ったことはやらなきゃなって」

「そうなんだね。ちなみに、そのパパを応援してくれる人って、具体的に誰なの？」

オレは答えに戸惑ったが、しばらく考えて言った。

「まず、ママでしょ。それに綾子。あとは栄進野球部の仲間たちにＨＣＨラジオのみんな、そして、なにより番組を聞いてくれてたリスナーさんかな」

「へぇ。そこでリスナーさんが浮かぶんだ」

「うん。意外とそれがデカいね。ここで諦めたら、あのときパパを送り出してくれたみんなをガッカリさせちゃうって。あの人たちに『格好いい』って思って貰いたいんだ」

「そうなんだね。ねぇ、パパ。私も会社に入って番組を作り出したら、そんな気持ちを味わえるかな？」

「ん～。それはどうかな。綾子次第だと思うよ」

綾子は険しい表情を見せながらも、大きな息をついた。

「ホントのこと言うと、正直、不安なんだよ、社会に出るの。会社ってどんなところだろうとか、人間関係とか大丈夫かなとか。でも、パパを見てたら、弱気なこと言えないなと思って」

オレは綾子の頭を痛めた右手で摩（さす）りながら言った。

「綾子。ずっと笑って過ごせる人間はいない。でも、ずっと笑いながら過ごしてやろうって人はいる。パパは綾子にそんな人になって欲しい。そう思うよ」

綾子はほほ笑んで大きく頷いた。

「うん。ありがとう。私、パパが私のパパで良かったよ。なんか勇気出た」

咲き始めた桜が広島のシンボル平和公園を彩った。球春到来。

プロ野球は遂に開幕戦を迎えた。昨年、最下位だったカープは敵地・横浜でシーズンをスタートさせた。広島でその日を迎えたオレは相変わらず、思うように動かない自分の身体と向き合っていた。誰もいない静まり返った球場のトレーニングルームには、リハビリを続けるオレの唸（うな）り声だけが響いていた。

「太田さん。マウンドに行ってみませんか」

そう声を掛けてくれたのは、この一ヶ月、復帰のためのトレーニングメニューを、日々考えてくれていたトレーナーの宮本（みやもと）さんだった。

「きっと、マウンドに行ったら治るの早まると思いますよ」

宮本さんはそう言うとオレにまだ固い新品のグラブを渡した。そしてオレをベンチ横の階段へ誘った。

オレは、覚束ない足取りで薄暗い階段を登った。すると突然、空が見えた。

「うわ〜っ」

心が震えるのがはっきり分かった。目の前には青々とした大空と緑の芝生、広がる観客席に照明塔、そしてバックスクリーン。凛と引き締まった球場がオレを包み込んだ。

「太田さん、誰もいないから一球だけ投げてみましょうか」

宮本さんはそう言うと、ホームベースの後ろへ足早に進んで行った。残されたオレは、ゆっくりとグラウンドの土を踏みしめると、一礼をして、一歩ずつ感触を確かめるようにマウンドに向かった。

天然芝が敷き詰められたグラウンドは思いの外毛足が長く、まるで高級な絨毯の上を歩いているようだった。綺麗な球場だ。心が弾む。オレは小高く盛り上がったマウンドに立つと、ぐるりと球場内を見渡した。オレはこの場所が好きだ。ここにいることだけがオレの証だった。思い切り息を吸い込んだ。土、芝、石灰。グラウンド特有の埃っぽい何ともいえない匂いがした。

「やっぱりマウンドは最高ですね。もう全部が治った気がします」

宮本さんは「そうでしょ」とほほ笑むと、山なりでオレにボールを投げた。オレはそのボールを受け取ると、しゃがんだ宮本さんをじっと見つめた。宮本さんは真剣な表情でオレを見つめ返すと、まるで実況アナウンサーのように語りだした。

「太田さん。想像して下さい。たくさんのカクテル光線がグラウンドを包み込んでいます。スタンドには内野席にも外野席にもファンがギッチリ。みんな、真っ赤なカープのユニフォームを着て太田さんに声援を送っています。ベンチのみんなも身を乗り出して太田さんを見つめています。ネクストバッターサークルから、バッターが打席に入りました。太田さんを力強い視線で睨（にら）みつけています。さぁ、太田さん。勝負です」

「よし！　行くぞ」

　オレはまだ痛みの残る鎖骨と右手を気にしながら、大きく振りかぶった。このまま、本気で投げようと思った。力の限り、ミット目がけて投げようとした。すると、宮本さんは気配を感じてか、慌ててオレに言った。

「太田さん、まだ駄目ですよ。ゆっくり、ゆっくり。ちゃんと手加減して下さいね」

「やっぱり駄目ですか」

　宮本さんは目を白黒させると立ち上がり、少しだけオレに近付いた。

「危ないなぁ。当たり前じゃないですか。でも、どうです。ここで投げたいと思ったでしょ。その場所に立つためだったらどんなことでも頑張ろうって思えるでしょ」

　オレは興奮の色を隠せないまま宮本さんに言葉を返した。

「投げたいです。今すぐにでも投げたいです」

「太田さん、この続きは九月です。きっと、九月には太田さんがこの場所にいるはずです」

「やっぱり九月までかかりますか」

宮本さんは、どんどんオレに近付いて来る。

「はい。かかります。九月でもぎりぎりだと思います。覚悟して、踏ん張って、粘って行きましょう」

ピッチャーからキャッチャーまでの距離、18・44メートル。ここでドラマが生まれ、ここで明暗が分かれる。宮本さんは、ちょうど半分くらいの距離まで近づくとしゃがみながら言った。

「一球だけ、どうぞ」

オレはミット目がけて、山なりのボールを投げた。青空に吸い込まれそうな白球はパフッと情けない音を立てると宮本さんのミットに吸い込まれた。

「太田さん。ナイスボール！　いよいよ太田さんのプロ野球が開幕しましたよ。締まって行きましょう！」

今年のカープは幸先のいいスタートを切った。横浜での開幕戦を三連勝し勢いをつけると、続く阪神戦とヤクルト戦も二勝一敗と勝ち越しを決めた。

新聞は早くも『カープ単独首位！』との見出しで賑わった。好調な投手陣は先発がゲームを作り、それに応えるかのように打撃陣も少ないチャンスをものにしていた。特筆すべきは、次の塁を狙う足を使った攻撃と、抑えを任されることになった岡浜の存在だった。

『岡浜は覚醒しましたね。一昔前なら先発から抑えに回ることは格落ちのように言われていましたが、今やクローザーは勝利へのキーマン。言わば転職が見事に成功した事例と言っても過言ではないですね』

テレビのスポーツニュースでは、解説者が開幕ダッシュに成功したカープの新守護神をそう分析していた。それにしても、半年前までこの箱の中が自分の職場だったと思うと不思議な気持ちになる。

岡浜の復活はオレの指針になった。きっと彼は『やりたいこと』ではなく『やらなければならないこと』を見つけたんだろう。アナウンサー時代、ゲストで来たミュージシャンの言葉を思い出す。

「自分たちのやりたい音楽をやるためには、まず自我を捨ててでも売れなければならない」

今、この言葉が我が身にも突き刺さる。

オレのケガは日に日に回復へと向かっていた。ただ、ひとつ気になるのが、事故で身を守る際に突いたと思われる右手の中手骨に後遺症が見られることだった。細心の注意を払い、握力を落とさないためのグーパー運動や鉄アレイをするにはしていたが、定期健診で訪れた医師は無情ともいえる言葉をオレに発した。

「人差し指と中指が交差するように骨が付いてしまっています。典型的な後遺障害です。これはしっかりリハビリをしても、なかなか戻り難いものです」

オレは冷静さを装いながら医師に尋ねた。

「ということは、どうすればいいんですか？」

医師は言いにくそうに顔をしかめたが、オレの手の甲を両手で触りながら告げた。

「ちゃんと治すためには、腱を付け直す専門的な手術が必要だと思います。ただ、一般の方にはこのまま日々の生活に慣れて貰うことと、自宅でも行えるトレーニングを勧めます」

オレは明らかに語気を強めた。

「プロとして野球を続けるには？」

深いため息をついた医師は言葉を選ぶように呟いた。

「手術だと思います。ただ、とてもデリケートな手術になるので、術後の回復までに時間もかかります。しかも、手術をしたからといって１００パーセント元に戻るとも限りません」

これまで、弱音を吐かないように、自分の感情に蓋(ふた)をし続けてきたが、暴れたい気持ちになった。行き場のない怒りが噴き出した。

「先生！　そりゃないですよ。これまで、オレは先生を信じて何の文句も言わずリハビリを続けて来たじゃないですか。それを今頃になって、再手術って！」

医師は、オレの目を見ると冷静な表情を見せた。

「太田さん。気持ちは分かります。でも、こればっかりはある程度、回復をしてみないと我々にも判断が出来ない。運が良ければ元に戻る。運が悪ければ若干の後遺症が残る。でも、この障害も普通の生活を営む方であれば、甘んじて受け止める程度のものです。太田さんのように野球のピッチャーとしてと言われれば、我々医師も返す言葉がありませんが」

オレは医師の両肩を摑(つか)んだ。

「先生。なんとかならないですか。ねぇ、先生。オレのこの指、なんとかならないもんですか！」

医師は俯くと、ポツリと言った。

「とても言い難いことですが、もしも、私が太田さんの立場なら、今のこの状態で練習を続けます。もう、こうなってしまったんだという覚悟を決めて、前に進みます。リスクも大きいし、時間だってないんだから」

医師はオレよりも悔しそうな顔をした。オレは張り詰めていたものが身体中から抜けていく気分になった。そして、これまで絶対に考えないようにしてきた本音が口をついて出た。

「ひょっとして、もう野球、出来ないのかも」

家に帰るには帰ったが、なにもする気が起こらず、ただじっと自分の部屋にいた。薄暗い部屋には夕日が差し込み、夜の訪れを告げようとしていた。気が付けば、すっかりと日が暮れ部屋は真っ暗になっていた。妻が見ているのか、リビングから微(かす)かに聞こえるナイトゲームの音が耳障りだ。

オレは、携帯を手にすると服部にラインをした。【飲まないか?】ラインはすぐに既読になると、服部から【もちろん!】と、返信が来た。

オレたちは以前、一緒に飲んだ『おばんざい屋 キャッチボール』に集まることにした。店は繁盛していた。天井から吊されたテレビには広島カープの試合が流されている。広島の店では珍しいことではない。店主の松井はオレを見つけると包丁を握る手を休めた。

「先輩。今日はありがとうございます。で、もう大丈夫なんですか?」

オレは左手で持った杖(つえ)を少しだけ持ち上げて見せた。

「今、こんな感じ」

さっきまで賑やかな会話が聞こえていた店内が、一瞬、静まり返ったのが分かった。お客さんたちがオレに気付いたようだ。

松井はオレを入ってすぐのカウンターに誘うと「服部先輩から先に飲んどいて下さいって連絡がありました」とグラスを差し出し、瓶ビールを注ぎ込んだ。久しぶりに外で飲むビール。オレはグラスに口を付けると一気に飲み干した。

「旨いなぁ」

「先輩。今日はイサキも鰆も、あとチダイなんかもありますから、美味しいものたっぷり食べていって下さい」

カープの試合は接戦だった。エース世良が六回まで相手打線を2失点に抑えてはいたが、打線がつながらず2対1とリードを許していた。怪我をしているとは言え、まさかカープの試合を見ながら、後輩の店で飲むことがあるなんて、ドラフト指名を受けたときには想像すら出来なかった。

三十分遅れで服部はやって来た。悪びれる風もなく、すぐさま乾杯をした。

「なんだよ。急に呼び出して」

「いや。別に何もないんだけど、だいぶ身体も良くなったから、たまには一杯どうかなと思って」

服部は、オレのグラスにビールを注ぐと「嘘つけ！」と笑った。

「なんかないと、お前が俺を誘うなんてありえないだろ。これまで、そんなこと一度もなかったんだから」

付き合いも長い。そりゃバレるだろうなとは思いながら、オレも服部もいつも通りの会話に終始した。

「それにしても、これからってときの事故は精神的にも堪えただろ」

「まあな」

「で……後遺症とか大丈夫なのか？」

オレは、松井が腕によりをかけて作ったメバルの煮つけに箸を付けながら答えた。

「うん。実はその話なんだよ」

「どこか問題でもあるのか？」

「うん。ここ！」

オレは箸を置くと、服部にか細くひ弱になった右手の指先を見せた。服部は指先を掌で包み込むように握った。

「右手の中指かぁ。ここはピッチャーにとって生命線だよな。リハビリの先生はなんて言ってるんだよ」

「このまま投げるしかないって」

「痛みはどうなんだよ。俺になにか出来ることはあるか？」

そう言うとしばらくオレたちは押し黙った。そのとき、沈黙を破るかのように店の扉が開く音がした。松井の「いらっしゃい」という威勢のいい掛け声とともに店に入って来たのは、顔を赤らめ相当飲んでいるであろう五十代半ばの男だった。

男は店の様子をぐるりと見渡すと「空いてる？」と尋ねた。その瞬間、カウンターにいるオレの顔を見つけ目が留まった。オレは嫌な予感がした。男は、オレを見つめたまま扉を閉め、千鳥足で中に入った。

「あららららら。これはこれは特別扱いでカープにお入りの太田選手じゃないですか。どうしたんですか、こんなところで」

店中の空気が止まった。男はオレの背後に立つとテレビの野球中継とオレを交互に見た。

「可笑しいなぁ。今、プロの選手はペナントレース中で野球をやってますよね。アンタ、なにしてんだよ。選手たちが今、必死に戦ってるときになに酒なんか飲んでんだよ。恥ずかしくねぇのか」

静まり返った店内にはカープ戦の中継だけが聞こえている。

「そもそも、あれだろ。21世紀枠とか何とか言ってるけど、アンタはコネで入ったんだろ。コネならコネらしく、家でかーちゃんとメシでも食ってろよ」

慌てた松井が厨房から飛び出し、客を制した。

「お客さん。勘弁して下さいよ。みんな楽しく飲んでるんですから」

それでも、男はオレに向けた憎悪の目を緩める気配はない。

「だいたいさ。アンタが入ったことで有望な若い選手がひとりプロに入れず、悔しい思いしてんだよ。それをなに抜け抜けとこんなところで酒なんか飲んでんだ。いい気なもんだよ、ホント。アンタみたいな素人がやって行ける世界じゃないんだよ。明日にでも退団届を出して、またラジオでピーチクパーチクやってなよ！」

堪りかねた服部が立ち上がり、男の胸ぐらを摑んだ。オレは服部のベルトを握り締めた。

「服部、止めろ」

男は、服部の右腕を摑むと、座敷にいるお客さんにまで聞こえるよう、更に大きな声で叫んだ。

「あれっ。なにこれ。俺、殴られんの？　ちょっと、みんな携帯で撮っておいてよ。カープの選手を激励したファンが、選手と同席の人間に暴行されるって動画」

服部は唇を嚙み締めた。そして、ゆっくりと右腕を離した。

「すみません」

男は苦々しい顔のまま吐き捨てるように言った。

「なんだよ、この店。せっかく楽しく飲んでたのによ。危うく暴力を振るわれるところだったよ。最悪。大将、もう二度とこの店には来ねえからな」

そう言うと男はフラフラした足取りのまま出口に向かった。店の扉を開けると、振り向いてオレに向かって吐き捨てるかのように言い放った。

「おい、太田。お前、二度とカープのユニフォーム着るな！　お前が試合なんかに出たら、広島の恥だよ、恥。バ～カ！」

『プチッ』と音がした。心の中の張り詰めていた何かが音を立てて切れた。

もう、なにも考えられなかった。オレは、魂を抜かれたように立ち上がると、店の中にいたお客さんに向かって頭を下げた。

「お騒がせしてすみませんでした」

身体が小刻みに震えていた。

オレは抜け殻になった。

もう前を向くことも、踏ん張ることも、野球を続けることも出来ないと率直に思った。

たった今、オレは終わった。

翌日、オレは初めてリハビリを休んだ。あのときの、あの男の、人を蔑むような、あざ笑うかのような表情が脳裏から離れない。

なぜオレはアイツにあんなことを言われなきゃいけないのか。なぜオレはみんなの前で辱めを受けなければならなかったのか。どうして、あそこにいたお客さんは誰もオレを助けようとしなかったのか。そして、なぜオレはシーズン中にも拘らずあの店に行ってしまったのか。

考えても結論が出ないことは分かっている。それでも、頭の中を昨日の出来事が占拠して、それ以外に何も考えられない。ユニフォームを脱ごうと思った。そもそも、オレがプロでなんかやって行けるはずはなかった。馬鹿げた話だ。五十歳を過ぎたいい大人が調子に乗って夢を見ていただけだ。

誰もオレなんか応援していない。はじめから応援していなかった。それどころか、みんなオレのことを妬んでいる。そりゃそうさ、アナウンサーって仕事でいい思いをして、おまけにプロ野球に入って、毎日のようにテレビに出て注目をされる。オレだって他のヤツがこんな人生を送っていたら皮肉のひとつやふたつ言いたくもなる。

なんか恥ずかしいなぁ。オレの頑張りでみんなを励ませれば！　なんて綺麗ごと、きっとみんな冷ややかに笑ってたんだろうなぁ。ベッドに横になったまま、オレは頭の中でとりとめもなく、そう呟き続けた。もう心は決まっている。

「野球を辞めよう」

そう口にすると、なぜだか心が落ち着いた。

「頑張って来たよ、オレ」

涙が溢れた。その涙がどういう涙なのか自分でも分からなかった。悔しいのか、悲しいのか、情けないのか。ただ、零れた涙で気持ちが楽になった。心が解放された気がした。

「もう楽になっていいよ」

いつもそうだった。これまでも、こんな思いを何度も経験して来た。人は百人の称賛よりもひとりの悪意に動揺し狼狽する。青空に浮かぶ一片の雲に心をかき乱されるのだ。もう頑張った。オレは充分にやり切った。そう思わないと心が持たなかった……。

その日からオレは球場に行くことを一切止めた。『退団届』こそ提出しなかったが、もう野球をやるどころかリハビリを受けることさえ無意味に感じていた。

それでも、心のどこかで「なんとかもう一度、気持ちを立て直せないか」と自問自答を繰り返したが、一度切れた思いは、そう易々と戻るものではなかった。

「なに今まで意地を張ってやって来たんだ」

もう独り善がりのヒーロー気分はすっかり抜けた。オレには空っぽの肉体だけが残っていた。トレーナーの宮本さんからの電話にも「体調を崩してしまって」とだけ告げ、心配する彼の気持ちをよそに、ただダラダラと時間だけをやり過ごした。この状況を新聞は見逃さなかった。

『太田、敵前逃亡！』

『太田、行方知れず！』

『球団困惑！　太田練習拒否！』

いつもなら、根も葉もないことを書きやがってという気分になるが、今回は事実だ。記事に書かれている以上に、オレは心を蝕まれていた。

「パパ。こういうことを言うとパパ嫌がるかも知れないけど、体調が優れないんだったら、一度、病院に行って先生に診て貰ったらどうかな？」

なにがあったのか、何も知らない妻は、まるで腫れ物にでも触るかのようにオレに接した。

「大丈夫。ちょっとしんどいだけだから」

「でも、このままだと、球団にもご迷惑をお掛けするし」

オレは吐き捨てるように言った。

「迷惑なんか掛からないよ。戦力でも何でもないんだから。宮本さんにも話はしてあるし。まぁ、なにかあったらそのときはそのときだよ」

自暴自棄になるオレに、明らかに妻は動揺し言葉を失っていた。

「でも、笹野監督の思いも伺ったじゃない」

いつもなら、常に相手を尊重し、労わりを伝える妻の言葉に癒されていたが、今の状況では、その言葉さえ鬱陶しく感じた。罪悪感や後ろめたさがある。踏ん張りたい気持ちもある。それでも、立ち上がれない。オレは誰もいない薄暗い部屋で、曲がってしまった指先をひとり見つめた。

開幕ダッシュに成功した広島カープの勢いが止まった。『カープの首位は鯉のぼりのシーズンまで』そんな他球団のファンからの言葉が現実になった。

先発投手陣は序盤から打ち込まれゲームを壊し、チャンスに強いバッティングを見せていた打撃陣のバットからも快音が聞かれなくなった。首位を独走していたのも束の間、ジリジリと順位を下げ、五月の後半には三位にまで成績を落としていた。

プロ野球はデータが命だ。対戦カードが一巡したあたりから、徹底的に相手チームに戦力を分析され、選手たちは丸裸にされる。そこで、どの選手にも一度目のスランプがやって来る。桜満開の春には活躍していた選手が途端に打てなくなったり、相手を手玉に取っていた投手が突然打ち込まれ始めるのは、このデータ分析によるものだ。

打者は苦手なポイントを責め続けられ調子を崩し、投手は配球や球種を調べられ、相手打者に山を張られる。チームを優勝に導くためには、投手陣がふがいない時期に打撃陣が奮起し、逆に打撃陣が不振のときは投手陣が相手チームを抑え込むと言うリズムが必要となるのだ。テレビの中継でも悔しさを露にする笹野監督の表情がたびたび映し出されていた。

「今年もダメなのか」

そう思うと、自分にもなにかが出来ないか、力になれることがあるんじゃないかという思いが噴き出してくる。

家にばかりいると気分が滅入る。気分転換にと外に出るには出るが、あの罵倒されたときの残像がまるでフラッシュバックのように甦る。気持ちは一向に晴れない。しかも、どこを歩いても、街ゆく人たちの視線が気になり落ち着かない。

――誰とも目を合わせたくない。

――誰にも話しかけられたくない。

――誰にも気付かれたくない。

今までなら、胸を張り、笑顔を振りまきながら闊歩していた商店街には足を踏み入れる気にもなれなかった。帽子を目深にかぶり、オレはどこにも居場所をなくし、ただ、世間と言う魔物から逃げ続けていた。

「オレは一体、なにから逃げているのか？」

社会人となった綾子は、慣れない現場作業のため、日々忙しなく過ごしていた。朝早く家を出ると、帰って来るのは野球中継終了後の深夜。僅かばかりの自分の時間も、スポーツ新聞のスクラップやチームの対戦成績のデータ付けなど、まさに休む間もなく時間に追われていた。

「スポーツ記者って、こんなに忙しいとは思ってなかった」

大量のノートを手に右往左往する娘にオレはなにもしてあげることが出来なかった。本来なら、球場と言う職場を共にし、取材する側とされる側で、綾子に有益な情報を提供出来たかもしれないのに。

季節は梅雨を迎え、空気が身体に纏(まと)わりつくような鬱陶しい毎日が続いた。妻も綾子も一向に前を向く気配のないオレに不安と苛立ちを募らせていた。そんなある日、久しぶりの休みを貰った綾子が食事を終えた後、オレに問いかけた。

「パパはいつまで家で野球観戦を続けるつもり？　パパはこの時間、ここにいちゃいけない人だよね」

「いけないって？」

「パパはこのソファーで野球を観てる人じゃなくって、あっち側！　あの球場にいなきゃいけない人だよね」

オレには返す言葉もなかった。

「パパはさ。事故で身体を痛めたことに甘えて努力することを放棄してるよね」

台所で洗い物をしていた妻は、手を止めると振り返った。

「綾ちゃん、止めなさい」

「いいよ」

オレは妻の言葉を右手で制すと、身体を丸め、座ったまま綾子の言葉を浴びた。

「パパは、一体いつまでそうしてる気？　何があってやる気をなくしてるのか、私には分からないけど、今のパパが猛烈に格好悪いことだけは私、分かるよ」

「綾ちゃん！」

綾子は続ける。

「ねぇ、なんでパパはそんな風になったの？　なんでパパはずっとメソメソ……クヨクヨしてるの？　私、腹が立って仕方ないんだけど」

オレは綾子の目を見ることさえ出来なかった。綾子は跪き、オレの手を取ると言った。

「パパ。今から私と走りに行こうよ。私と外に出ようよ。もうパパ、動けるよね。パパ、言ったじゃない。今度、一緒にキャッチボールしようって！　あれ、いつなの？　私、パパがそう言ってくれるの、ずっと待ってるんだけど」

綾子の瞳は濡れていた。綾子は、テーブルに置かれた野球の資料を手にするとソファーに投げつけた。

「私、この四月からずっと広島カープの資料を付けてるんだけど、付けても付けても出てこないんだよね、太田選手が！　広島カープには太田って選手がいて、私はその太田選手の姿が見たくて、この世界に入ったんだけど、どんなに頑張って資料を付けても、出てこないんだよね。太田選手が。ねぇ、パパ。太田選手はいつ出て来るかな？　太田選手をいつ球場で見られるかな？　私、太田選手が見たいんだ。太田選手が活躍するところを目に焼き付けたいんだ。パパはここにいちゃいけないんだよ。私みたいに太田選手のユニフォーム姿を待ってる人いっぱいいるんだよ。パパにはみんなの期待に応える責任があるんだよ。パパ、立ってよ。ねぇ、パパ走ってよ。ねぇ、パパ、私にマウンドで投げる姿を見せてよ」

オレは泣き崩れる綾子の手を握ったまま言った。

「ごめん。綾子、ごめん」

すると妻がふいに声を発した。

「あっ！　パパ、見てみて！」

オレはテレビの野球中継に目をやった。テレビのモニターを観ると、そこには背番号78の応援用ユニフォームを着たお客さんの姿が映し出されていた。そして、そのお客さんが手にするボードの映像がアップになった。

『太田投手、球場で待ってます！』

オレは目を見開いた。ハッとした。そのあとも、球場中にいる背番号78を着たファンたちが次々と映し出された。

笑顔で観戦する老夫婦、小さな赤ん坊を抱えたまま応援に興ずるお母さん。ダブダブのユニフォームを誇らしげに着こなす小学生。デートでやって来た若いカップル。みんな背番号78を身に付けている。オレを応援してくれている。堪らない気持ちになった。心が張り裂けそうになった。

「ひとりじゃない。オレはひとりじゃないんだ」

自然とチカラが沸き上がった。ガソリンを注がれる廃車寸前の車のように、自分にエネルギーが充満するのが分かった。

「脇田だ」

きっと、脇田だ。横川学院の準優勝特番を一緒にやったアイツからのメッセージだ。

――太田さんが一番しんどい時に、俺、絶対に助け舟出しますから！

あの日、アイツはそう言った。この次から次へと映し出される映像は、アイツからオレへのエールだ。

「太田さん！　なにやってるんですか。また、格好いいとこ見せて下さいよ」

そう言われた気がした。すると、中継のレポーターとして最上が現れた。球場の観客席からマイクを握る最上は笑顔を交えて語りかけた。

『どうですか。今、見て頂いたようにスタンドには事故でリハビリを続ける我がＨＣＨの先輩、太田投手のユニフォームを着たファンがたくさんいらっしゃるんです。今日、球団職員の方に取材をしたところ、今年のペナントレースが始まってから、なんと一番売れている応援用のユニフォームが21世紀枠で入団した太田投手なんだそうです。私も去年の十月までラジオをご一緒させて頂いた先輩ですが、座右の銘は「己を知り、己に克(か)て！」これは太田投手が在籍していた瀬戸内栄進高校にある石碑に刻まれた言葉と伺っています。太田さん！　テレビ観て下さってますか！　待ってます！　たくさんのファンがあなたが球場に、そして、マウンドに立つ姿を待っています！　リハビリ大変だと思いますけど、頑張って下さい！』

　堪らなかった。涙で顔がグチャグチャになった。綾子も、妻も家族みんなが泣いていた。妻は、オレの肩に両手を置き言った。

「パパ。太田家みんなで頑張ろう。家族で頑張ろうよ。みんながパパを待ってるから」

　翌日、オレはマツダスタジアムのトレーニングルームにいた。トレーナーの宮本さんはオレの姿を見るなりホッとした表情を見せると茶目っ気たっぷりに言った。

「太田さん、もう少しで出席日数が足りなくなって留年するところでしたよ」

オレは、これまでのことを謝罪すると「今日から、またよろしくお願いします」と頭を下げた。

「太田さん、この地獄から一気に天国まで駆け上りましょう」

　宮本さんの言葉が胸に響いた。

　その日からオレは、ひたすら身体をいじめ続けた。落ちてしまった筋力を取り戻すため、全ての機器を使ってトレーニングを行った。多少、身体の異変を感じながらではあったがマシンを走り、腹筋や背筋を鍛え、息が上がるまでひたすら五十四歳の身体に鞭(むち)を打った。

「太田さん、今のペースは普通のトレーナーなら焦らないで下さいと言うところなんですが、僕は太田さんの心に寄り添いたいと思っているので、太田さんがストップをかけるまで、止めましょうとは言いません」

オレは息を切らしたまま言った。

「宮本さん。オレ、もう止まらないです。身体がボロボロになるまで走ります。もう逃げません」

# 第七章　未来はいつもギンギラギン！

七月に入りペナントレースは中盤を迎えた。

投打のアンバランスから順位を四位にまで落としてしまったカープはオールスターゲームを境に巻き返しを図りたいところだった。

首位を走る読売ジャイアンツは先発四本柱の安定で盤石の戦いぶり。二位の阪神タイガースは好調な打線を武器に打ち勝つ野球を続けていた。

笹野監督のパッチワークのような采配(さいはい)で日替わりの打順を組み、投手陣も好不調の波が大きいカープは、三位ヤクルトスワローズとのゲーム差を2と付けられていた。ここから三位に再浮上するのか、それともズルズルと五位にまで転落するのかで、今シーズンの流れは決まりそうな展開だった。

チームには間違いなくカンフル剤が必要だった。勢いのある若手か、もしくは経験のあるベテラン。どちらでもいい。チームの停滞ムードを変える何かが欲しかった。

「間に合わせたい。なんとか、順位の決着がつくまでには投げられるようになっていたい」

オレのピッチングで戦力になれるのかは分からない。いや、なれるはずはない。それでも「ここまで這い上がって来た」という姿をチームメイトに見せられないか。オレの復活こそがチームにとっての起爆剤なのかも知れない。それが笹野監督の言った『生き様』のはずだ。オレは、そう信じて身体を酷使した。

「太田さん、来週あたりブルペンに入りましょう」

宮本さんの声は弾んでいた。まだ、後遺症の残る指先に不安はあるものの、もう怖がっている時間はない。久しぶりのマウンドにワクワクはしたが、少しずつ握力の戻った右手を見つめ、頼むぞと祈るような気持ちにもなった。

ブルペンに入るのは日南キャンプ以来だった。マツダスタジアムのブルペンは一塁側ベンチの裏手にある。コンクリートの打ちっ放しでひんやりとした空気を纏っている。背番号78のユニフォーム、左手にグローブを嵌め、スパイクで土の感触を確かめた。グラウンドとは違う、屋内独特の湿った土の匂いが鼻を突く。

「さぁ、やるぞ」

宮本さんは、意気込むオレの雰囲気を察してか、慎重にオレに言った。

「太田さん、ここからは焦らずに行きましょう」

その言葉は、ここでしくじってしまうと選手生命にも影響することを意味している。オレは大きく頷くと期待と不安で武者震いをした。宮本さんが「はい」と真っ白な新品のボールを手渡した。重さ145グラム。牛の革で覆われた公式球。縫い目の数は煩悩と同じ108。

「皮肉な数だなぁ」

　オレは久しぶりに握る白球をしみじみと見つめた。

「肩の筋肉の動きと、指先のボールへの引っ掛かりを意識しながら、ゆっくり投げて下さい」

　オレは焦る気持ちを抑え、振りかぶりマウンドから左足を大きく踏み出した。指先を離れたボールは宮本さんのグラブに収まるとパンと小さな音を立てた。その反響音がブルペン中に広がった。

「行ける！」

　そう思った。もう、恐れるものはなにもない。リスタート。肩が壊れるまで、指が千切れるまで投げる。炎を灯し、燃え尽き、灰になる。オレは、この一年に賭けると決めた。どんな結果が待っていようとも今年一年でユニフォームを脱ぐ決意をした。退路を断った。

「待ってろよ！」

　華やかなプロ野球の祭典『オールスターゲーム』を終え、ペナントレースは後半戦に入った。ここからはクライマックスシリーズ出場を掛けて熾烈な戦いになる。

クライマックスシリーズは二〇〇四年からパ・リーグで試験運用が始まった制度だ。一年間の戦いの全日程を終了した後、リーグ戦二位と三位が戦い、その勝者が一位チームと日本シリーズ出場を懸けて争う短期決戦。

優勝チームが決まっても、二位や三位争いがペナントの最後まで行われるため消化試合が少なくなり、その興行的な好結果を受けて二〇〇七年からセ・リーグでも導入されるようになった。

リーグ戦で優勝したチームが日本シリーズに出場できないことも多々あり、問題のあるシステムではあるが、この制度のおかげでプロ野球は秋を迎える最後の最後まで、目を離せないものとなった。そのクライマックスシリーズに出場できるかどうか瀬戸際の四位カープは、後半戦になってもチグハグとした試合を続け苦戦していた。

「太田さん。笹野監督が話があるってことですけど」

そう言われたのは、金木犀（きんもくせい）の香りが街中に漂う九月の初めだった。

なにごとかとは思いながら、なんとなく察しは付く。事故からおよそ七ヶ月。リハビリと言うより実戦に近い練習をひとり続けていたオレに二軍選手たちが集うウエスタンリーグに行くことが告げられるんだろう。オレはブルペンでのピッチングを中断し、一塁側ベンチ横にある監督室に向かった。

真っ白な壁に机だけがぽつんと置かれた六畳ほどのスペースに身長百八十センチを超え

る笹野監督が座っていた。心なしか監督はいつもより小さく見えた。オレはカープのマークが入った真っ赤な帽子を脱ぐと頭を下げて部屋に入った。

「太田さん。宮本さんからこれまでの経過は全てお聞きしています。長いリハビリ大変だったでしょ」

オレは素直な気持ちを吐露した。監督の前では出会ったときから穏やかな心持ちになれた。きっと、笹野監督の醸し出すオーラなんだろう。

「そうですね。いろいろと思うところはありました。プロに入ること自体が人生の大冒険だったのに、事故までは想定出来ていませんでしたから」

監督は窓越しにバッティング練習をする選手を見つめながら、立ち上がりオレの言葉を受けた。

「そうですよね。きっと、私たちが想像する以上にいろんな葛藤や決断があったんだろうなぁと思います。私はときたま思うんですが、ドラフトで太田さんを指名したことが、果たして本当に太田さんや太田さんの家族にとっていいことだったのかなぁって」

オレは監督の口から吐き出された言葉に戸惑った。なんと返せばいいのか。監督は続けた。

「実は、今日。球場に来る前に、家族に今年いっぱいで監督を辞めることを伝えました。まだ、誰にも話していませんが」

オレは、突然の告白に気が動転して頷くことしか出来なかった。監督は遠くを見つめながら話を続けた。

「家族には現役時代もそうでしたが、もう数え切れないほどの迷惑を掛けました。思い出すのも嫌です。打たれて負け投手になったら、次の登板まで妻は買い物にも行けない。子どもたちは学校でからかわれる。そしたら、みんな言うんです。『有名税』だって。その度に私は、自分自身が言われるのは構わない。でも、家族にまで有名税ってことはないだろって憤ってばかりいました。現役を辞めて、そして、解説者になって、また今度は監督としてユニフォームを着た。そしたら、同じことの繰り返しでした。采配が悪い。選手起用が間違っている。コミュニケーションが取れていない。みんな、私にも家族にもいろんな言葉を投げかける。そしてまた、こう言うんです。有名税だって。きっと、太田さんにも、そんな思いをさせてしまったんじゃないかって」

オレは首を左右に振ると監督の言葉に答えた。

「いや。オレは指名して下さった監督に感謝の気持ちしかありません。これまで、仕事にやりがいは感じていたけれど、何も考えず惰性になっていた人生の第二の扉を開けて貰えた。自分のやり残した過去と、やりたかった未来を、監督に叶えて頂いた。そんな気持ちでいっぱいです」

監督はため息をつき安堵の表情を見せた。

「それなら良かった。太田さん。私が太田さんのお宅にお邪魔したとき、そして、日南で病室にお邪魔したとき。偶然にも私は太田さんの家族全員にお会いしているんです。素敵なご家族だなぁと思いました。娘さんが作られたエントリー用のＶＴＲは今、思い出しても胸が熱くなります」

そう言うと監督は右手を大きく動かしグラウンドを示した。

「太田さん、見て下さい。今、練習をしている選手たちそれぞれに家族があるんです。みんな大切な人がいるんです。私は、このみんなの未来を任されている。だったら責任を全うしなければならない。この船をいい形で港まで帰港させなければならない。今日、太田さんをお呼びしたのは私やナインの傍で最後まで走り切る姿を見せて頂けないかというお願いです」

オレは、なにごとかと息を呑んだ。

「シーズンも残りわずかです。最後の最後にこの選手たちや、その家族を笑顔にしてあげたいんです。今から優勝と言う訳には行きません。でも、三位に入ればクライマックスシリーズに進出することが出来ます。そして、そこから改めて日本一を目指すことが出来ます。そのためには太田さんの諦めない生き方が必要です。その姿を選手たちの目の前で見せて頂けないかと……。明日から一軍の選手とともに全ての試合に同行して頂けませんか」

オレは身体中の血液が逆流する感覚に陥った。ただ、その言葉に対して、頷くことも首を振ることも出来ずにいた。どちらの返事も、なぜか違う気がしたからだ。監督はグラウンドを見つめていた視線をオレに送り直した。

「ただ、きっと、そんな選手起用をすると、またメディアやファンによって太田さんを傷つけることになると思います。もちろん、太田さんの家族も。でも、今のチームに必要なのは愚直に前を向く太田さんのような存在です。限りある選手生命の炎を燃やし尽くそうとする仲間の後ろ姿です。太田さん、一緒に戦って貰えませんか」

オレは漲(みなぎ)る力を身体中で感じながら、監督の言葉に頷いた。そして、頭の中に浮かぶある思いを告げた。

「監督。実はオレも今年いっぱいでユニフォームを脱ぐ決意をしています。なので、ひとつだけお願いがあります。オレを選手としてではなくバッティングピッチャーだと思ってベンチに入れて頂けませんか」

青い空に快音と共に白球が飛び交う。菊田選手のバットから放たれる打球は面白いように誰もいないスタンドに飛び込んで行く。まるでピンポン玉を軽く弾(はじ)いているかのようだ。

「太田さん。俺たちのことやって頂けるのはありがたいですが、太田さん自身のこともやらなきゃせっかく一軍に上がった意味がないじゃないですか」

汗を拭(ぬぐ)いながら、菊田はバッティングピッチャーを務めるオレに声を掛けて来た。

「菊田さん。オレはね、胴上げのシーンで監督を無視してバックスクリーン側のカメラに向けて万歳だけしてる選手っているじゃないですか。あれがしたいんですよ。あの映像って必ずどの局でも使われるでしょ。あのメンバーに参加するために、今こうして投げ続けてるんですよ」

「なんっすか、それ」

オレは籠（かご）に積まれた練習用のボールを手にすると、バッティングケージの中にいる菊田に向けてボールを投げ込んだ。また白球は軽々とスタンドに飛び込んだ。

「あの映像にいる未来の自分のことを考えたら、なんか嫌なこともちょっとだけ楽しくならないですか」

「なるかならないかって言われたら、なりますね」

「でしょ。人っていいイメージをいつも想像する癖をつけてたら、おのずといい結果が生まれやすくなるんですよ」

「ホントですか？」

「ホントですよ。じゃあ、菊田さん。サヨナラホームラン打ったら、ムチャクチャ綺麗（きれい）で口の堅い女の人がその日ひと晩付き合ってくれるってなったら打席に入る前の気合が変わる気がしませんか？」

菊田は笑いながら、オレの投げるボールを芯（しん）で捉（とら）えた。

「それは思いますね」

「でしょ。そんな単純なことです。自分の頭の中に自分が満たされるプラスの材料を燃料みたいに入れる癖を付けとくと、いざってときにプラス脳が働くんです。オレはそうやって生きてます」

「それが今は胴上げのシーンってことですか?」

「そうです。いいでしょ」

菊田はバッティングを終え、ケージを出て「太田さん。ありがとうございました」と言うと「練習中に下ネタぶっこんで来るの止めて下さいよ」と笑った。オレは言い返した。

「オレなんか、去年の今頃、こんな話ばっかりして給料を貰ってたんだから、練習中の下ネタくらいやらせて下さいよ」

その日以来、菊田は打席に立つ前、必ずベンチにいるオレを見つけては声を掛けた。

「太田さん。プラス脳ですよね」

オレはバッティング練習では打者陣と、ブルペンでは投手陣と、ただひたすらバカ話というコミュニケーションをとった。それはまるで『金曜フライデー』で最上たちと番組終了後に行っていた反省会さながらのムードだった。

ときに野球観を、ときに人生論を、そして、ときには下ネタを。言葉はオレにとって最大の武器だった。ベンチ入り当初『まさかの太田ベンチ入り』と騒ぎ立てたマスコミも、まるでメンタルコーチのように振る舞うオレの立場を理解してからは、一定の評価を下してくれていた。中には『太田臨時コーチ、誕生！』と大袈裟に見出しを付けた新聞もあったが、あの日、笹野監督と話した内容からすると、まんざら間違いではなかった。

秋を迎えるまで、球場内のどこにも居場所のない『何者でもなかった』オレは、与えられた場所で咲く一凛の花になりたいと願い始めていた。

「これならチームに貢献できる」


一軍の試合は想像の何倍も華やかだった。カクテル光線が球場を照らし、色鮮やかな緑の天然芝が存在感たっぷりに浮かび上がる。そこはまるでコンサートのステージのように、選ばれし者だけが踏みしめることの出来る特別な空間だった。

開門と同時に詰めかけるファンは三万人。その誰しもが期待に胸を膨らませて一投一打を見つめる。ライトスタンドから吹き鳴らされるトランペットや太鼓の音色。観客ひとりひとりから発せられる高揚感という名のエネルギー。常にざわついたスタンドからは拍手や声援が沸き起こり、チームとファンは一体となって相手チームを凌駕しようとする。

この場所に一歩でも足を踏み入れると、羨望の眼差しと言うにふさわしい信じられない数の視線が自分に集まるのが分かる。確実に心が震える。この独特な高ぶりは一軍選手としてナイトゲームに出場した者だけが味わえるものだ。この場所に立てば、自分の全てが発揮されるかも知れない。いや、自分の能力以上のプレーが出来るかも知れない。そう思わせてくれるのがプロ野球のグラウンドだった。

特にカープの本拠地マツダスタジアムは、メジャーリーグのボールパークを研究し尽くして設計されただけあって『パフォーマンスシート』や『砂かぶり席』など多種多様な観客席のおかげで家族連れやカップル、若いファンで賑わいを見せる。まさに広島の象徴、ランドマーク的な存在だった。

「一度でいい。ここで投げたい。そして、その姿を妻や綾子に見せてやりたい」

残り試合は十試合を切った。少しずつチーム状態が上向きつつあるカープは三位のヤクルトスワローズまでゲーム差3となっていた。オレは相変わらず試合前のバッティングピッチャーをしながら選手たちとのコミュニケーションをとり続けた。

「野球って相手のあるスポーツです。みんな自分のフォームばっかり見つめて修正をしようとしますが、そんなこと関係ないんです。相手が自分のことを嫌だと思うかどうかです。マウンドに立つ前に、相手がなにをすれば嫌がるか。どうすれば集中力をなくすかを想像して下さい。とにかく相手の心を読んで下さい。オレはそれをラジオのリスナーと向き合うとき、毎日やってました」

マウンドに向かう投手にオレはそう語り続けた。打席に向かう打者にはこう言った。

「一球一球を3ボール2ストライクだと思って打席に立って下さい。ストライクなら手を出す、ボールなら最後まで見極める。そうすれば相手は、ストライクゾーンでしか勝負が出来なくなる。しかも初球からどんどん振って来るから、勝手に向こうの精神状態が追い込まれて行きます。野球の勝負の前に、駆け引きに勝って下さい」

　オレがカープの選手に語り掛ける言葉は、全て、これまでにオレが話した内容だ。ときに最上に、ときに越野に、そしてある時は瀬戸内栄進のみんなに。何も変わらない。物事の本質はプロであろうと、アマチュアであろうと、野球であろうと、放送であろうと、何も変わらない。

　よく、訳知り顔で『成功体験を捨てろ』なんて言葉が正当化されるが、オレはそんなのクソ食らえだと思っていた。誰も成功体験など持ち合わせていない。成功したことがないから成功したいと前に進むのだ。暗中模索（あんちゅうもさく）の状態で人生を生き抜こうとするのだ。成功する喜びを味わって貰いたい。その場所にいられる幸せを、そこで真剣勝負が出来るありがたさを分かって貰いたい。勝って欲しい。だって、その場所は、オレが長年、夢見ていたキラキラした場所なのだから。目が眩（くら）みそうなくらいギンギラギンに輝いていた場所だからだ。

「太田さん、ありがとうございます。じゃあ、美味（おい）しい場面で格好いいところを見せてきます」

そう言って九回のマウンドに上がったのは岡浜だった。

岡浜は、シーズン途中、登板過多から一度は調子を崩し出場選手登録を抹消されたが、オールスター明けの夏過ぎから勝利の方程式の一角として、再び八面六臂（はちめんろっぴ）の活躍を見せていた。

「オレ、太田さんのリハビリを見てなかったら、今年の踏ん張りはなかったと思います。あの日のあの時間が、今のオレを支えてくれています」

マウンドに上がった岡浜は1点差の勝負所を三者凡退、ぴしゃりと抑え、クライマックスシリーズ進出への火を消すことはなかった。

オレは煌々（こうこう）とライトが照らされたマツダスタジアムのベンチ前で、ナインと共にハイタッチをして喜びを分かち合った。ヒーローインタビューのお立ち台に上がった岡浜はマイクを握って叫んだ。

「ファンの皆さん。一緒にクライマックスシリーズへ行きましょう。皆さんと私たちはチームメイトです。共に戦いましょう。そして、最後に、監督と陰のヒーロー太田さんを胴上げしましょう！　最終戦まで応援よろしくお願いします！」

まるで球場が揺れているかのような歓声が沸き起こった。三万人の大観衆が岡浜の言葉でひとつになった。行けるかも知れない。このままのムードなら最後の最後に大どんでん返しがあるかも知れない。球場にいる、そして、テレビやラジオを聞く全てのカープファンがこれから起こるであろう奇跡を信じて疑わなかった。

ペナントレースは最終局面を迎えていた。三位ヤクルトを射程圏内に捉えたカープは接戦をことごとくものにし、着実に勝ち星を積み重ねて行った。

一方のヤクルトも、日替わりヒーローの活躍でなんとか三位をキープし続けた。プロの意地と意地がラストまでぶつかり合うガチンコ勝負にセ・リーグのペナントレースは大いに盛り上がった。

ただ、一戦も落とせない今の状況で、オレが選手として登板する機会は一向に訪れることはなかった。プロとして一試合でもいい。マウンドに立ちたい。しかし、そんな我が儘が許されるような世界ではない。そして、今シーズンも残り二試合となった百四十二試合目。遂にカープは三位ヤクルトの背中を捉え、同率三位に躍り出た。

両チームともに69勝65敗8分。皮肉にもペナントレース最終戦に勝ったチームがクライマックスシリーズ進出となる。

しかも、夏の雨天順延の繰り越しカードが本拠地マツダスタジアムでのヤクルト戦。直接対決で勝ったチームが三位決定となる。広島の街は異様な盛り上がりを見せていた。

「パパ。パパは凄いね。ホントに最後の試合のベンチにパパがいるんだね」

そう言ったのは、これまでオレを支え、励まし続けてくれた娘の綾子だった。最終戦を明日に控えた夜、オレは久しぶりに家族三人で食事をした。考えてみれば、この一年、この食卓でいろんな話をした。いいことも悪いことも、でも、それが今となっては全て力になっている気がする。妻は、ビールをオレに注ぐと「パパ、お疲れ様。明日は悔いのない一日にしてね」とほほ笑んだ。そして、冷蔵庫から小ぶりな茶色の紙袋を取り出した。

「これ食べて、ちょっと料理が出来るの待っててくれるかな」

オレは仰々しく出されたその紙袋から中身を取り出した。透明の袋に包まれた茶色い揚げ物が見えた。

「これ、なに？」

妻は穏やかな表情で椅子に座ると嬉しそうに答えた。

「ガンスよ」

「ガンス？」

「パパに年頃の娘さんから、最後の試合、頑張って下さいってプレゼントを受け取ったの。わざわざ、ウチにまで持って来て下さったのよ」

オレはその袋をまじまじと見た。

「美味しそうだったから、私と綾ちゃんは先に頂いちゃった。美智子さん、金曜フライデーのアルバイトだったミッチェルさんからの差し入れだって」

「ミッチェルって、あのミッチェル？」

オレは綺麗に包装されたガンスに目が釘付けになった。袋には親子の微笑ましいイラストと共に『父娘二人で頑張ってるでガンス！』と印刷がされていた。思わず、目頭が熱くなった。

「このガンス、ミッチェルが持って来たの？」

妻は香ばしく揚げられたガンスを手に語った。

「最上さんに住所を聞いて尋ねて来たんだって。お父さんがどうしても一番に太田さんに食べて貰えって。これまで、お父さんに付いて、いろんなことを学んで、初めて自分で作られたガンスだそうよ。バイト時代にいろいろと悩んでたことをお父さんに話したら、一番最初に太田さんに持って行けって。お父さん、そう言われたそうよ。パパとの思い出もいっぱい話して下さって、素敵ないい娘さんだった。パパはホントに幸せだね」

オレは堪らなくなって、包装された袋からガンスを取り出すと、口いっぱいに頬張った。

「どう？　味は？」

オレは妻の目を見ながら言った。

「美味しい。これ、ミッチェルが持って来てくれたのか。美味しいし、嬉しい。そうか、アイツも頑張ってるのか」

「ミッチェルさん、明日は球場で『金曜フライデー』のみんなと応援に行きますから、頑張って下さいって」

涙ぐみながら、ガンスを食べるオレを見て、綾子が言った。

「パパ、もう泣いてるんだ。そういうのって、なんか嬉しいよね。でも、今日は、ママが去年買うのをためらったマツタケをついに買ったんだからね。その優しさにも、ちゃんと涙を流してよ」

妻は恥ずかしそうに言った。

「もう、綾ちゃん。そういう言い方をするとママがケチンボみたいじゃない。ママは、去年買わなかったから買ったんじゃなくって、明日、パパに美味しいものを食べて頑張って貰いたいから買っただけだからね」

人を思う気持ちはエネルギーになる。オレは、たくさんの人たちの優しさに包まれてここにいる。ちゃんと恩返しをしなければ。ちゃんと思いをカタチにしなければ。上手く行かないときこそ上を向いて過ごして行こうと思っていた。

頬を流れる涙は海になる。ほほ笑んだ口元は人を優しく照らす月になる。そう信じながら前に進んだ。意味のないものなどない。

全てを意味のあるものにするのは自分自身だと我が身を鼓舞した。厳しさは優しさと学んだ。闇夜だって歩ける。ちょっとだけ用心さえすれば。瞳を閉じれば、これまでのみんなの笑顔が見えた。皆の愛を心と背骨に入れ、背筋を伸ばした。明日は人生、最高の日にしよう。自分自身が投げられるかどうか、そんなことより、プロとしてベンチの中にいられることを喜びと考えよう。ベッドに入る前『真澄鏡』を取り出し読んだ。この頃のオレに語り掛けてやりたい。

「おい！　お前は将来、シーズン最終戦のベンチ入りメンバーとしてカープのユニフォームを着てるんだぞ」


運命の日を迎えた。球場は試合前から異常な興奮ぶりを見せていた。すでに優勝はジャイアンツ、二位はタイガース、両チームがクライマックスシリーズ進出を決めている。残された枠はあと一つ。球場の外には徹夜組を含むたくさんのファンが選手の球場入りを待っていた。

「太田さん！　頑張って下さい！」

「太田さん。今日こそはプロ初登板を待ってます！」

「太田さん。有終の美を飾って下さい！」

オレは、その喧騒（けんそう）を縫うように勝負の舞台へ足を進めた。ユニフォームに着替え、薄暗い通路を抜けて一塁側のベンチに向かおうとした。すると、オレの横を並走するかのように人懐っこい笑顔の男が近づいて来た。田島だった。

「俺、あんまり人を褒めるの得意じゃないんですけど、太田さん、良くたった半年でチームに溶け込みましたよね。正直、ビックリしていますす」

オレは、照れくさそうに笑った。

「人ってさ、本当にやりたいことが見つかったら変われるんだよ。みんな、意外と簡単に必死とか一生懸命って言葉を使うじゃない。でも、ホントの必死って自分の覚悟に加えて、そうせざるを得ない環境がないとなかなか行きつかない領域なんだなぁって気付いたんだよ」

「なんか哲学的なことといいますね」

「まぁ、それだけ喜びと同じだけの苦しみがあったってことかなぁ。まぁ、やじろべえみたいなもんだな。喜びに大きく振れたら、苦悩にも同じだけの力が働く」

「ってことは、今日は歓喜に大きく振れなきゃいけない番ですね」

「そうあって欲しいよね」

田島はオレのお尻をポンと叩くと、表情を変えた。そして、しっかりと目を見て言った。

「太田さんの思いが今日の試合で成就（じょうじゅ）するの願ってますよ。今までで一番格好いい太田裕二を見せて下さい。きっと、スタンドにいる奥さんと綾子ちゃんも同じ思いのはずです」

オレは田島と握手を交わすと「今まで、ありがとな！」と呟いた。

徐々に外光が足元を照らし始める。身が引き締まる思いがした。歩みを進めると、抜けるような青空が広がり、目の前に大きなスコアボードと緑の天然芝が見えた。すると一斉にカメラのフラッシュがオレに向けられた。これまで見たことのない景色。驚くほどたくさんの報道陣がオレを囲んだ。

「太田さん。今日が最終戦ですが、今のお気持ちは？」

「そうですね。地元の皆さんに勝利をプレゼントしたいですね」

「ご自身の登板については、いかがですか？」

「もちろん、行けと言われればいつでも投げられる準備はしてあります。ただ、今日は、自分のことよりもチームの勝利が第一です」

オレはあまりに自然に口から出た「チーム第一」の言葉に、我ながらちょっと笑った。あれだけ、自分のことしか考えなかった高校時代はなんだったんだと。

「今日はヤクルトを倒すために、ベンチで一番声を出そうと思っています。おかげさまで、何時間でも大声で喋れるスキルをアナウンサー時代に身に付けてますから」

カメラマンの口元から白い歯が見えた。マイクを差し出すスポーツ記者たちからも一気に緊張感が消え失せた。その中に、キャスター山根の姿も見えた。山根はオレの顔を見て、一瞬ニヤリとすると「太田さん、最後に威勢のいい一言をお願いします」と声を張った。

「今晩はチーム全員でヤクルトをスッキリ飲み干します！　皆さん、今晩のスポーツニュースと、明日の一面は派手にカープでお願いしますよ。あっ。陰の功労者、太田の名前も一言添えて！」

オレは、そう言うとグラブを持ってグラウンドに出た。緊張感はあったが、心地いい緊張だった。きっと、それは他の選手もそうだろう。一流の選手は、この緊張感さえも『心の張り』という名のプラスに変えることが出来る。

試合前のミーティングが行われた。今日の試合は両チームとも総力戦。いつもなら相手先発投手のVTRを観（み）ながら、最近の癖や傾向、絞り球の指示などが行われるが、今日は相手もエース級が全員スタンバイを行っている。

ヤクルトも短いイニングで投手を切り替えて来るであろうとの予測で、笹野監督が選手全員を集めて活を入れる形になった。控室に入って来た監督は、一度、選手みんなをぐりと見渡すと、帽子をとって笑顔を見せた。

「みんな、一年間、ホントに良く戦ってくれた。そして、良くここまで食らいついてくれた。まずは、感謝します。実は、私は今シーズン限りで指揮官としてユニフォームを脱ぐことにしました。なので、今日の試合が皆さんと戦う最後になるかも知れません」

監督の穏やかな口調とは裏腹に、チームメイトたちはみな、一瞬たじろいだ。去年からの流れで、なんとなく覚悟はしていたものの、最後の試合直前でのこの発言は、チームを奮い立たせるには充分覚悟が伝わる言葉だった。

「そして、もうひとつ。みんなと共にベンチで戦い続けてくれた太田さんからも、今シーズン限りで引退との話を受けています」

「えっ！」と言う戸惑いの声と共に、選手全員が振り返った。オレはみんなの視線を受けると、硬い表情のまま一礼をした。

「なので、今日はみんなにお願いがあります。序盤でしっかりと勝負を決めて、最後の最後に太田さんが投げられる環境を作って下さい。余裕を持った形で太田さんをマウンドに送り出して下さい」

オレは、その言葉に全身から鳥肌が立った。そして、ありがたい気持ちと、申し訳ない気持ちが瞬時に交錯した。監督は、語気を強めると、力強い口調で声を張った。

「投手陣、打撃陣、選手一丸となって、太田さんの最後に花を添えようじゃないか。その思いを目標とすることがクライマックス進出への一番の近道だと信じます。みんな、今晩は勝って旨い酒を一緒に飲もう！　絶対に勝って浴びるほど飲もう！　全員で戦おう！　以上！」

オレたちは立ち上がると「行くぞ！」と気勢を上げた。キャプテンの菊田が大声で言った。

「よし！　みんな、今日は監督と太田さんのために必ず勝つぞ！　試合が終わったら、みんなで胴上げだ！」

マツダスタジアムの照明塔が神々しいまでにグラウンドを照らしていた。観客席は立錐の余地もない。試合開始を今か今かと待ちわびるお客さんから放たれるエネルギーが今にも爆発しそうな気配だ。

スターティングオーダーが発表されると、そのたびに割れんばかりの大きな歓声が沸き起こった。その中に心配そうにグラウンドを見つめる妻や綾子、そして金曜フライデーの仲間の姿もあった。

オレは、内野席に陣取る最上やミッチェルを見つけると、グラブを上げ合図を送った。二人はその仕草に気付くと、大きく手を振り『太田が見たい！』と書かれたボードを掲げて見せた。

ヤクルトの先発は今季最多勝のタイトルを手中に収めている藤江（ふじえ）だった。我がカープはエースの世良が中三日での登板となった。意地と意地のぶつかり合い。チームの大黒柱同士が投げ合う。最終決戦に相応（ふさわ）しい布陣だ。

実はこれまで世良とはあまり言葉を交わしたことがなかった。社交的ではあるが、どこかしら人を寄せ付けないムードの世良をオレは苦手にしていたからだ。そんな世良が、試合直前にオレに声を掛けて来た。

「太田さん。僕、太田さんが21世紀枠なんていう、なんかよく分からない制度で入って来たから、それが嫌で、ずっと太田さんのこと避け続けていました。でも、事故から這い上がる太田さんの姿を見てて、人ってどうやってそこに入って来たかってことより、入って来てからどうするのかが一番大事なことなんじゃないかって考えを改めました。今まですみませんでした。そして、ありがとうございました。俺、頭っから飛ばしてマウンドを温めておきますから、肩を作って待っといて下さい」

嬉しかった。厳しいプロの世界、世良の思いは充分に理解出来る。オレはその言葉を受けると、彼とガッチリ握手を交わした。

「頼みます！　いつも世良さんが見ている最高の景色を、オレにも人生で一度だけ見せて下さい。よろしくお願いします」

世良は、その言葉通り、初回から150キロ台を超える伸びのあるストレートでヤクルト打線を寄せ付けなかった。まさに気迫の投球でエースに相応しいピッチングを見せた。これぞ、プロと言うマウンドさばきに、味方ながら惚れ惚れした。

同じユニフォームに袖を通してはいるが物が違う。どうやればあんな球が投げられるんだろう。オレはベンチから何度も「ナイスピッチング！」と大声で叫んだ。

中三日、万全ではない体調にも拘らず、世良は五回を無失点で投げ切った。まさに宣言通りの快刀乱麻ぶりだった。

一方ヤクルトの勝ち頭・藤江も、流石は今年のリーグの顔、自慢の剛腕を武器にカープ打線を力でねじ伏せ、ヒット一本も許さない完璧なピッチングを続けていた。前半を終了したところで、笹野監督がベンチ前で円陣を組んだ。監督は、輪の真ん中に陣取ると、引き締まった声で語った。

「みんな。いい戦いだ。先発の藤江は、最初から飛ばして、行けるところまで行こうという作戦だ。きっと、この調子だと六回か七回には球が浮き始める。だから、みんなバットを気持ち短めに持って、コンパクトにスイングして行こう。藤江を引きずり降ろして二番手が出てきたところが勝負の分かれ目になる。気を引き締め直して一気呵成に攻め込むぞ」

笹野監督の言葉通り、六回に試合は動いた。

先頭打者にあっさりとフォアボールを出した藤江は、続く二番・中田の送りバントを明らかに間に合わないセカンドに送球。塁審は「セーフ」と大きく両腕を広げた。

スタンド中の三万人が一斉にウオォーッと声を上げた。ノーアウト、ランナー一、二塁。広島カープ、先制点のチャンスだ。オレは「さぁ、ここから！」と大きな声で叫んだ。ベンチ最前列を陣取るオレの横に菊田がやって来た。

「太田さん、流れが来ましたよ。そろそろブルペンで準備を始めたほうがいいんじゃないですか」

オレは球場全体を見渡すと、しみじみと菊田に言った。

「うん。そうですねぇ。でも、なんかオレ、ここにいたいんですよ。ここで試合をギリギリまで見ていたいんですよ。だって、お金貰ってこんないい席でカープ戦観られることないじゃないですか」

菊田は笑った。

「こんなときでも相変わらずですねぇ。太田さんは」

「でも、菊田さん。野球って面白いですね。今の送球で、ヒットを一本も打たれていない藤江の気持ちが追い込まれてるって分かったじゃないですか。今のバントなんか、普通に一塁に送球さえすれば良かったのに、この球場のムードと負けられない重圧で、間に合うはずもない二塁に投げちゃう。この人間の弱さが勝負事の醍醐味ですよね」

菊田は、まっ赤に染まったスタンドを見つめて言った。

「ホントですね。僕たちも、調子がいい時はファンの声援が心の支えになり、調子が悪い時はファンの声がプレッシャーになる。そんなことの繰り返しですからね」

「一流って呼ばれる選手と、そうなれない選手の差って、きっと技術より気持ちなんでしょうね」

「太田さんがいっつも言われてるプラス脳って、簡単そうで、実は一番難しいことなんですよね」

ヤクルトはマウンドに内野陣を集めた。この球場の異常な盛り上がりに飲まれないよう、ゆっくりと時間をかけ明らかに間を取ろうとしていた。

「ここが今日の試合のポイントになるんでしょうね。ここで踏ん張れたら、ヤクルトは流れを元に戻せる。でも、ここで粘り切れなかったらズルズルとウチのペースで試合は進む」

「菊田さん。こういう場面で打席に入るとき、どんなこと考えるんですか？」

「そうですね。きっとピッチャーは初球変化球を投げてボールになったら、逃げた上に結果も悪くなる。だったら、攻めて直球でストライクを取って、一瞬でも球場のムードを鎮めたいと思う。だから、僕なら一球目に集中してストレートだけを待ちます」

「そうかぁ。そういう読みをするんですね」

マウンド上の藤江は明らかに動揺していた。1点もやれない場面。サインの交換も慎重だ。変化球のサインが出ていたのか、キャッチャーからのサインに二度首を振った。ベンチの菊田は言った。

「太田さん。見てて下さい。真っ直ぐが来ますよ」

藤江は、三度目のサインにようやく頷くと、一、二塁のランナーを確認してセットポジションから一球目を投じた。バッターボックスの森田は身体を弓のようにしならすと、待ってましたとばかりにバットを力強く振り抜いた。

「来たぁ。真っ直ぐ！」

投じられた白球は森田のバットの芯に当たると快音を響かせてレフトスタンドに向かって一直線に飛んで行った。耳をつんざくような声援が球場内に響く。観客が思い思いに立ち上がった。放物線を描いた打球は三塁線ギリギリをぐんぐんと伸びる。

「入るか、どうか。打球はポールの右か左か。どっちだ！」

打球はファンの溜息と共に無情にもレフトのポールのわずか外側を通過した。ファール！　一斉に立ち上がった観客の口おしい声が聞こえた。オレは思わず、ベンチの柵を乗り越えてグラウンドで打球の行方を追っていた。

「くそーっ」

身体をのけ反らせ、ベンチに戻ろうと客席に目をやると、妻と綾子も立ち上がったまま残念そうな表情でレフトスタンド方向を見つめていた。最上やミッチェル、金曜フライデーのメンバーもガックリとうな垂れ、席に座る様子が見えた。

「行ったと思ったけどなぁ」

ここにいる三万人全てが同じ思いで選手の一挙手一投足を見つめている。なんて素敵な空間なんだ。この選手とファンの一体感はこの場所でこの時間に居合わせることが出来た人たちだけの奇跡のような時間だと思った。勝ちたい。勝ってクライマックスシリーズに出たい。そして、今日、このマウンドに立ちたい。

しかし、ベンチの菊田は冷静だった。

「太田さん。これでこの勝負。藤江が断然有利になりました」

「えっ、なんで？」

「藤江クラスのピッチャーは一打席のうちに失投を二回することはありません。だから最多勝を獲れるんです。逆にバッター側は、その一球を打ち損じてしまった余韻が頭の中に残ってます。後悔の気持ちが頭の片隅に間違いなくあって、次の球に新鮮な気持ちで臨みにくいんです」

菊田の予想通り、藤江はそのあと三番森田をあっけなく三振に打ち取ると、四番鈴元をセカンドゴロのダブルプレーに仕留めた。菊田は守備に就くためにグラブを手に取ると言った。

「太田さん。今日の試合の流れがあっちに行っちゃいました。でも、この回から身体を温めておいた方がいいですよ。ブルペンに行って下さい」

抑えのピッチャーのルーティンは、個人差はあれど基本どの球団でもほぼ決まっている。終盤の六回になるとストレッチやキャッチボールで身体を温め始め、登板直前の八回裏に投球練習を始める。ほとんどのピッチャーが十五球から二十球で肩を作りマウンドに上がるのだ。オレは笹野監督に声を掛けた。

「監督、ブルペンに行ってきます」

監督は少しだけ申し訳なさそうな顔をした。

「太田さん。選手たちは頑張ってくれていますが、なかなか先制点が取れず申し訳ない。きっと、いや必ずみんなが太田さんを送り出す結果を出してくれると思います。ナインを信じて九回を待って下さい」

オレは大事な試合中、監督にそんな言葉を掛けて貰えることを誇らしく思った。

「監督、オレのことは気にしないで下さい。オレこそ、監督のラストゲームの勝利を信じています。一緒にクライマックスシリーズ行きましょうね」

ブルペンには控えの投手たちが集まっていた。視線の先には、戦況が映し出されているモニターがあった。世良の後を継ぐことが告げられている宮里はすでにひと汗かいて、いつでもマウンドに向かえる準備を整えている。みんなは、遅れてやって来たオレを見つけると口々に言った。

「遅いなぁ太田さん、重役出勤ですね」

「もうブルペンに来ないのかと思ってましたよ」

宮里が笑いながら問いかけた。

「太田さん。まさか今日は代打で出るって思ってたんじゃないでしょうね」

オレは、みんなに「すまん！　すまん！」と声を掛けると、頭を掻いて見せた。いつの間にか、選手みんながオレをチームメイトとして受け入れてくれている。まだ、一試合も投げていない実績ゼロの中年男を。

オレは心から広島カープに入って良かったと思った。すると、宮里がブルペンのマウンド付近を指さした。

「あの人の方が今日は投げるんじゃないかって、みんなで笑いながら噂してたんですよ。太田さん、相棒がお待ちです」

見ると、トレーニングウエアをびっしょりと汗で濡らした宮本さんの姿が見えた。宮本さんはオレを見つけ真っ白な歯を見せると大声で言った。

「太田さん！　何やってるんですか、もうジジイなんだから急がないと間に合いませんよ」

その言葉に若きリリーフ陣たちがくすっと笑った。その瞬間、ブルペンにも聞こえるほどの悲鳴と地響きが起こった。なんなんだと、モニターを見つめると、そこにはマウンドでうな垂れるエース世良の姿と、ガッツポーズをしながらグラウンドを一周するヤクルトの四番村下が映し出されていた。

「やられた！」

宮里の声が屋内に響いた。七回表、試合は大きく動いた。守備に就く前、菊田が言った通り潮目は確実に変わっていたのだ。先取点を奪ったのはヤクルトだった。1対0。ここまで、選手一丸となって戦っては来たが、プロの世界は残酷だ。一つのプレー、いや、わずか一球で全てが変わる。モニターにはベンチで肩を落とす笹野監督や選手たちの様子も映し出された。明るかったブルペンのムードも一変した。クライマックスシリーズ進出はダメなのか。そして、オレはマウンドに上がれないのか？　そんな雰囲気を変えようと宮本さんが声を掛けた。

「太田さん。気持ちを切らさずにやりますよ！　控えの選手に出来ることは、出ている選手を信じることだけです。それがプロです」

オレは、その言葉で我に返ると、大きく息を吐きだし両肩をぐるりと回した。

「そうですね。やりますか！」

オレは、宮本さんに促され、球場内の通路で軽くランニングをした。それから、身体を解すためのストレッチを行い、ゆっくりと入念に準備を整えた。じんわりと身体全体が汗ばみ始めると、頭の中もクリアになる気がした。柔軟するオレの背中を押しながら、宮本さんはしみじみとした口調で語った。

「太田さん。この数ヶ月、二人っきりで濃密な時間を過ごして来ましたね。正直、僕、太田さんがマウンドに立つことは難しいんじゃないかって思ってました。でも、今日、この日を二人で迎えられましたね。なんか、僕、ムチャクチャ嬉しいです」

宮本さんは男泣きしていた。オレは、宮本さんの気配を背中で感じながら言った。

「宮本さん、今までホントにありがとうございました。でも、泣くの早過ぎますよ。泣くのは、オレのマウンドでの姿を見てからにして下さい」

宮本さんは恥ずかしそうに「すみません」と呟くと、アンダーシャツでゴシゴシと涙を拭った。

「太田さん、十五球で仕上げます。プロとして最後の投球になるかも知れません。悔いのないスタンバイをしましょう」

オレは立ち上がり真っ赤なグラブを左手に差し込むと、なぜか綾子が生まれるときのことを思い出した。それは、ちょうど陣痛が始まる直前の病室の光景だった。

「もうすぐ、パパとママに会えるね。楽しみだね」

大きなお腹(なか)を摩(さす)りながら妻が囁(ささや)く。オレは、その手に自分の手を重ねた。手術着を纏(まと)った妻のお腹に口を近づける。

「おーい。聞こえてるかい。パパもママも会えるのを待ってるからね。元気に出て来るんだよ。大きくなったら一緒にキャッチボールしような。もうグローブもあるからね」

妻はその言葉を聞いて、優しくほほ笑んだ。

「気が早いわね。まだ、男の子って決まった訳じゃないんだからね」

「でも、お腹が前に張り出してるから、男の子じゃないかって言ってたじゃない」

「うん。でも、男の子か女の子か、先生には聞かないでいようって」

「そうだね。楽しみだなぁ。会えるの。大変だと思うけど、ずっと傍(そば)にいるからね」

オレは妻の両手をそっと握った。

「男の子でも女の子でも元気に生まれて来てくれたら、それだけで充分。これまで頑張って来てくれてありがとね」

妻はオレの手を握り返すと穏やかな表情で言った。

「この子が大きくなったら、みんなで野球を観に行こうね。パパの大好きな野球を家族みんなで観に行こう。出産するの怖いけど、楽しみだなぁ。三人で球場に行くの」

涙がツーっと流れた。今、あの日の約束通り、家族三人が球場にいる。妻と綾子は観客席でカクテル光線を浴びたグラウンドを見つめている。そこにいないのは……そこに足りないのはオレだけだ。

オレは宮本さんのミットを見つめると、大きく振りかぶって大切な一球を投じた。試合は1対0のまま八回の裏を迎えていた。この回、カープが逆転をしなければオレがマウンドに立つことはない。いや、万が一、逆転をすることが出来ても1点差や2点差の均衡した試合展開ならば、勝利を優先して実績も実力もないオレが呼ばれることはないだろう。それでも、オレは仲間を信じて、ブルペンで宮本さん相手に投球練習を行った。常にベストを尽くす。諦めた瞬間に張り詰めていた気持ちが全て切れてしまう、そんな気がしたからだ。

「良し！　抜けた！　ナイスバッティング！」

ブルペンが沸いた。八回の裏、広島カープの攻撃は簡単にツーアウトを取られた後、下位打線が粘り、二本のヒットで一、三塁のチャンスを迎えた。ここで打席には一番の金子（かねこ）が入った。

ヤクルト高野監督は、ベンチからわずかばかりグラウンドに足を踏み入れると、球審に向かって人差し指を差した。申告敬遠。カープはツーアウトながら満塁の大チャンス、ネクストバッターサークルには菊田がスタンバイをしていた。

超満員のスタンドが沸騰した。カープファンの怒濤の応援がブルペンまで遠雷のように響いた。モニターには必死に広島名物スクワット応援をするファンの姿が映し出された。どの顔も、カープの勝利を願って必死の形相。顔の前で両手を握り締め、まさに祈るように戦況を見つめている。

ここで菊田にヒットが出ればセカンドランナーまで生還して土壇場でカープは逆転することが出来る。ましてやホームランが出れば一挙に大量得点で、九回、ワンポイントながらオレの出番があるかも知れない。

「菊田さん、頼む！」

心でそう念じた。オレの横には肩慣らしを終えた守護神の岡浜もいる。岡浜はオレの両肩を背後から摑んだ。

「太田さん。菊田さんに決めて欲しいですね」

気が付くとオレは、歯を食いしばり全身に力を込めていた。モニター越しに見る菊田は明らかに硬直していた。すり鉢状のマツダスタジアム。三万人を超える大観衆はほぼ全てがカープファンで覆い尽くされている。この声援が菊田にとって後押しとなるのかプレッシャーになるのか。固唾を飲む。

一球目、アウトコースの変化球はボール。二球目、インサイド。胸元を衝くスピードボール。後ろにのけ反り、菊田が尻もちを付くと一気に球場がヒートアップした。

ボールカウント2ボール。

「太田さん。次の球が勝負ですね」

「菊田さん、真っ直ぐ一本に狙いを定めてるはずだよ。岡浜君、岡浜君なら次のボール、なに投げる？」

「満塁のときはワンバウンドになってキャッチャーがボールを後ろに逸らすのが怖いので、ここは横の変化のスライダーか真っ直ぐです。でも、こういうときのピッチャーは逃げたくないって気持ちになります。だから、真っ直ぐだと思います。そのボールを芯で捉えれば、菊田さんの勝ち。打ち損じれば、相手ピッチャーが有利になる。次の一球が、カーブと太田さんの未来を決める球です」

汗を拭ったマウンド上のヤクルト二番手内海は、プレートを足で均すとキャッチャーからのサインに大きく頷いた。軸足に体重を預けると、セットポジションの体勢から運命の一球を力強く投じた。

菊田のバットが動いた。フルスイング！　打球は物凄い歓声に飲み込まれながらレフトスタンドに向かって一直線に飛んで行く。真っ赤なレフトスタンドが揺れる。観客席から唸(うな)りのような声が響く。レフトが慌ててバックする。満塁ホームランか？

　白球は勢いを増すかのように見えたがフェンスの前で失速をした。菊田の放った打球はカープファンの悲鳴と共にスタンドギリギリで構えるレフトのグラブに収まった。レフトフライで三者残塁。カープは逆転の絶好のチャンスを逃した。一塁ベースを廻(まわ)ったところで結果を知った菊田はアンダーシャツで人目もはばからず、悔しそうに流れて来る涙を拭った。

「――終わった」

　オレはそう思った。子どもの頃からの夢だったプロ野球選手。広島カープの試合を見ながら過ごした幼少期。一心不乱に仲間とプレーをした青年期。プロを諦め、アナウンサーになった。せめて野球を伝える仕事がしたいと思った。

　しかし、野球との縁は遠ざかるばかり。五十歳を過ぎて偶然摑んだチャンス。オレはそのチャンスを逃した。もう、あのカクテル光線が照らすマウンドに立つことはない。そう思っていた矢先、ブルペンの電話が鳴った。ここにいる全員が固まった。

「ひょっとして？」

　電話を取った横谷コーチは、オレの顔を一瞬、見つめると無情にも言った。

「岡浜！　出番だ」

　九回の表、１対０。まだ、最終回の攻撃が控えている。まだ、逆転の可能性は充分に残されている。相手に追加点を許さないための最善の策。当然の投手起用だ。指名された岡浜は俯き加減にオレを見た。

「太田さん。ベストを尽くしてきます」

岡浜は、その言葉通り、渾身の投球でヤクルト打線を三者凡退に打ち取った。

そして、迎えた九回の裏。カープ最後の攻撃はクリーンナップトリオ。しかし、ヤクルトの絶対的抑え本田の投球に手も足も出ず、あっと言う間に三つのアウトを献上した。ファンの声援も届くことはなかった。クライマックスシリーズ進出を掛けた最終戦はあっけなく終了した。

客席は静まり返った。そして、オレのプロ野球人生も幕を閉じた。

隣を見ると横谷コーチに宮本さん、抑えの投手陣、全員が泣いている。仕方ない。これでいい。いや、こんな人生を歩めて幸せだった。悔しさよりも感謝の気持ちが去来していた。「これでいい。これでいい」

何度も何度も、心でそう呟いた。広島カープ、今シーズン四位決定。オレは泣き崩れる宮本さんの肩にそっと手を置いた。すると、ブルペンに通路を歩くスパイクの音がした。その音の主は笹野監督だった。監督は正面からオレを見つめると深々と頭を下げた。

「太田さん。すみませんでした」

監督のその姿にオレは目頭を熱くした。

「監督、わざわざすみません。そして、これまでありがとうございました」

監督は、オレの背中に大きな手をあてがった。

「これからお客さんに最後の挨拶があります。一緒に行きましょう」

オレは監督に誘われるまま、もうユニフォームを着て通ることはないだろうダッグアウト裏の通路を通ってベンチ横をすり抜けた。数段の階段を登ると憧れ続けたグラウンドが見えた。監督を待ち構えていた選手全員が、オレを拍手で迎えてくれた。

「太田さん。行きましょう」

菊田の言葉を受けて、選手たちが一斉にマウンドに向かって歩みを進めた。

グラウンドからは涙するたくさんのファンが見えた。負けたにも拘らず、鳴り止まない拍手が響いた。選手全員がバックスタンドに向かって一列に並んだ。スタンドを見ると総立ちのお客さんの中に妻と綾子、そして、最上や越野、ミッチェルの姿も見えた。みんな瞳を濡らしたまま、拍手を続けている。オレは、じっとその姿を見つめた。「すまない」と思う気持ちと「ありがとう」という思いが溢れた。

ファンの拍手を遮るかのように場内アナウンスが木霊した。

『それでは、今シーズンの全日程を終了した広島東洋カープ笹野監督からファンの皆様に最後のご挨拶が行われます』

監督は、マウンドとホームベースの間に置かれたマイクの前に進むと、帽子を取ってお尻のポケットに差し込んだ。

「ファンの皆さん。今シーズンも大きなご声援ありがとうございました。スタンドから聞こえる皆さんの応援の声が、今年もどれだけ選手や我々首脳陣を支えて下さったか。しかし、その思いにお応えすることが出来ずに誠に申し訳ありませんでした」

三万人を超えるファンは立ち上がったまま、その様子を注視した。球場内で木霊する監督の言葉に、誰ひとりとして帰るものはいなかった。

「私は、今シーズンの成績の責任を取って、今季限りでユニフォームを脱ぐことにしました。これまで公私ともにお世話になった皆さん本当にありがとうございました。Bクラス、四位という順位は、指揮官である私の全責任だと思っています。どんな仕事もそうですが、プロは結果が全て、そこにどんな素晴らしい経過があろうと、結果という現実の前では何を言っても言い訳になります。ただ、ひとつだけ言わせて下さい。選手は今シーズン、ファンの皆さんと喜びを分かち合おうと全力で戦いました。最後まで諦めることなくファイティングポーズを取り続けました。その代表選手が21世紀枠で我々の仲間になってくれた太田投手だったと思います」

オレは、突然、自分の名前を言われて動転した。頭が真っ白になった。どんな顔をして、その言葉を聞き続ければいいのか戸惑った。観客席も一瞬ざわついた。

「その太田投手にマウンドに立って欲しかった。いや、マウンドに立たせたかった。そして、その姿を全国のプロ野球ファンに見て欲しかった。スポーツって素晴らしいだろ！人生って凄いことが起こるだろ！ というさまを届けたかった。努力をしていれば報われる。プロはそんなに甘い世界じゃない。でも、努力や夢は報われたり叶ったりすることもあるってところを、ファンの皆さんに心から見て欲しかった」

オレは堪らない気持ちで監督の挨拶を聞き続けた。知らず知らずに涙が溢れた。しんどかったけれど、頑張って来て良かった。カープに入団して良かった。

ドラフトで名前を呼ばれた日。監督が我が家に来てくれた日。誰もいない堤防を走り続けた日々。商店街の皆さんの笑顔。キャンプでの戸惑い。暗くなるまでオレのサインを待ち続けた子どもたち。事故の瞬間の母親の顔。病院の皆さんの励まし。妻と綾子の献身的な看病。辛かったリハビリ期間。この半年に起こったいろいろな出来事が走馬灯のように去来した。そして、最後に監督は言った。

「この素晴らしきナインに拍手を送ってあげて下さい。そして、我々からも共にシーズンを戦って下さったファンの皆さんに拍手を送らせて下さい」

その言葉を受けて、整列する選手全員が、スタンドに向けて手を叩いた。叩き続けた。選手たちの瞳は濡れていた。清々しい涙が溢れた。小さく響く、その拍手は徐々に広がり、スタンドにいる客席からも少しずつ少しずつ拍手が鳴り響いた。

気が付くとスタンドにいる三万人全ての拍手が球場内に轟いた。鳴り止まない。拍手の音はうねりのように、ここにいる全ての人にシャワーのように降り注いだ。

共に戦った仲間同士が送り合う拍手のエール。スタンドのお客さんも目を真っ赤にしてオレたち選手を見つめている。「ありがとう」の声が聞こえる。「来年も一緒に戦うぞ」と叫ぶ人もいる。

「笹野監督、ありがとう！」

「カープ最高！」

「泣くな！　前を見ろ！」

「俺たちが付いてるぞ！」

「来年は優勝だ！」

真っ赤に染まった球場からはいろいろな人の声が響く。大人も子どもも、男も女も、どの声も涙声だった。感動した。こんなラストを想像だにしなかった。広島カープは広島の街と共に歩んでいる。鳴り止まない拍手の中、女性の声がした。

「太田！」

か細い、でも確かに聞こえるその声の主は綾子だった。潤んだ瞳で見つめたその先にいたのは綾子だった。綾子は何度も何度も叫び続けた。

「太田！」

その声に感化されたかのように客席から太田コールが始まった。

「太田！」

「太田！」

「太田！」

オレはアンダーシャツで涙を拭った。綾子は叫び続ける。

「太田！　太田が見たい！」

場内の太田コールは一塁側のスタンドからライトスタンド、レフトスタンド、そして、三塁側のスタンドにまで広がった。三万人の太田コールがオレを包み込んだ。

オレは、隊列から一歩前に出ると、帽子を取って一礼をした。その姿を見た笹野監督が、選手に何やら指示を出した。

その言葉に選手たちは白い歯を見せると、一斉に守備位置に向かった。なにごとかと戸惑うオレに、監督は笑顔で語り掛けた。

「太田さん。お待たせしました。マウンドへどうぞ」

その言葉を待っていたかのようにベンチから宮本さんがグラブとボールを持って走り込んで来た。宮本さんはオレに言った。

「太田さん。やっと、やっと、この日が来ましたね。全力で投げ込んで下さい！」

カクテル光線に照らされたマウンドに立つオレはグラブを手にはめ、白球をグラブに叩きつけた。

スタンドを見ると綾子と妻が泣きはらした顔でオレを見つめている。目があったのが分かったのか少しだけ白い歯を見せた。

その横で、お客さんを掻き分けながら全力で通路を走る最上の姿が見えた。オレは、マウンドからダイアモンドを見渡した。全てのポジションに仲間たちの笑顔が見えた。三塁の中田が言った。

「太田さん。バックにはオレたちが付いてますからね」

二塁を守る菊田もマウンドに声を掛けた。

「太田さん。プラス脳ですよ。プラス脳！」

ベンチにはまるで優勝の瞬間を待ち侘びるかのように選手たちがグラウンドに片足をかけて前のめりでオレを見つめている。スタンドの太田コールは鳴り止まない。それどころか、一層大きさを増す。

「太田！」

「太田！」

「太田！」

「太田！」

「太田！」

オレは眩しいほどに照らされたマウンドにたった一人で立っている。客席には三万人の観客。その全員が太田コールを続けている。身体中が震えた。心が沸きたった。一瞬だけ、目を瞑ると、高校時代の仲間の姿が目に浮かんだ。そして、栄進の生徒たちの笑顔も浮かんだ。

「幸せだ。こんな幸せなことがあっていいものか」そう思った。

「みんな、これまでありがとう！」そう思えた。

「ひとりじゃない。オレはみんなと戦って来たんだ」

沸き続ける球場の中、突然、場内アナウンスが鳴り響いた。

『マツダスタジアムにお越しの皆さん、たくさんのご声援ありがとうございます』

その声は最上だった。ガラス張りになった場内の放送席を見ると、そこにはオレに向かって親指を突き立て顔をクシャクシャにしてほほ笑む最上の姿があった。

「最上！　アイツ、あの日のキャンプでの約束を覚えてたんだ」

——オレが一軍で投げるときは、放送席をジャックして、お前がウグイス嬢やれ！

最上は得意気にマイクを握ると声を張った。

『皆さん、お待たせしました。広島カープ、選手の交代をお知らせします。ピッチャー岡浜に変わりまして太田！　ピッチャー太田！　背番号78！』

うぉぉぉと球場が沸いた。まるで、スタジアム全体が揺れたかと思えるほどの唸り声が響いた。太田コールが続く。客席は広島名物スクワット応援が始まった。真っ赤なユニフォームが躍っている。

スタンド中、どこを見渡しても、全ての視線がオレに送られている。オレは肩をゆっくり回すと、センターバックスクリーンに身体を向けた。そして、両手を上げると、守備位置に着くナインに向かって大声で叫んだ。

「みんな、締まって行く‼」

大粒の涙が零れた。ただ、潤んだ瞳で見つめたキャッチャーのミットだけははっきりと見えた。

オレはプレートを踏み、大きく振りかぶると、渾身の力を込めて、真っ白なボールをミット目がけて投げ込んだ。一瞬、シーンと静まり返った球場内にズバン！　とミットの音が響いた。

オレは、その音を一生忘れない。人生は素晴らしい。未来はいつもギンギラギンだ。

本書はハルキ文庫の書き下ろし小説です。

ハルキ文庫

よ11-2

アナウンサー辞(や)めます

著者 横山雄二(よこやまゆうじ)

2022年9月18日第一刷発行

発行者 角川春樹

発行所 株式会社角川春樹事務所
〒102-0074 東京都千代田区九段南2-1-30 イタリア文化会館

電話 03(3263)5247(編集)
03(3263)5881(営業)

印刷・製本 中央精版印刷株式会社

フォーマット・デザイン 芦澤泰偉
表紙イラストレーション 門坂 流



ISBN978-4-7584-4519-1 C0193 ©2022 Yokoyama Yûji Printed in Japan
http://www.kadokawaharuki.co.jp/[営業]
fanmail@kadokawaharuki.co.jp[編集] ご意見・ご感想をお寄せください。